費茲傑羅短篇傑作選

F. SCOTT FITZGERALD

史考特・費茲傑羅 著
陳榮彬、鄭婉伶 譯

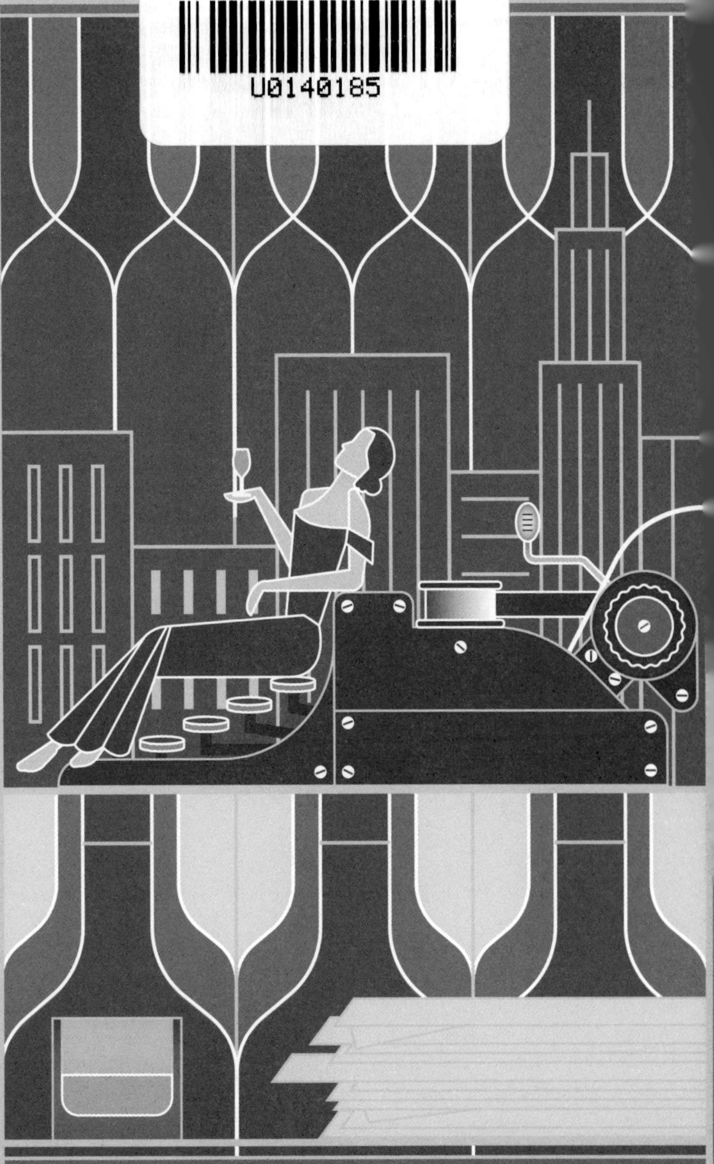

COLLECTED SHORT STORIES OF

F. SCOTT FITZGERALD

目錄

【導讀】記憶與技藝：論費茲傑羅的短篇小說

陳榮彬（臺大翻譯碩士學位學程副教授）

「我的寫作理論可以一言以蔽之：作家寫作是寫給他自己那個世代的年輕人看的，也是寫給下一個世代的批評家，還有更久以後的學校老師看的。」　——史考特．費茲傑羅（F. Scott Fitzgerald）

一、《塵世樂園》以後

在正式當上職業作家之前，史考特．費茲傑羅就已經創作不輟，曾投稿的刊物包括《聖保羅學院的現在與過去》（*The St. Paul Academy Now and Then*）、《紐曼新聞》（*The Newman News*）以及《拿索文學雜誌》（*The Nassau Literary Magazine*，普林斯頓大學的校刊），都是他所就讀的高中或大學出版之刊物。當然，他在學校參與話劇社活動，為社裡所編寫的幾部劇本，也讓他有機會磨練文筆。《塵世樂園》在一九二〇年三月二十六日出版，三天內就賣完第一刷的三千本，讓他幾乎在一夜間變成了美國家喻戶曉的人物，名利雙收，更有機會讓他這個年僅二十四的窮小子出入上流社會的交際場合——更重要的是讓他終於抱得美人歸，本來變心的未婚妻潔妲（Zelda）答應嫁給他。到了一九二一年底，《塵世樂園》一共賣出四萬九千本，而他的短篇故事本來一篇值三十美元，到一九二〇年已經可以拿到每篇一千元（相當於現在的一萬五千美金），後來更於一九二九年持續提升到每篇四千元（相當於現在的三萬七千美金）。

短篇小說的報酬如此優渥，對於費茲傑羅的文學生涯來講就像是一種致命的誘惑。由於他不善理財且花錢揮霍無度，為了讓自己與妻女能維持在一定的生活水準，必須不斷產出短篇小說。如果與長篇小說《塵世樂園》一出版就備受青睞，或他另外兩本長篇經典《大亨小傳》（*The Great Gatsby*）與《夜未央》（*Tender Is the Night*）在他去世後普遍獲得讀者與學界的肯定相較，短篇小說無疑是費茲傑羅作品中品質比較參差不齊的部分。（費茲傑羅的老友海明威最狠，竟然說費茲傑羅寫短篇小說跟性工作者出賣肉體沒兩樣。）據學者布萊恩・麥格南（Bryant Mangum）統計，他短短的二十年創作生涯中，總計寫過一百七十八篇短篇小說，大部分都是賣給一些面向普通閱讀大眾的商業雜誌，但當然也有些比較高水準的作品，例如那些收錄在短篇小說集裡面的代表作，像是《飛女郎與哲學家》（*Flappers and Philosophers*，一九二〇年出版）收錄的〈冰宮〉，《爵士年代的故事》（*Tales of the Jazz Age*，一九二二年出版）收錄的〈班傑明・巴頓的奇幻人生〉，《所有悲傷的年輕人》（*All the Sad Young Men*，一九二六年出版）收錄的〈冬之夢〉與〈富家子弟〉——而這幾篇可說是他的作品中比較具有代表性的，因此獲得收入本書。甚至有許多學者認為，〈冬之夢〉與〈富家子弟〉這兩篇與《大亨小傳》密切相關：前者可說是小說故事的原型（窮小子愛上富家女），後者的主角安森．杭特（Anson Hunter）簡直就像《大亨小傳》的故事敘述者尼克．卡拉威（Nick Carraway）。

二、短篇小說技藝：記憶與懷舊、記憶與失落

費茲傑羅的女兒史考娣（Scottie）後來也成為一位作家。由於母親在她小時候就精神崩潰，不得不入住精神療養院，成長過程中我們可以看到父女倆頻繁通信，她與費茲傑羅曾有許多文學交流，大小說家父親給過她不少建議（例如，推薦她閱讀巴爾扎克《高老頭》〔*Le Père Goriot*〕、杜斯妥也夫斯基《罪與罰》〔*Crime and Punishment*〕、狄更斯《荒涼之屋》〔*Bleak House*〕等作品），他在一封信件裡表示：「所有好的寫作都是在水底游泳，屏住呼吸。」（All good writing is swimming under water and holding your breath.）這句話自成一段，費茲傑羅沒有作太多解釋，看似沒頭沒尾，但我卻覺得蘊含著深意：或許所謂「水底游泳」，是指好作家必須讓文字的意蘊潛伏在文字表面之下，不著痕跡，這也就是所謂「意在言外」。此外，「屏住呼吸」也是重點，這呼應了他曾對女兒提出的寫作建議：創作短篇故事的重點是要講究一氣呵成，能夠在一天寫完當然是最理想的，而就算長度稍長，最多也不要超過三天——而且必須是連續三天。此外，熟悉《夜未央》作品的讀者應該都很熟悉裡面有描述女主角妮可游泳的場景，而本書收錄的〈游泳的人們〉對於游泳這件事也有很精彩的

描寫，游泳變成不只是一種運動，而是充滿各種象徵寓意。特別值得一提的是，〈游泳的人們〉是一篇先前未曾有人中譯過的作品，首度以譯文形式與中文世界的讀者們見面。

在本書所收錄的十篇短篇小說中，因為曾經被改編成電影《班傑明的奇幻旅程》（二〇〇九年上映），〈班傑明・巴頓的奇幻人生〉應該是大家最為熟悉的，唯一的差別是原作裡面的歷史背景是十九世紀末的美西戰爭，後來被編劇改成二次世界大戰。另一篇曾經被改編拍攝成電影的故事是〈重訪巴比倫〉，一九五六年由費茲傑羅服務過的電影公司米高梅改拍為《魂斷巴黎》（*The Last Time I Saw Paris*）——可惜的是為了遵循好萊塢電影的大團圓公式，電影結局改成大團圓，壞了費茲傑羅小說一貫的「失落」韻味。記憶，尤其是因為記憶而引發的懷舊心緒，向來是費茲傑羅用來寫小說與短篇故事的材料，而這點可以在〈重訪巴比倫〉充分獲得印證。他以主角重返巴黎後面對整個城市物換星移，人事已非的情節來寫主角對於亡妻的懷念，也鮮活地描繪了主角與女兒之間的細膩互動，充分反映出他自己的人生：當時潔妲已經因為精神崩潰而入住療養院多年，或許對他來講已經與逝去無異，而故事中的父女關係也能看出費茲傑羅對女兒史考娣用情之深。同樣的，〈我沒有上戰場〉與〈轉機的三小時〉兩篇也是與主角的回憶有關（而且都是回憶二十年前的往事），讀完之後讀者除了會因為故事的奇特轉折而讚嘆費茲傑羅說故事技法之巧妙，還有他把自身強烈失落感投射到小說創作裡的功力。（這段時期他陸續歷經妻子精神崩潰、作品不再像以往受歡迎，後來為了到好萊塢工作甚至無法好好照顧女兒，生活簡直淪落到妻離子散的落魄地步。）

三、《週六晚郵報》與《君子雜誌》

出版年月	標題	最初刊登處
一九二〇年五月	〈冰宮〉（The Ice Palace）	《週六晚郵報》（*Saturday Evening Post*）
一九二二年五月	〈班傑明・巴頓的奇幻人生〉（The Curious Case of Benjamin Button）	《科里爾週刊》（*Collier's*）
一九二二年十二月	〈冬之夢〉（Winter Dreams）	《大都會月刊》（*Metropolitan*）
一九二六年一、二月	〈富家子弟〉（The Rich Boy）	《紅書月刊》（*The Red Book*）
一九二九年十月	〈游泳的人們〉（The Swimmers）	《週六晚郵報》（*Saturday Evening Post*）
一九三一年二月	〈重訪巴比倫〉（Babylon Revisited）	《週六晚郵報》（*Saturday Evening Post*）
一九三六年十月	〈我沒有上戰場〉（I Didn't Get Over）	《君子雜誌》（*Esquire*）
一九三七年二月	〈酗酒個案〉（An Alcoholic Case）	《君子雜誌》（*Esquire*）
一九三九年十二月	〈失落的十年〉（The Lost Decade）	《君子雜誌》（*Esquire*）
一九四一年七月	〈轉機的三小時〉（Three Hours between Planes）	《君子雜誌》（*Esquire*）

從這張附表，我們可以看出本書十篇故事中有三篇是選自《週六晚郵報》，四篇選自《君子雜誌》，因此有必要稍微介紹一下這兩本目前仍都存在的老字號美國雜誌。雜誌在美國文學生產的場域中，與中產階級的興起可說是密切相關，而《週六晚郵報》更是一八二一年就創立於費城，愛倫．坡（Edgar Allan Poe）知名的短篇小說〈黑貓〉（The Black Cat）最早就是於一八四三年八月刊登於《週六晚郵報》，阿嘉莎．克莉絲蒂（Agatha Christie）膾炙人口的《東方快車謀殺案》（*Murder on the Orient Express*）則是在一九三三年分六次連載，其他常為這雜誌供稿的還包括兩位諾貝爾獎得主：威廉．福克納（William Faulkner）與約翰．史坦貝克（John Steinbeck）——而且從福克納常被退稿看來，一來反映出《週六晚郵報》的娛樂性取向（福克納的作品有時頗為深奧難懂），二來也可看出這本雜誌的嚴格標準，並非文學名家就能吃香。在一九三〇年代中期費茲傑羅轉投《君子雜誌》陣營以前，《週六晚郵報》算是他最常投稿的雜誌，刊登過的作品高達六十九篇（一九二〇至三七年之間）。

費茲傑羅賣給《君子雜誌》的作品有四十五篇之多（但不見得每篇都在他有生之年刊登出來），其中短篇小說十七篇（就是所謂的「派特．霍比故事」系列〔The Pat Hobby Stories〕），雖然較少，但數量也算是可觀。除了故事以外，該雜誌文學主編阿諾．金瑞奇（Arnold Gingrich）曾勸他寫出一系列散文來陳述自己淪為酒鬼與失敗作家的心境，刊登於一九三六年二至四月的《君子雜誌》上，包括〈崩潰〉（Crack-Up）、〈拼接碎片〉

（Pasting It Together）以及〈小心輕放〉（Handle with Care）。雖說這樣自怨自艾的風格讓老友海明威大為不滿，但卻在費茲傑羅去世後成為他重新被世人欣賞的重要散文作品。《君子雜誌》曾於一九七三年十月的四十週年慶特輯上將常常投稿給雜誌社的作者畫在封面上，總計二十人裡面除了費茲傑羅以外（14號作者，站在第一排拿著酒杯），還有海明威（4號作者，一樣在第一排手拿酒杯），他非常知名的短篇小說〈吉力馬札羅火山之雪〉（The Snows of Kilimanjaro）就是在一九三六年八月刊登於《君子雜誌》上，而楚門·卡波提（Truman Capote）雖然沒能擠入封面的作者群裡面，別忘了他那篇因為好萊塢女星奧黛麗·赫本（Audrey Hepburn）主演改編電影而永垂不朽的〈第凡內早餐〉（Breakfast at Tiffany's）最初也是刊登於此（一九五八年十一月號）。

四、翻譯費茲傑羅的語言

費茲傑羅的文字是不能直譯的，至少直譯無法表達出他想呈現出的意境，也違背了中文的自然語感，因此每個譯者多少都必須在「忠實」與「背叛」之間求取平衡。例如，〈重訪巴比倫〉開頭不久處有一段用來形容巴黎街頭景象的文字：Outside, the fire-red, gas-blue, ghost-green signs shone smokily through the tranquil rain.雖然有譯者比較忠實地把三種顏色翻譯成「火紅的、瓦斯藍的、鬼火綠的」，但是為求語感的自然，我是把整句翻譯成「飯店外，巴黎街頭下著毛毛細雨，招牌看來火紅淡藍，有些則是如同鬼火般慘綠，散發出迷濛光芒。」並未緊貼著原文，希望能透過「慘綠」、「迷濛」等字眼帶出美國人因為經濟大蕭條而紛紛離開巴黎後的蕭條景象。〈冬之夢〉裡面他用beautifully ugly來形容女主角茱蒂・瓊斯十一歲時的模樣，翻譯成「醜得很漂亮」、「長得難看得漂亮」當然也無不可，但若直接用「醜小鴨」的童話典故來翻譯，就能充分表達出她即將蛻變成天鵝的潛在美貌。還有，在同一個故事作者用But he had received a strong emotional shock, and his perturbation required a violent and immediate outlet.來描述主角德克斯特・葛林因為意中人茱蒂要他當桿弟，令他深感受辱，因此不得不放棄這個自己做得很好，而且能攢到最多零用錢的工作，我覺得若沒有把perturbation一詞稍微轉化，在語感上比較不像中文，因此我才翻譯為「但他感受到強烈的情緒波動，為了讓自己平復下來，必須馬上狠狠地發洩一下。」而不是「必須立刻把內心的不安馬上狠狠發洩出來」。

本書另一位譯者鄭婉伶對於費茲傑羅也有很細膩的觀察。她認為費茲傑羅下筆時總是傾向於把一件事情或自己的感覺形容得很清楚，用字有時候比較特別，所以她會盡量想要把每個字帶到的意象或感覺表現出來；另一方面，她也覺得費茲傑羅的文字有時比較冷靜，例如〈富家子弟〉就有很重的旁觀感。她以〈冰宮〉為例，費茲傑羅用這段文字描寫那一座冰宮：On a tall hill outlined in vivid glaring green against the wintry sky stood the ice palace. It was three stories in the air, with battlements and embrasures and narrow icicled windows, and the innumerable electric lights inside made a gorgeous transparency of the great central hall.這不是那種可以一看到就很直覺地翻譯出來的文字，因此她先在腦海中勾勒出一個畫面，確認這個畫面裡都有費茲傑羅想要的元素，然後再重組出譯文，所以她翻譯為「矗立在高聳山丘上，炫目的綠色光線在冬日的天空中勾勒出冰宮的輪廓。冰宮高達三層樓，有城垛、銃眼以及狹窄的冰柱窗戶，冰宮裡無數的電燈照亮中央大廳，讓內部呈現出晶瑩剔透的華麗景象」。以gorgeous transparency為例，就是有「華麗」和「透明」的元素，但單純透明的冰不會讓人覺得驚訝或華麗，是那種「晶瑩剔透（乾淨純粹）」的特質會讓人讚嘆。

五、結語

費茲傑羅的人生才短短四十四年，他把其中二十年貢獻於寫作，而且透過文學作品提出種種社會觀察，對於美國社會崇拜富人、階級制度森嚴、人民遭資本主義壓制等問題進行批判，也探討了友情、親情、愛情等微妙的人際關係。他所面對的戰後美國社會雖已經邁入禁酒令時代，但仍是一片杯觥交錯，笙歌處處，經濟投機活動大行其道，人人皆曰「美國夢」是可以實現的，因此史稱「咆哮的二〇年代」（the Roaring Twenties），美國的社會、經濟在此時以最快的速度向前狂飆，不再回頭——直到一九二九年股市崩盤，全國陷入經濟大蕭條才從雲端跌落凡間。費茲傑羅的兩本小說《大亨小傳》、《夜未央》，還有在一九三一年發表的〈爵士時代的回音〉（Echoes of the Jazz Age），以及一九三二年完成但在他去世後才出版的〈我失落的城市〉（My Lost City），可說都是觀察二〇年代的重要文獻，甚至可以被當成史料來看待。

除此之外，他在短篇小說裡面也針對當時美國社會乃至於海外的美國人提出許多尖銳精確的觀察，而且短篇小說對他來講似乎有種特別的地位，這可以反映在他人生最後一年寫給妻子的某封信裡面：他說，很奇怪的是他寫短篇小說的能力似乎已經消失無蹤，除了環境改變、他認識的編輯也都不在其位，也是因為潔妲已經不在他身邊，這令他失去了浪漫的想像力。如果您對費茲傑羅的短篇小說特別有興趣，除了閱讀這本書，也可以參考知名編輯兼文評家馬爾孔．考利（Malcolm Cowley）為他編選的《The Stories of F. Scott Fitzgerald》（一九五四年出版），還有另一位費茲傑羅專家馬修．布魯柯利（Matthew J. Bruccoli）編選的《The Short Stories of F. Scott Fitzgerald》（一九八九年出版），兩者分別收錄了他的二十八篇與四十三篇短篇小說，而且兩者所挑的故事都各有七篇出現在本書中——再次顯示出這個短篇小說譯本所具備的代表性。

【延伸閱讀】

Alice Hall Petry, Fitzgerald's Craft of Short Fiction: The Collected Stories, 1920-1935 (Tuscaloosa: University Alabama Press).

Arthur Krystal, *Some Unfinished Chaos: The Lives of F. Scott Fitzgerald* (Charlottesville: University of Virginia Press, 2023).

James L. W. West III, *Business Is Good: F. Scott Fitzgerald, Professional Writer* (University Park: Penn State University Press, 2023).

Jeffrey Meyers, Scott Fitzgerald: A Biography (New York: Harper Perennial, 2014).

Matthew J. Bruccoli, *Some Sort of Epic Grandeur: The Life of F. Scott Fitzgerald* (Columbia: University of South Carolina Press, 2002).

Scott Donaldson, *Fool for Love: F. Scott Fitzgerald* (Minneapolis: University of Minnesota Press, 2012).

冰宮

出處：《週六晚郵報》（一九二〇年五月）

灑落在房屋上的陽光宛如流淌在藝術罐上的金漆，零星散落的陰影更凸顯了日光的強烈。兩側的巴特沃斯和拉金家隱身在濃密的高大樹叢後，只有哈伯家全天候沐浴在陽光中，成日寬容且有耐心地面對著滿是塵土的街道。這裡是喬治亞州最南端的塔爾頓，時間是九月天裡的某個下午。

十九歲的莎莉．卡蘿．哈伯將下巴枕在樓上臥室已有五十二年歷史的窗台，望著克拉克．達洛開著古老的福特轉過街角。車內很熱——因為汽車某部分由金屬製成，蓄積了吸收和產生的所有熱能——克拉克．達洛直挺挺地坐在方向盤後，面帶痛苦又難受的表情，彷彿自己只是一個備用零件，隨時可能會壞掉。他費力地開過兩道塵土中的車轍，輪子發出抗議般的摩擦聲，接著他面目猙獰地猛力轉動方向盤，停在差不多是哈伯家的台階前。車子發出哀愁的嘆息，也像是死前的哀鳴，沉默半晌後，驚人的口哨聲劃破寂靜。

莎莉．卡蘿昏昏欲睡地俯視下方，想張嘴打哈欠，卻發現還得把下巴從窗台上抬起，不然做不太到。於是她改變主意，繼續靜靜注視著車子，車主神氣卻又裝作不在意地坐在車中等著她的回應。不一會兒，口哨聲再度劃破塵土飛揚的空氣。

「早安。」

克拉克奮力扭轉他高大的身軀，勉強看向窗戶。

「現在不是早上，莎莉．卡蘿。」

「你確定嗎？」

「妳在做什麼？」

「吃蘋果。」

「去游泳……要嗎？」

「可以。」

「那動作快點，可以嗎？」

「好的。」

莎莉．卡蘿深深嘆了一口氣，從地板上撐起懶洋洋的身體，她剛才一邊啃著青蘋果，一邊幫妹妹們彩繪紙陀螺。她走近鏡子，愉悅且慵懶地看著自己的神情，隨意在嘴唇抹上兩點胭脂，在鼻子拍了一點粉，戴上點綴著玫瑰的遮陽帽，蓋住一頭金色短髮。她接著一腳踢翻了洗畫筆的水，說了聲：「哎呀，該死！」——但她並沒有清理——便離開了房間。

「克拉克，你好嗎？」她敏捷地翻進車裡時立刻問道。

「非常好，莎莉．卡蘿。」

「我們要去哪裡游泳？」

「瓦力家的泳池。我告訴瑪麗蓮，我們會順路去接她和喬．尤文。」

克拉克膚色黝黑、身材精瘦，走路時有些駝背，眼神陰沉，表情略顯煩躁，除非他頻繁微笑時才會表現出令人驚訝的開朗。克拉克本身有「一筆收入」——剛好足以讓他過上愜意的生活，讓他的車加滿油——他兩年前從喬治亞理工學院畢業後，就一直在家鄉了無生氣的街道上遊手好閒，討論著如何利用他手上的資本迅速致富。

對克拉克來說，無所事事一點都不難。鎮上一群小女生已經長得亭亭玉立了，其中最令人驚豔的就是莎莉・卡蘿，她們很喜歡和他一起游泳、跳舞，在鮮花簇擁的夏日傍晚談情說愛——她們都非常喜歡克拉克。如果與女性的交往變得乏味，還有其他幾位年輕人總是等著與他做一些事，也樂意陪他打幾桿高爾夫或一場撞球，或者喝上一夸脫的「黃色烈酒」。偶爾有人要去紐約、費城或匹茲堡工作，他們便會喝上一輪餞別酒，但他們多數時候都只是在這個遊手好閒的遊行中徘徊，悠游在夢幻般的天空、火紅的晚霞以及喧鬧的黑人街頭市集——特別是那些溫柔婉約、輕聲細語的女孩，她們是憑藉著回憶長大的，而不是金錢。

那台福特車逐漸激動起來，如同克拉克和莎莉・卡蘿躁動不安的生活，嘈雜地駛下山谷大道，進入傑弗遜街，原本布滿塵土的街道從這裡開始有了鋪面，沿著寂靜的米利森廣場繼續行駛，附近有幾間華麗、雄偉的豪宅，接著駛進了市區。在這裡開車相當危險，因為此時人們正忙著購物，行人會隨意橫越街道，一群低鳴的牛被趕到溫馴的電車前方，甚至連商店似乎都只是打呵欠般開著門，半掩的窗戶在陽光下如同不斷下沉的眼皮，進入一種全然的昏睡狀態。

「莎莉・卡蘿，」克拉克突然問道：「妳真的訂婚了嗎？」

她快速地看向他。

「你從哪裡聽來的？」

「肯定是了，妳訂婚了嗎？」

「這是個好問題。」

「某個女孩告訴我，妳和去年夏天在阿什維爾認識的北方佬訂婚了。」

莎莉．卡蘿嘆了口氣。

「從沒見過這麼愛八卦的城鎮。」

「別嫁給北方佬，莎莉．卡蘿。我們需要妳留在這裡。」

莎莉．卡蘿沉默了一會兒。

「克拉克，」她突然問道：「那我到底該嫁給誰？」

「我願意承擔這個責任。」

「親愛的，你養不起老婆。」她歡快地說道：「而且我太瞭解你了，所以不可能會愛上你。」

「這不代表妳得嫁給一個北方佬。」他堅持。

「如果我真的愛他呢？」

他搖搖頭。

「不可能，他肯定和我們完全不一樣。」

他將車子停在一棟破舊的房子前。瑪麗蓮．韋德和喬．尤文出現在門口。

「嗨，莎莉．卡蘿！」

「嗨！」

「你們好嗎？」

「莎莉．卡蘿，」車子啟動時，瑪麗蓮問道：「妳訂婚了嗎？」

「天啊！這到底是怎麼開始的？難道我只要看著一個男人，鎮上所有人就非要我和他訂婚嗎？」擋風玻璃嘎吱作響，克拉克緊盯著上面一顆螺栓。

「莎莉．卡蘿，」他語氣意外強烈地說道：「妳不喜歡我們嗎？」

「什麼意思？」

「我們這些南方人？」

「什麼，克拉克，你知道我喜歡的。我很喜歡你們這些男孩。」

「那妳為什麼要和一個北方佬訂婚？」

「克拉克，我不知道。我不確定我會怎麼做，但是……我想去看看世界、認識更多人。我想拓展視野。我想要住在會有大事件發生的地方。」

「什麼意思？」

「克拉克，我愛你，也愛喬，還有班．雅羅特，以及你們所有人，但你們……你們……」

「我們都沒什麼前途？」

「是的，我指的不是只有金錢上沒前途，而是那種……無力和悲哀，還有……唉，我該怎麼說呢？」

「是因為我們留在塔爾頓嗎？」

「是的，克拉克，因為你們喜歡這裡，所以完全不想改變、思考或前進。」

他點了點頭，她伸手握住他的手。

「克拉克，」她輕聲說道：「我永遠不會想要改變你。你本來的樣子就很好了。我也會永遠愛著那些讓你沒前途的東西——活在過去、懶散度日、你的不拘小節和慷慨大方。」

「但妳還是要離開？」

「是的……因為我永遠不可能嫁給你。沒人可以取代你在我心中的地位，但困在這個小鎮只會讓我躁動不安。我會覺得自己在……浪費生命。我有兩個面向，一面是你喜歡的那個慵懶的我，另一面則是充滿活力——感覺會讓我做出瘋狂事，這方面的我也許在其他地方可以發揮作用，就算我不再美麗，這一面仍然會存在。」

她突然停頓，隨著情緒轉換嘆了一口氣說道：「哦！親愛的小寶貝！」

莎莉．卡蘿眼睛半掩，頭向後靠在椅背上，讓清涼的微風拂過眼睛、吹過她蓬鬆的短捲髮。他們已經抵達鄉村，快速穿過茂密的翠綠灌木叢、草地及高大樹木，其下垂的枝葉以一絲涼爽歡迎過路人。偶爾會經過一間破舊的黑人小屋，白髮蒼蒼的老人抽著玉米芯菸斗坐在門邊，幾名衣著單薄的黑人小孩在屋前茂密的草地上展示破舊的娃娃。往更遠處走是懶洋洋的棉花田，田裡的工人似乎是太陽借給地球的幻影，並非為了幹活，而是為了在九月的金色田野中消磨某種古老的傳統。空氣中流動的暑氣，環繞在這昏昏欲睡的景象，越過樹木、小屋和濁流，並不會令人感覺酷熱，反而是舒適的，如同一個溫暖滋養的胸懷環抱著嬰兒般的大地。

「莎莉．卡蘿，我們到了！」

「可憐的孩子，睡得真熟。」

「親愛的，妳終究還是慵懶到昏睡過去了嗎？」

「水，莎莉．卡蘿！沁涼的水在等著妳！」

她迷迷糊糊睜開眼睛。

「嗨！」她笑著咕噥道。

II

十一月，哈利．貝拉米從北方城市南下來這裡待上四天。高大健壯又精力旺盛的他，此行的目的是要解決一個懸而未決的問題，這個問題從仲夏時分他和莎莉．卡蘿在北卡羅萊納州阿什維爾認識以來就一直困擾著他，卻只花了一個寧靜的下午和坐在熊熊篝火前的一個晚上就解決了，因為哈利．貝拉米擁有莎莉．卡蘿想要的一切，此外，她愛他——用她特別保留給愛情的面向愛他。莎莉．卡蘿的個性裡有幾個極為分明的面向。

在他離開前的最後一個下午，他們一起散步，莎莉．卡蘿發現他們的腳步不經意往她最喜歡的地方，也就是墓地走去。在鮮活的夕陽下，灰白和金綠交錯的墓地映入眼簾，她卻在大門前躊躇不前。

「哈利，你有哀傷的一面嗎？」她微微笑著問道。

「哀傷？我沒有。」

「那我們進去吧，雖然有些人會在這裡感到憂鬱，但我喜歡這裡。」

他們走進大門，沿著一條小徑走過高低起伏的墓地——一八五〇年代的墓碑陳舊灰暗，七〇年代的墓碑上精心雕刻著花朵和罐子，九〇年代的墓碑過度裝飾顯得醜陋，肥胖的大理石小天使濕漉漉地躺在石枕上，難以名狀的花崗岩花朵無止盡繁衍。他們偶爾會看到跪在墓碑前獻花的人，但大多數的墓碑都只是靜靜矗立，枯萎樹葉只剩下淡淡的氣味，只有朦朧的記憶能喚醒生者的記憶。

他們爬上了山丘的頂端，映入眼簾的是一座高大圓拱形的墓碑，上面布滿潮濕的霉斑，其中一半布滿藤蔓。

「瑪格麗．李，」她讀著墓碑：「一八四四年至一八七三年，她很漂亮吧？過世時才二十九歲，親愛的瑪格麗．李，」她輕聲說道：「哈利，你能想像她的模樣嗎？」

「可以，莎莉．卡蘿。」

他感覺一隻小手伸進他的手中。

「我猜，她有著一頭深色頭髮，總是用絲帶將頭髮纏起來，穿著華美的愛麗絲藍和灰玫粉色蓬裙。」

「沒錯。」

「噢！她真是漂亮，哈利！她是那種天生適合站在柱子林立的寬闊門廊上迎接賓客的女生。我猜，許多上戰場的男性可能都心想著回來見她，但也許沒有人回得來。」

他俯身靠近墓碑，試圖尋找婚姻記錄。

「這裡沒有任何記錄。」

「當然沒有，墓碑上只有『瑪格麗．李』以及充滿想像的生卒年份，還有什麼能比這樣更好的呢？」

她靠近他，金髮輕輕掃過他的臉頰，他突然感覺異物堵住喉嚨。

「哈利，你現在能想像她的樣子了，對嗎？」

「我能想像，」他溫柔地同意道：「我能從妳美麗的眼睛看見，現在的妳是如此美麗，所以我知道過去的她肯定也是。」

他們靜靜地站在一起，他可以感受到她的肩膀微微顫抖。一陣微風緩緩吹過山丘，微微掀動她的帽簷。

「我們下去吧！」

她指著往山丘另一邊的平坦草地，數以千計的灰白十字架整齊地沿著草皮往遠處延伸，完全看不到盡頭，如同整裝待發的軍隊。

「這些南方邦聯的亡者。」莎莉・卡蘿輕描淡寫地說道。

他們沿著十字架邊走邊讀著上方的刻字，一律都只寫著名字和日期，有些還難以辨識。

「最後一排最令人難過……你看那邊，每個十字架上都只有一個日期和『無名氏』三個字。」

她看著他，眼眶裡充滿淚水。

「我無法告訴你，這對我來說感受有多真實，親愛的……如果你不知道的話。」

「我覺得妳的感受很美。」

「不，不，不是我，是他們……那個我心中一直試圖保有的舊時光，顯然他們只是不太重要的普通人，否則他們不會只是『無名氏』，但他們為了世上最美好的事物犧牲——逝去的南方，你懂嗎？」她繼續說道，聲音依然沙啞，眼睛因淚光而閃爍，「人們會將夢想寄託在事物上，我一直懷著這個夢想長大。這麼做很容易，因為一切都已經過去了，所以沒有經歷過任何幻滅。我也試圖以某種方式遵循過去貴族義務的標準……只剩下最後一點痕跡，你知道的，就像古老花園裡的玫瑰在我們身邊凋謝……某些男孩身上還保有奇怪的禮儀和騎士精神，還有我從隔壁一名前南方邦聯軍和幾位年長的黑人那裡聽到的故事。噢！哈利，這其中存在某種偉大的東西，一定有的！我永遠無法讓你明白，但確實存在。」

「我明白。」他再次輕聲安慰她。

莎莉・卡蘿微微一笑，用他胸前口袋露出的手帕一角擦乾眼淚。

「親愛的，你沒有感到憂鬱吧？就算我在這裡哭泣時，心裡都是開心的，我從中獲得某種力量。」

他們手牽著手，轉身緩緩離開，找到一片柔軟的草地，她拉著他坐在身旁，背靠著一片破舊矮牆的遺跡。

「我希望那三位年長女性能離開，」他抱怨道：「我想吻妳，莎莉・卡蘿。」

「我也是。」

他們不耐煩地等著那三個佝僂的身影遠離，她吻了他，直到天空似乎逐漸淡出，她所有的笑容和淚水都在永恆片刻的狂喜中消逝。

後來，他們一起緩步往回走，街角的暮色昏昏欲睡地與白日的盡頭玩著黑白相間的跳棋。

「妳大約會在一月中北上，」他說道：「妳至少得待一個月，一定會很棒的。到時候正值冬季嘉年華，如果妳從未見過真正的雪，那對妳來說一定就像童話世界，可以滑冰、滑雪、滑平底雪橇和坐雪橇，以及各種穿著雪鞋、拿著火炬的遊行。他們已經多年沒有舉辦了，所以這次要盛大舉辦。」

「哈利，我到時候會覺得很冷嗎？」她突然問道。

「妳肯定不會。鼻子可能會很凍，但妳不會冷到發抖。天氣是乾冷。」

「我認為我還是適合夏季，我不喜歡我經歷過的任何冷天氣。」

她停頓了一下，接著他們一起沉默了一會兒

「莎莉・卡蘿，」他非常緩慢地說道：「那……三月好嗎？」

「我說我愛你。」

「三月？」

「哈利，三月。」

III

她整晚在豪華臥舖車廂都感覺非常冷，按鈴請服務員送來另一條毛毯，但服務員無法提供毛毯給她。她只能徒勞無功地蜷縮在臥舖底端，重複摺疊被單蓋在自己身上，試圖抓住幾個小時睡覺。她想要在早上呈現最好的狀態。

六點起床，她勉強穿上衣服，搖搖晃晃地走到餐車車廂喝一杯咖啡。雪已滲進車廂間的連通走廊，地板上也覆蓋了一層滑溜溜的冰，這個寒冷的天氣很神祕，無孔不入。呼出的氣息清晰可見，她帶著純粹的喜悅享受地向空氣中吹氣。她坐在餐車裡，凝視著窗外皚皚白雪覆蓋的山丘、山谷以及點綴其中的松樹，松樹的枝條宛如盛裝這場冰冷白雪饗宴的綠色托盤。有時會快速經過一間孤獨的農舍，醜陋、荒涼又形單影隻地矗立在白茫茫的荒原之中，眼看著這些，她油然而生一絲冷冽的同情心，同情那些被關在其中等待春天的靈魂。

當她離開餐車車廂，拖著腳步走回豪華臥鋪車廂，她感受到一股能量衝過全身，不禁心想這是不是哈利提過的清冷空氣，這裡是北方，北方——現在是她的地方了。

「風兒吹吧！嘿呦！我即將遠行！」她興奮地唱著。

「什麼事？」服務員禮貌地詢問。

「我說：『幫我撥一撥雪。』」

電線桿上長長的電線交錯相疊，火車旁邊出現兩條鐵軌……三條……四條，白色屋頂的房子一排又一排，飛速經過窗戶結霜的電車，街道……更多街道……接著進入城市。

在寒冷的車站裡，她恍惚地呆站了一會兒，才看到三個裹著毛皮大衣的身影朝她走來。

「看到她了！」

「噢！莎莉．卡蘿！」

莎莉．卡蘿放下了行李。

「嗨！」

一個稍微熟悉的冰冷面孔親了她一下，一群人馬上包圍住她，他們都彷彿吞吐著濃厚的煙雲，她不斷向他們握手。身材短小的高登是一名個性熱情的三十幾歲男性，看起來像酷似哈利的業餘模特兒，還有他的太太麥拉，個性慵懶，頭上頂著淡黃色頭髮，帶著一頂毛帽。莎莉．卡蘿幾乎是立刻感覺自己彷彿置身北歐，開朗的司機接過她的行李，在麥拉不成句的話語、驚呼聲以及敷衍的「親愛的」中，他們匆忙離開車站。他們坐上一輛轎車，穿過一條又一條撲滿積雪的蜿蜒街道，街上有許多小男孩在貨車和汽車後面搭著雪橇。

「哦！」莎莉．卡蘿大叫道：「我也想玩！哈利，可以嗎？」

「那是小孩玩的，但我們也許可以──」

「看起來真像馬戲團。」她惋惜地說道。

貝拉米家是座落於白雪皚皚土地上一間寬敞的木構房子，她在那裡遇見了一位她挺喜歡的高大灰髮男子，以及一名身形如雞蛋般的女士親了她一下──他們是哈利的雙親。接下來她經歷了令人喘不過氣、難以形容的一小時，其中塞滿了不成句的對話、熱水、培根、雞蛋和困惑，之後她和哈利獨自待在書房，問他是否能抽菸。

書房是一間寬廣的房間，壁爐上方掛著聖母像，一排又一排的書籍，有著淡金色、深金色和亮紅色的封面。所有椅子上方都放著一張小蕾絲方巾，讓坐著的人可以靠著頭，沙發也很舒適，書籍看起來也有人讀過──至少有些是這樣。莎莉．卡蘿瞬間想起家中老舊的書房，裡面收藏著父親厚重的醫學書籍，牆上掛著三位叔公的油畫，還有一張修補了四十五年的舊沙發，仍是一個作夢的好地方。對她而言，這間書房既不吸引人也不會特別令人反感，只是一間放滿許多相當昂貴物品的房間，那些東西至少都存在約十五年了。

「妳覺得這裡如何？」哈利熱切地問道：「讓妳驚訝嗎？我的意思是，符合妳的預期嗎？」

「哈利，你符合。」她輕聲說道，伸出雙臂抱住他。

但在簡短的一吻後，他似乎更迫切想從她身上感受到熱情。

「我是說這個城鎮，妳喜歡嗎？妳能感受到空氣中的活力嗎？」

「噢！哈利，」她笑著說道：「你得給我一點時間。你不能就直接把這個問題丟給我。」

她一邊抽著菸，一邊滿意地嘆了口氣。

「我想問妳一件事，」他不好意思地開口說道：「妳們南方人很在乎家族……我不是說這樣有什麼不對，但妳會發現北方這裡有點不一樣。我是說……妳會注意到，很多東西在妳第一眼看來可能有點俗氣，但莎莉．卡蘿，妳要記得，這是一個三代同堂的城鎮。這裡每個人都有父親，其中約一半的人還有祖父，再往上就沒了。」

「我想也是。」她嘀咕道。

「我的祖父創立了這個地方，他們之中許多人在開墾的過程中，必須同時從事一些有點奇怪的工作。舉例來說，有個現在可以算是鎮上社交楷模的女性，她父親就是第一位清潔工……諸如此類。」

「什麼意思？」莎莉．卡蘿疑惑地問道：「你覺得我會去說三道四嗎？」

「不是這樣的，」哈利插嘴道：「我也不是為任何人感到丟臉，只是……好吧，去年夏天有個南方女性來到這裡，說了一些不得體的話，所以……我想說我得先告訴妳。」

莎莉．卡蘿突然感到憤怒——彷彿她受到不公平地懲罰一般——但哈利顯然覺得這個話題結束了，因為他繼續熱情洋溢地說下去。

「現在正值嘉年華，十年來第一次舉辦。他們現在正在建一座冰宮，那是一八八五年以來的第一座。用他們可以找到最清澈的冰磚來蓋——規模大得很。」

她起身走到窗邊，推開厚重的土耳其窗簾向外看。

「哦！」她突然大聲說道：「那邊有兩個小男孩在堆雪人！哈利，你覺得我可以出去幫他們嗎？」

「想都別想！過來吻我一下。」

她有些不情願地離開窗邊。

「我不覺得這裡的天氣適合親吻，對吧？我的意思是，這天氣讓人不想呆坐不動，不是嗎？」

「我們不會只是呆坐不動。妳在這裡的第一週我休了假，今晚有個晚宴舞會。」

「噢！哈利，」她半躺在他的大腿上，半躺在枕頭上，坦承道：「我的確覺得有些困惑。我不確定我會不會喜歡，也不知道人們對我有什麼期待。你得告訴我，親愛的。」

「我會告訴妳，」他輕聲說道：「只要妳告訴我，妳很高興來到這裡。」

「高興……非常高興！」她低聲回答，以她特有的方式鑽進他懷裡，「有你在的地方就是我的家，哈利。」

她說話的同時，幾乎是人生第一次覺得自己在扮演一個角色。

當天晚上，在燭光閃爍的晚宴上，男性似乎主導大部分的談話，女性則保持著高不可攀的冷漠態度，即便哈利坐在她左邊，也無法讓她感到安心。

「他們真是好看，妳不覺得嗎？」他問道：「妳看看四周，那位是史帕德．哈伯德，普林斯頓大學橄欖球校隊去年的截鋒，還有朱尼．莫頓，他和他身邊那位紅髮男士都是耶魯大學曲棍球隊隊長，朱尼是我的同學。妳看，世界上最優秀的運動員都來自這一帶。這可是男人的天下，看看約翰．J．費許朋！」

「他是誰？」莎莉．卡蘿天真地問道。

「妳不認識嗎？」

「我聽過這個名字。」

「西北部最厲害的小麥商，全國數一數二的資本家。」

她突然轉向右邊傳來的聲音。

「他們應該忘記介紹我們認識了，我是羅傑．帕頓。」

「我是莎莉．卡蘿．哈伯。」她優雅地說道。

「是的，我知道。哈利告訴我妳會來。」

「你們是親戚嗎？」

「不，我是一名教授。」

「哦！」她大笑道。

「在大學教書。妳是南方人，對嗎？」

「對，來自喬治亞州塔爾頓。」

她馬上就喜歡上他——紅棕色的八字鬍，水藍色的眼睛裡有著他人缺乏的特質，某種欣賞的眼光。他們在晚餐時聊了幾句後，她決定要再見他一面。

喝完咖啡後，她被介紹給幾位英俊的年輕男士，他們小心翼翼地選擇話題，似乎認為她只想談哈利的事。

「天啊！」她心想：「他們和我說話的樣子，好像我訂婚後就比他們年長一般……好像我會向他們母親打小報告一樣！」

在南方，一個訂婚的女孩，即便是年輕已婚女性，還是可以期待得到社交初登場時那樣帶點親暱的調侃與恭維，但在這裡似乎完全禁止這麼做。有名年輕男士一開口就熱切地說著莎莉．卡蘿的眼睛，這雙眼睛如何從她一進門就開始吸引著他。但在他得知她來拜訪貝拉米一家——而且是哈利的未婚妻後，他馬上就陷入極度的困窘，似乎感覺自己犯了一個不得體、不可原諒的大錯，態度隨即變得正經起來，一找到機會就馬上離開她身邊。

當羅傑．帕頓抓到機會和她相處，提議他們獨坐一會兒，她感到有點開心。

「那麼，」他歡快地邊眨眼邊問道：「南方的卡門小姐感覺還好嗎？」

「非常好，那……你這個危險的丹．麥格魯[1]呢？抱歉，他是我唯一比較認識的北方人。」

他似乎很享受兩人的對話。

「當然，」他坦承道：「身為一名文學教授，我不該聽過危險的丹．麥格魯。」

「你是本地人嗎？」

「不是，我是費城人，從哈佛大學借調到這裡教法文，但我已經在這裡十年了。」

「比我多了九年又三百六十四天。」

「喜歡這裡嗎？」

「嗯哼，當然！」

「真的嗎？」

「怎麼了嗎？我看起來不像樂在其中嗎？」

「我剛剛看到妳望向窗外……顫抖了一下。」

「那只是我的想像。」莎莉．卡蘿大笑道：「我已經習慣外面一片寂靜，有時我會看見窗外飄著一陣雪，看起來好像死去的東西在移動。」

---

1 危險的丹．麥格魯為詩作〈丹．麥格魯槍擊事件〉（The Shooting of Dan McGrew）中的角色，由蘇格蘭裔加拿大詩人羅伯特．塞維斯（Robert W. Service）所著，講述一八九〇年代末加拿大克朗代克淘金熱時期，淘金者丹．麥格魯、女朋友路和一名陌生人之間發生的槍擊事件。

他點頭表示讚賞。

「來過北方嗎？」

「在北卡羅萊納州阿什維爾度過兩個七月。」

「這群人看起來不錯，對吧？」帕頓說道，指著眾人在其中旋轉的舞池。

莎莉・卡蘿十分訝異，因為哈利也說過類似的話。

「沒錯！他們……像狗。」

「什麼？」

她臉一紅。

「抱歉，這句話聽起來比我想表達的還糟。我總是習慣將人們分為貓科或犬科，不分性別。」

「那妳屬於哪種？」

「我像貓，你也是。大多數的南方男性和這裡大多數的女孩都是。」

「那哈利呢？」

「哈利很明顯就是像狗，我今天遇見的所有男性似乎都像狗。」

「像狗是什麼意思？某種刻意流露的陽剛之氣，而不是內斂纖細嗎？」

「也許是吧，我從未認真分析過……我只是第一眼看見人們時，就直接將他們分類為『狗』或『貓』，這可能聽起來很荒唐。」

「一點也不會，我很有興趣。我以前對這些人有個理論，我覺得他們似乎正在慢慢結凍。」

「什麼意思？」

「他們越來越像瑞典人──易卜生風格的感覺，非常緩慢地陷入陰沉憂鬱，都是因為這漫長的冬天。妳讀過易卜生的作品嗎？」

她搖了搖頭。

「妳會發現他筆下的角色都有某種僵化的憂鬱。他們循規蹈矩、心胸狹隘又毫無樂趣，沒有感受巨大悲傷和喜悅的無限可能性。」

「笑不出來也哭不出來？」

「沒錯，這就是我的理論。妳看，這裡有上千名瑞典人，我猜他們會來這裡是因為氣候和他們家鄉非常相像，他們也逐漸融入當地。也許今晚也來了幾位，但……這裡已經出了四個瑞典人州長。我讓妳感到無聊了嗎？」

「我非常有興趣。」

「妳未來的大嫂是半個瑞典人。我個人挺喜歡她的，但我的理論是，瑞典人對我們整體帶來不好的影響，妳知道的，北歐人的自殺率是世界上最高的。」

「如果感覺這麼壓抑，你為什麼還要住在這裡？」

「哦！我沒有受到影響。我的生活還算與世隔絕，對我來說，書可能比人們重要。」

「可是作家都說南方很悲情，你懂的……未婚的西班牙小姐、黑髮、匕首和不絕於耳的音樂。」

他搖了搖頭。

「不是的，北方人才是悲哀的族群……他們無法隨心所欲地流淚。」

莎莉．卡蘿想起她的墓地，她心想，這大概像是她所說的「墓地不會讓她感到憂鬱」的意思。

「義大利人大概是世界上最開心的民族……不過這是個無聊的話題，」他突然停頓了一下，「總之，我想告訴妳，妳即將嫁給一名優秀的男性。」

莎莉．卡蘿被一股信任的衝動感動。

「我知道，我是那種過了某個階段就想被照顧的人，我想我肯定是的。」

「我們跳個舞吧？」他們起身時，他繼續說道：「妳知道嗎？遇到一名知道自己為什麼結婚的女性是一件很振奮人心的事。九成的女性都認為婚姻像是走向電影裡的日落。」

她大笑，頓時對他產生極大的好感。

兩小時後，在回家的路上，她在汽車後座窩在哈利身旁。

「噢！哈利，」她低聲說道：「好……好冷啊！」

「可是這裡很溫暖，親愛的。」

「但是外面好冷，還有那呼嘯而過的風！」

她將臉深埋進他的毛皮大衣。他冰冷的嘴唇吻上她的耳尖時，她忍不住顫抖了一下。

IV

她來訪的第一週很快就過去了。在一月寒冷的黃昏時分，她得到了之前應許的事，搭在汽車後面滑著平底雪橇。她裹著毛皮大衣，花了一整個早上在鄉村俱樂部的山坡上滑平底雪橇，甚至還嘗試了滑雪，短暫地飛躍在空中，接著歡欣地落在鬆軟的雪堆裡。她喜歡所有冬季運動，除了某個下午在淡黃色的陽光下，穿著雪鞋走過反射刺眼陽光的平原，但她很快就發現這些活動都是為孩子準備的——別人只是在遷就她，周遭的快樂氛圍只是為了回應她樂在其中的情緒。

起初，貝拉米一家讓她感到困惑。這個家中的男性都很可靠，她很喜歡他們，特別是貝拉米先生，他帶鐵灰色的頭髮和精力充沛的威嚴；她一發現他出生於肯塔基州，立刻對他產生好感，這讓他宛如舊時代和新時代的連結，但她從這個家中的女性身上感受到明顯的敵意。她未來的大嫂麥拉似乎是無精打采的典範，她的談話十分缺乏個性，莎莉．卡蘿來自一個女性自帶魅力和自信的地方，她很容易就輕視麥拉。

「如果這些女性不漂亮，」她心想：「她們就什麼也不是。你看著她們時，她們像消失了一樣。她們只是光鮮亮麗的家庭主婦。男性才是這個混合群體的中心。」

最後，還有貝拉米夫人，莎莉・卡蘿討厭她。她第一天覺得她像一顆蛋的印象獲得證實——嗓音分岔、姿態毫不優雅、又矮又胖的一顆蛋，讓莎莉・卡蘿覺得，如果她不小心跌倒，肯定會連滾帶爬。此外，貝拉米夫人似乎是這個城鎮的典型，天生就對外人懷有敵意，她會叫莎莉・卡蘿「莎莉」，無論如何也無法說服她，因為她覺得這個雙名只是個冗長、荒謬的暱稱。對莎莉・卡蘿而言，這樣縮短她的名字，讓她感覺如同在大眾面前半裸著身體。她喜歡人家叫她「莎莉・卡蘿」，討厭人家叫她「莎莉」。她也知道哈利的母親討厭她的短髮，自從她第一天看到貝拉米夫人進到書房用力聞了一聞，就再也不敢在樓下抽菸。

在所有她遇見的男性中，莎莉・卡蘿最喜歡羅傑・帕頓，他是家中的常客。他再也沒有提過影射這群人的易卜生傾向，但當他某天來訪，發現她正窩在沙發上低頭看著《皮爾金》，他邊笑邊叫她忘記他說過的話——那些都是胡說八道。

接著第二週的某天下午，她和哈利差點發生一場激烈爭吵。她認為一切都是他引起的，但導火線其實是一名褲子沒有熨燙的不知名男性。

回家路上，他們走過高高堆積的雪堆，沐浴在莎莉・卡蘿幾乎感到陌生的陽光下回家。他們經過一個穿著灰色羊毛衣的女孩，看起來像是一隻小泰迪熊，莎莉・卡蘿忍不住出於母性發出一聲讚嘆。

「哈利，你看！」

「什麼？」

「那個小女孩……看到她的臉了嗎？」

「有，怎麼了？」

「紅得像草莓一樣，噢！她真可愛！」

「妳的臉幾乎和她一樣紅了！這裡的每個人都很健康，我們從會走路開始就出沒在這樣寒冷的天氣。這個天氣真的太棒了！」

她看著他，不得不同意，他看起來非常健康，他的哥哥也是。她那天早上也注意到自己臉頰上新生成的紅潤。

突然之間，他們的目光被吸引住，盯著前方街角半晌。一名男人站在那裡，雙膝彎曲，目光緊張地往上看，彷彿準備跳向寒冷的天空。他們突然大笑，因為他們靠近一看後發現，那只是荒謬、瞬間的錯覺，因為那人極度寬鬆的長褲所造成的。

「看來是我們被騙了。」她笑著說道。

「他肯定是南方人，看看那件褲子。」哈利調皮地說道。

「哈利，你怎麼這麼說？」

她驚訝的表情似乎激怒了他。

「那些該死的南方人！」

莎莉・卡蘿怒目說道：「別這麼叫他們！」

「對不起，親愛的，」哈利沒誠意地道歉，說道：「但妳知道我對他們的看法，他們就是有點……有點墮落，完全不像老一輩的南方人，他們在南方和有色人種住在一起太久，已經變得懶惰又胸無大志。」

「哈利，閉嘴！」她憤怒大喊道。

「他們不是！他們也許是懶惰——任何人在那樣的天氣裡都會這樣，但他們是我最好的朋友，我不想聽到你這樣以偏蓋全地批評他們。他們之中有些人是世界上最好的人。」

「哦，我知道了，他們來北方讀書時還好，但我所見過垂頭喪氣、衣衫不整、邋遢不堪的人之中，那些小鎮來的南方人是最糟糕的。」

莎莉．卡蘿帶著手套的雙手用力握起，憤怒地咬著嘴唇。

「妳知道嗎？」哈利繼續說道：「我在紐哈芬有一位同學，我們當時都認為我們終於認識了一位真正的南方貴族，結果他根本不是貴族——他只是一個北方投機客的兒子，他們家幾乎掌握了莫比爾附近的所有棉花。」

「南方人不會像你現在這樣講話。」她平靜地說道。

「他們沒那麼有活力！」

「或者不像你那樣。」

「對不起，莎莉．卡蘿，但我聽妳說過，妳不可能會嫁給——」

「這是兩回事。我告訴你，我不會想把人生和塔爾頓附近的男孩綁在一起，但我從來沒有以偏蓋全。」

他們默默地走了一會兒。

「我也許說得太過火了，莎莉．卡蘿，抱歉。」

她點了點頭，但沒有回應。五分鐘後，他們站在門廊，她突然伸出雙臂擁抱他。

「噢，哈利！」她哭著說道，眼眶裡滿是淚水，「我們下禮拜就結婚吧，我害怕再出現這樣的爭吵。我很害怕，哈利。我們如果結婚，就不會這樣了。」

哈利雖然理虧卻還是有點生氣。

「那樣太蠢了，我們已經決定三月結婚。」

莎莉．卡蘿眼中的淚水逐漸乾涸，她的表情變得有點嚴肅。

「很好……我想我不該說那些話。」

哈利的態度軟化。

「親愛的小傻瓜！」他大叫道：「過來吻我，讓我們忘記這一切。」

那天晚上，在輕歌舞劇演出最後，樂團演奏了〈迪克西〉[2]一曲，莎莉．卡蘿感受到比白天的笑與淚更強烈、更持久的情緒湧上心頭。她身體向前傾，緊緊抓住她的椅子，直到臉頰變得通紅。

「親愛的，妳有點被感動了嗎？」哈利輕聲說道。

---

2 Dixie，意指美國內戰時的南方邦聯。

但她並沒有聽到他說的話，隨著小提琴激情的顫音以及定音鼓振奮的節奏，她心中那些古老幽靈似乎從眼前經過並走入黑暗，橫笛再次低聲吹響與嘆息，他們似乎離她的視線越來越遠，她幾乎可以揮手道別。

「走吧，走吧，
南下到迪克西！
走吧，走吧，
南下到迪克西！」

V

那天晚上特別冷，前一天突如其來的融雪幾乎將街道清理乾淨，但鬆軟的粉雪在風的低處以波浪狀前行，再次覆蓋上街道，低空中也充滿細微顆粒組成的霧靄。天空似乎消失了——只剩下一頂黑暗、陰沉的帳棚籠罩在街道上空，實際上是一支即將到來的雪花大軍——北風無止盡地吹著，驅散褐色和綠色光芒從窗戶透出的溫暖，削弱了馬匹拉雪橇的穩定速率。這裡畢竟還是個悲傷絕望的城鎮，她心想——悲傷絕望。

有時在夜晚，她會覺得這裡似乎沒人居住——他們早就都離開了——只留下燈火通明的房子，等著被堆積成丘的冰雪覆蓋。噢，如果她的墳墓上也覆蓋著雪就好了！整個冬天都埋在厚厚的積雪裡，甚至連她的墓碑都成了映照在淺色陰影上的淺色陰影。她的墳墓——應該會是布滿鮮花、接受陽光和雨洗禮的一座墳墓。

她再次想到火車經過的那些孤獨農舍，以及在那裡度過漫長冬天的景象——刺眼的光無止盡地從窗戶照進室內，鬆軟雪堆上逐漸凝固的硬殼，最終才緩慢又了無生氣的融化，還有羅傑·帕頓向她提過的嚴峻春天。她的春天——盛開的丁香花以及心中油然而生的慵懶幸福感，即將永遠失去。她正在向那樣的春天道別，之後也會向那份幸福感道別。

暴風雪逐漸增強。莎莉·卡蘿感覺一層薄薄的雪花在睫毛上迅速融化，哈利伸出一隻毛茸茸的手臂，拉下她那複雜的法蘭絨帽。接著，小雪花如同前線士兵般不斷落下，馬匹耐心地彎著脖子，毛皮上瞬間凝結出一層冰晶。

「哦，牠會冷，哈利。」她迅速說道。

「誰？馬匹？哦，不，牠不會冷。牠喜歡這樣的天氣！」

又過了十分鐘，他們轉過街角，看見了他們的目的地，矗立在高聳山丘上，炫目的綠色光線在冬日的天空中勾勒出冰宮的輪廓。冰宮高達三層樓，有城垛、銃眼以及狹窄的冰柱窗戶，冰宮裡無數的電燈照亮中央大廳，讓內部呈現出晶瑩剔透的華麗景象。莎莉·卡蘿緊緊抓住哈利毛皮大衣底下的手。

「真漂亮！」他激動大叫道：「天啊！真漂亮，對吧？他們自從八五年後就沒有再建過這樣的冰宮了。」

不知為何，這個一八八五年來就從未建過的想法讓她感到壓抑。冰像是幽靈，這座冰宮肯定住著八〇年代的幽靈，臉色蒼白，布滿積著雪、模糊不清的髮絲。

「來吧，親愛的。」哈利說道。

她跟著他下了雪橇，等待他將馬匹拴好。這一群四人——高登、麥拉、羅傑．帕頓及另一名女孩——伴隨著響亮的鈴聲在他們身邊停下。有不少人已經聚集在此，大家都裹著毛皮或羊皮大衣，走過雪地時相互呼喊著對方，風雪大到幾乎看不清幾尺外的人。

「這座冰宮高五十公尺，」哈利舉步維艱地走向入口，一邊對身邊裹得緊緊的身影說道：「占地五千平方公尺。」

她捕捉到一些零散的語句：「一個主要大廳……」「牆有半公尺到一公尺厚……」「冰洞幾乎有一點六公里長……」「蓋這座冰宮的加拿大人……」

他們找到了入口，莎莉．卡蘿被巨大冰晶牆壁的魔力吸引，不停在心中重複〈忽必烈汗〉（Kubla Khan）中的兩句詩句：

「那是罕見的鬼斧神工，

燦爛陽光下的穹頂宮殿及冰窟！」

在這座閃閃發亮的巨大洞穴中，黑暗被擋在洞口之外，她坐在一張木頭長椅上，舒緩了晚間的壓抑感。哈利說得對——這裡真漂亮，她的目光在平滑的牆面上游移，那些精心挑選的冰磚清澈純淨，創造出乳白又半透明的效果。

「妳看！要開始了……天啊！」哈利大叫道。

遠處角落裡的樂團演奏起〈嘿！嘿！大家齊聚一堂！〉（Hail, Hail, the Gang's All Here），樂聲以混亂的聲響迴盪在他們四周，隨後光線瞬間熄滅，寂靜似乎順著冰壁流下後籠罩他們。莎莉．卡蘿在黑暗中還是看得見她呼出的白色氣息，以及另一側一排依稀可見的蒼白臉龐。

樂聲逐漸減弱成嘆息般的抱怨，外面傳來樂隊渾厚宏亮的吟唱聲，如同維京部落穿越古老荒野的吟誦，越來越響亮——他們越來越靠近，接著出現一排火炬，一排接著一排，穿著灰色風衣的長隊伍邁著整齊的步伐，穿著鹿皮軟鞋的腳步保持節奏一致，雪鞋掛在肩膀上，火炬高高舉起，火光伴隨沿著巨牆上升的聲音搖曳。

灰色風衣隊伍離開後又來了一隊，耀眼的光線這次映照在紅色雪橇帽及火紅色風衣上，他們進入洞穴後接上了合唱，後面接著藍白相間、綠色、白色、棕色、黃色的長隊伍依序進入。

「那支白衣隊伍是沃考塔俱樂部，」哈利熱切地低聲說道：「他們就是妳在舞會上看到的那些男人。」

音量越來越大，巨大的洞穴似乎成了千變萬化的幻境，火光在一排排的隊伍中，襯托色彩斑斕的人群，隨著軟皮鞋步伐舞動。領頭的隊伍轉身停下，一支又一支隊伍排列整齊，直到整個遊行隊伍形成一面緊密相連的火焰旗幟。數千人的聲音中爆出一聲巨大呼喊，如同雷鳴般充斥在空氣中，火光隨之搖曳。太壯觀、太震撼了！對莎莉．卡蘿而言，這彷彿是北方在某個巨大的神壇上向灰色雪神獻祭。當喊叫聲消失，樂隊又再次奏樂，更多歌唱聲隨之而起，後面接著迴盪各個俱樂部的歡呼聲。她非常安靜地坐著聽這些斷斷續續的喊聲，然後突然嚇了一跳，因為傳來一陣又一陣的爆炸聲，洞穴各處升起濃煙——原來是攝影師工作用的閃光燈——集會結束了。隨著樂隊在前方引導，俱樂部再度整隊，唱起他們的歌，開始向外移動。

「快來！」哈利大叫道：「我們想在關燈前去看樓下的迷宮！」

他們都起身向滑梯走去——哈利和莎莉．卡蘿帶頭，她的小手套埋在他的長手套裡，滑梯的底端是一間空蕩蕩的狹長冰室，過低的天花板讓他們必須彎腰——他們的手也放開了。在她反應過來以前，哈利已經衝進其中一條光亮的通道，只剩下綠色微光中逐漸模糊的身影。

「哈利！」她大叫道。

「快來！」他大叫回應。

她環顧空蕩的房間，其他人顯然已經決定回家了，在外面的風雪中搖搖晃晃地走遠。她猶豫了一下，便追著哈利衝進去。

「哈利！」她喊道。

她跑到九公尺外的轉角，聽到左方遠處傳來微弱的回應。她心中一驚，朝著那個方向跑去，經過另一個轉角，又是兩個巨大的巷弄。

沒人回應，她開始向前奔跑，如同閃電般轉身，沿著原路狂奔，被一股突如其來的冰冷恐懼包圍。

「哈利！」

她到了一個轉角——是這裡嗎？——向左轉，來到本該是通往那個又矮又長冰室的通道，但現在卻只是另一條盡頭一片黑暗的光亮通道。她再次呼喊，但牆壁只投以平淡無力的回聲，沒有任何餘音。她循著原路，又轉了一個彎，這次沿著一條寬闊的通道向前，這條通道如同分開紅海的綠色小徑，如同連接空墓的潮濕墓室。

「哈利！」

還是沒有回應，她發出的聲音諷刺地迴盪在通道盡頭。

燈光突然熄滅，她身處一片黑暗之中，發出了小小的驚恐聲，身體癱在冰上一個寒冷的小堆上，倒下時感覺左膝有點問題，但她幾乎沒有注意到，因為比迷路更深的恐懼籠罩著她。她獨自面對這個北方獨有的恐懼，令人沮喪的孤寂感從冰封北極海域的捕鯨船升起，從散落冒險者白骨、人煙稀少、無跡可循的荒原升起。那是一口寒冷的死亡氣息，往下滾過這片土地要抓住她。

她用一股憤怒且絕望的力量再次起身，盲目地朝著黑暗狂奔，她必須逃出去，不然可能會在這裡迷路好幾天，如同她在書中讀過的，凍死後屍體冰封在此，完美保存直到冰川融化。哈利可能以為她已經和其他人一起離開了——他此刻也已經離開了，直到第二天才會有人發現，她可憐地摸了摸牆壁，一公尺厚，他們說有……有一公尺厚！

「哦！」

她感覺到兩邊的牆壁有東西在爬行，那些徘徊在這個宮殿、這個城鎮和這個北方的潮濕幽靈。

「哦，來人啊……快來人啊！」她大聲呼喊。

克拉克．達洛——她會懂的，或者喬．尤文，她不可能一直被丟在這裡遊蕩——心靈、身體和靈魂都一起凍僵在這裡，這個她——莎莉．卡蘿！天啊！她很快樂，她是個開朗的女孩，喜歡溫暖、夏天和南方，這些東西都很陌生——太陌生了。

「妳沒在哭。」某個聲音大聲說道：「妳再也不會哭泣了。妳的眼淚會結凍，所有眼淚在這裡都會結凍！」

她四肢展開趴在冰上。

「哦，天啊！」她顫抖了一下。

時間又繼續流逝，極度疲倦的她感覺眼皮沉重地闔上。接著，她感覺似乎有某人在她身邊坐下，以溫暖、柔軟的手輕輕托住她的臉。她感激地抬起頭。

「天啊，是瑪格麗．李，」她輕聲自言自語道：「我就知道妳會來。」真的是瑪格麗．李。她完全就是莎莉．卡蘿想像的樣子，年輕白皙的額頭，熱情的大眼睛，穿著格外舒適的柔軟蓬裙。

「瑪格麗・李。」

天色越來越暗——所有墓碑肯定都該重新上漆，這樣當然會破壞原貌，但是人們應該還是看得到它們。

隨著時間忽快忽慢的流逝，最終似乎分解成無數模糊光線，但又匯聚在一起朝向一輪淡黃色的太陽，一聲巨大的破裂聲劃破了她新發現的寧靜。

那是太陽，那是光，一支火炬，接著另一支火炬，又一支火炬，還有聲音。一個臉龐逐漸在火炬下成形，結實的手臂將她抱起，她感覺臉頰上有什麼東西——感覺濕濕的。有人抓住她，用雪摩擦她的臉，這是多麼荒謬——用雪！

「莎莉・卡蘿！莎莉・卡蘿！」

原來是危險的丹・麥格魯，還有兩個她不認識的臉孔。

「孩子，孩子！我們找了妳兩個小時，哈利都快瘋了！」

記憶開始回到現實——歌唱聲、火炬、樂隊的巨大喊叫聲。她在帕頓的懷裡扭動，發出一聲長長的低喊。

「噢！我想離開這裡！我想回家，帶我回家。」她的音調上升成尖叫，讓哈利心中一冷，此刻他正在下一個通道中奔跑。「明天！」她以瘋狂、毫不保留的激情哭喊道：「明天！明——天！明——天！」

VI

金色的陽光灑落在整座房子，帶來令人無精打采卻又莫名舒適的熱氣，房子整天都面向塵土飛揚的路面。兩隻鳥在隔壁的樹枝間找到一處涼快的地方，正在那裡喧鬧不休，街道盡頭一名賣草莓的黑人婦女正用優美的嗓音宣告自己的到來，此刻是四月天的下午。

莎莉．卡蘿．哈伯將下巴枕在手上，靠在老舊的窗台邊，睡眼惺忪地俯視著閃閃發光的塵土，正值當年春天首波熱浪來襲。她正看著一輛十分老舊的福特，轉過一個危險的街角，發出嘎吱嘎吱的震動聲後停在牆邊。她沒有出聲，刺耳又熟悉的口哨聲劃破寂靜。莎莉．卡蘿笑了一下，眨了眨眼。

「早安。」

車頂下慢慢露出一顆頭。

「現在不是早上。」

「是嗎？」她假裝驚訝，「可能不是吧。」

「妳在做什麼？」

「吃青桃，隨時準備死去。」

克拉克費力扭動身體，為了看清楚她的臉。

「水熱得像滾燙蒸氣，莎莉．卡蘿。想去游泳嗎？」

「好不想動，」莎莉・卡蘿懶洋洋地嘆氣說道：「但我還是去吧。」

冬之夢

出處：《大都會雜誌》（一九二二年十二月）

德克斯特・葛林不是一般桿弟。有些桿弟窮到寅吃卯糧，只住得起沒有隔間的房子，前院還養著一頭神經衰弱的母牛，不過德克斯特的父親卻是個雜貨店老闆，他開的店在黑熊村排行第二——排行第一的叫做哈伯雜貨店，顧客都是一些來自雪莉島的有錢人。總之，德克斯特去當桿弟只是為了賺些零用錢。

到了秋陽變得黯淡，氣溫漸涼時，漫長的冬天彷彿一片白色箱蓋開始籠罩住明尼蘇達州，就連球道也被冬雪掩蓋了起來，此時德克斯特駕駛著雪橇在球場的雪地上四處滑動。每年到了這個時節，家鄉的大地就給他一種陰鬱至極的感覺。最讓他感到不快的是，那些蜿蜒的球道到冬天都處於被迫關閉的狀態，長時間淪為麻雀的地盤，吱吱喳喳的聲響迴盪其間。令他不開心的另一個理由，是開球區那片沙地原本在夏日總有鮮豔旗幟飄盪著，如今卻變得冷清荒涼，覆蓋著及膝的冰層。球場裡地勢高低起伏，每當他穿越其間時都有冷冽刺骨的冬風吹來。有時太陽也會出來露臉，那他便會一邊踩著沉重腳步，一邊瞇眼抬頭，仰望白色大地之上的無垠強光。

到了四月，冬天的威力才會驟然減退。雖然有些球友不畏餘寒，早早就來球場打起了紅球、黑球，但他們還是沒能見到融雪，因為雪水幾乎是片刻也不停留地流入了黑熊湖。接著，還沒等到春雨降臨，萬物欣欣向榮之際，寒冬就這樣悄悄離去。

德克斯特深知春天在這北國大地有種陰鬱沉悶的氣質，就像他也很了解，這裡的秋天有多令人心曠神怡。每到秋日降臨，他總是雙手交握、渾身顫抖，像個傻子般喃喃自語，覆述同樣的句子，突然間又對想像中的群眾與軍隊做出快速果斷的手勢。十月讓他滿懷希望，到了十一月希望昇華為得意洋洋的狂喜，而就在這樣的心緒中，夏季時在雪莉島度過美好時光後留下的印象，彷彿千頭萬緒般霎時浮現，為他腦海裡的想像活動提供豐富題材。他想像著自己在一場精采的比賽中打敗了T. A.海德瑞克先生，成為高爾夫冠軍——就這樣想了一百次，每次都不厭其煩地更換比賽過程的細節，有時候他贏得輕鬆寫意，差距幾乎大到可笑的程度；有時候他則是大比分落後，但演出後來居上的戲碼，取得漂亮一勝。他還想像著自己是莫提麥．瓊斯先生，從那輛皮爾斯——箭頭牌豪華轎車走下來，神氣活現地走進雪莉島高爾夫球俱樂部的大廳——或者是，他想像著自己在眾人的欣羨目光中，從俱樂部水上浮台的跳板一躍而下，以炫技的方式跳入水中……群眾裡有個看到目瞪口呆的人，就是莫提麥．瓊斯先生。

沒想到有天德克斯特不是在做白日夢，而是真的遇上了瓊斯先生本尊。他眼眶含淚，走過去對德克斯特說：你是俱樂部最……最棒的桿弟，如果我幫你加薪，難道你就不能打消辭職的念頭嗎？因為俱樂部的其他桿弟讓他每打一個洞就損失一顆球——而且這種事常常發生。

「不行，瓊斯先生。」德克斯特用堅決的語氣說：「我不想繼續當桿弟了。」他頓了一下才接著說：「就一個桿弟來講，我年紀太大了。」

「你最多不過才十四歲。搞什麼鬼？為什麼今天早上突然決定要辭職？你不是才答應我，下週要跟我一起去參加州錦標賽？」

「我覺得自己年紀太大了。」

德克斯特把他的「A級桿弟」徽章繳回去，去領班那裡把還沒領的薪水結清了，然後走回黑熊村的家裡。

「我見過最棒的——桿弟！」那天下午莫提麥・瓊斯先生一邊喝酒一邊高聲嚷嚷：「總是能幫我把球找回來！有幹勁又聰明！不會多嘴又誠實！懂得感恩！」

害瓊斯先生如此難過的始作俑者是個年僅十一歲的女孩，雖然現在看來還是個醜小鴨，但像某些女孩那樣，看得出美貌已含苞待放，幾年後注定美到不可方物，讓很多男人吃盡苦頭。不過，依稀可以看出她已嶄露些許美女的氣質。她微笑時兩片紅唇在嘴角處往下垂，狐媚滿溢，還有她那雙眼更是幾乎熱情充盈——老天爺啊！這一類女性小小年紀就充滿活力，天生如此。別看她現在仍然身形瘦弱，卻已經芳華外放，充分證明我所言不虛。

先前，才早上九點她就迫不及待要趕著去開球，站在一旁的保姆身上一襲亞麻白衣，幫她揹著白色帆布高爾夫球袋，裡面插著五根小號的新球桿。德克斯特第一次看到她時，她站在桿弟休息室旁邊，想要藉著與保姆交談來掩飾自己的手足無措，還時不時做出一些令人訝異與莫名其妙的鬼臉，反而顯得非常不自然。

「嗯，天氣真是好啊，希妲。」德克斯特聽到她說。她露出那會令嘴角下垂的招牌微笑，悄悄往四周瞥望，目光有一瞬間停留在德克斯特身上。

「我看啊，今天早上來打球的人不多，對吧？」

她又露出燦爛的微笑，表情看來雖然矯揉造作，但卻是巧笑倩兮，充滿魅力。

「真不知道現在該做什麼才好。」保姆則是眼神茫然地說。

「喔，沒關係。我知道就好。」

微微張嘴的德克斯特站著一動也不動。他不能往前移動一步，以免被小女孩發現他正盯著她——但他也不想往後退一步，以免無法看到她整個臉蛋。這一刻德克斯特並未意識到女孩的年紀有多小。這時他才想起來自己去年曾見過她幾次，那時候她還穿著小女孩穿的燈籠褲呢。

他突然不由自己噗哧一笑，笑得自己也嚇一跳，連忙轉身，快步走開。

「桿弟！」

「桿弟——」

德克斯特停下腳步。

是在叫他，絕對錯不了。她不只是想要叫住德克斯特，還對他使出那令人無法招架的微笑表情。至少有十幾個男人在看到這表情後銘記在心，成為直到中年還難以抹滅的回憶。

「桿弟，你知道該去哪裡找高爾夫教練嗎？」

「他正在上課。」

「喔，那你知道桿弟領班在哪嗎？」

「他今早還沒來。」

「好吧。」一時之間她不知道該再說些什麼，只是站在那裡，時而以右腳撐住身體，時而換成左腳。

「我們該找個桿弟。」保姆說：「瓊斯太太要我們出門來打高爾夫球，但是誰知道該怎麼打？總得要找個桿弟來帶路吧。」

瓊斯小姐用凶巴巴的目光瞥了一眼，保姆被嚇得住嘴，只見小姐臉上馬上又露出她那招牌微笑。

「除了我以外，桿弟都還沒來。」德克斯特對保姆說：「但我也走不開，到領班來以前都得在這裡看守著休息室。」

「喔。」

瓊斯小姐這才與她的跟班走開，等到離德克斯特有一段距離才與保姆爭執了起來，最後瓊斯小姐氣到抽出一根球桿，用力往地上揮擊。她還沒有出夠氣，又把球桿舉起來，正準備要往保姆的胸口狠狠打過去，所幸那保姆眼明手快，一把抓住球桿，從她手裡搶過去。

「妳這該死又卑鄙的**老東西！**」瓊斯小姐開始無理取鬧，對保姆罵道。

她們又吵了起來。德克斯特看著眼前這齣鬧劇帶有些許喜劇成分，屢屢差點大笑起來，但每次都只是輕輕發出笑聲，壓抑著讓旁人無法聽見。他也知道這樣想太不應該，但情不自禁地站在小女孩那邊，認為那保姆活該挨揍。

謝天謝地，領班的現身適時化解這齣鬧劇，而保姆一見到領班就向他告狀。

「瓊斯小姐想要找個小桿弟，但這位說他走不開。」

「麥坎納先生吩咐我在這裡等到你過來。」德克斯特連忙幫自己辯解。

「好啊，現在他來啦。」瓊斯小姐開心地對著領班說，隨即把球袋扔在地上，得意洋洋地踩著小碎步走向第一洞的開球區。

「是怎樣？」桿弟領班轉身對著德克斯特說：「像個傻子一樣站在那邊幹嘛？還不趕快去幫小姐把球袋撿起來？」

「我今天不想幹活。」德克斯特說。

「你不想——」

「我不幹了。」

片刻間就做出這重大決定，連他自己也嚇一跳。他是個人見人愛的桿弟，更何況在這黑熊湖周圍的地區，哪裡還有這種美妙的打工機會，讓他在夏天能一個月攢到三十美元零用錢？[3]但他感受到強烈的情緒波動，為了讓自己平復下來，必須馬上狠狠地發洩一下。

不過，這件事倒也不只是如此簡單。在無意間，德克斯特已經被他的冬之夢牽著鼻子走，在未來的人生道路上，這種情況也會屢見不鮮。

3　大約相當於現在的五百多美元。

II

話說他那些冬之夢到底是美妙幻夢或痴心妄想，會在什麼時候發作，當然都沒有不變的規則可循，唯有夢的內容始終不變。幾年後德克斯特會因為他的冬之夢而放棄州立大學的商學院課程（儘管他父親這時已經很有錢，大可以幫他出學費），反而吃力不討好地選擇東岸一家歷史更悠久且更有名的大學，就讀期間常因生活費短缺而困擾不已。不過，可別因為他的冬之夢一開始是因為對於財富懷抱著某些夢想，就誤以為德克斯特只是個勢利眼的小伙子。的確，他並不只是想要與那些自帶光芒的有錢人為伍，也不想只是盯著有錢人身上與身邊那些亮晶晶的東西：他想要自己擁有那些亮晶晶的東西。只要是最好的東西，他就想要擁有，但卻不知道自己為何會這樣——人生不如意事十之八九，有時候他就是會遇上一些挫折與不順，搞不清楚箇中緣由。這個故事所要講述的並非他的全部人生，而只是他眾多挫折的其中一次。

他如願賺到錢。對此眾人都大吃一驚。大學畢業後他到黑熊湖地區某個城市去定居，城裡住了很多會去湖畔度假的有錢人。他才在那裡住了差不多兩年，年僅二十三，卻已經常有當地人說：「我們這裡有個年輕人啊……」他身邊有很多富家子，有些是不顧風險炒債券，也有人用祖產進行短線投資，還有人苦讀二十四卷的「喬治・華盛頓商學課程」，但只有德克斯特憑藉著大學學歷與三寸不爛之舌借到兩千美元[4]，用來購買一家洗衣店的股份。

德克斯特入股時那家洗衣店的規模還小，但是德克斯特學會了英格蘭人清洗高級羊毛高爾夫球長統襪、卻不會讓球襪縮水的絕技，不到一年內那些穿著高爾夫燈籠褲的貴客都成為他的主顧。男士們堅持把雪特蘭長統襪跟毛衣都送到他的洗衣店去，就像他們都堅持雇用能夠幫忙把球找回來的桿弟一樣。不久後，他也幫他們的老婆洗起了貼身衣褲——緊接著就在城裡的五個不同地區都開起了分店。還不到二十七歲，德克斯特已經成為當地最大連鎖洗衣店的老闆，然後他就把事業賣掉，前往紐約發展。不過，他在紐約的事蹟是後話了，我所講的這則故事發生在他第一次賺大錢的時候。

他二十三歲時有許多銀髮男士很欣賞他，老是稱讚他「小子，你好樣的」——其中一位是哈特先生，給了他雪莉島高爾夫球俱樂部的貴賓卡去度週末。於是某天下午他在登記處簽了名，跟著哈特先生、山伍先生與T. A.海德瑞克先生一行四人結伴去打了一場高爾夫球。有必要告訴哈特先生說，自己曾在同樣的球道上幫他扛過球袋，就算閉著眼睛也能對球場裡的所有沙坑與溝渠如數家珍嗎？德克斯特覺得沒必要，但他意識到自己不由自主盯著跟在他們後面的那四個桿弟，從桿弟們的神情與一舉一動找到他當年的影子。若果真能找到，那麼或許可以縮減他過去與現在之間的巨大鴻溝。

4　大約相當於現在的三十七萬美元。

那真是奇妙的一天，對於眼下的情景他老是突然有種似曾相識的感覺，儘管那感覺總是稍縱即逝。有時候，前一刻德克斯特會覺得自己不該如此僭越，闖入有錢人的世界，但下一刻卻覺得自己與海德瑞克先生相較不知道有趣幾百倍，球技也遠遠超過人老技衰的他，一股強烈的優越感也油然而生。

接著，因為哈特先生在第十五洞的果嶺附近掉了顆球，一件大事就這樣發生了。他們在深草區的濃密草叢裡找那顆球，聽見有人從後方的小丘上大喊一聲「前面小心！」找球的他們都馬上轉身，只見一顆新的小白球突然從那小丘射過來，不偏不倚擊中T. A.海德瑞克先生的肚子。

「天啊！」T. A.海德瑞克先生一聲慘叫：「俱樂部應該禁止這些瘋女人進來打球。她們真是越來越誇張。」

有人走上小丘，只看得到她的頭，聽得見她的聲音：

「我們可以過去嗎？」

「妳的球打到我的肚子！」T. A.海德瑞克先生對她咆哮。

「是喔？不好意思，可是我有大喊『前面小心』啊！」那個女孩朝一眾男士走過來說。她的目光漫不經心地把每位男士都打量了一下，接著盯著球道找球。

「難道我把球打進深草區了嗎？」

究竟是天真爛漫或者性情乖戾，她才會把受害者撇在一邊，在這當下無法斷定。但過了不久，答案就揭曉了：一看到球伴走上果嶺，她就興奮地大喊：

「我在這！要不是打到東西，我剛剛那球就上果嶺了欸。」

她拿著五號球桿擺好架式，這一球的距離比較短，德克斯特在一旁盯著。她身穿藍色條紋棉質洋裝，領口和肩膀的白色滾邊讓她的古銅膚色看來更顯眼。當年十一歲的她曾經因為身形單薄，一舉一動都很誇張，以至於熱情的眼神與往下撇的嘴角看來顯得有點好笑，但那種氣質已經消失無蹤。如今她可說是出落得亭亭玉立，美到令人屏息。她雙頰的膚色像圖畫上的顏色那樣濃淡適中——不是那種「濃豔」的顏色，而是比那種濃烈多變的溫潤顏色更淡一點，淡到好似隨時會消逝退散。這種臉頰膚色搭配一雙紅唇所展現出來的活力，讓人持續感受到某種多變又強烈的生動氣質，充滿熱情與生命力，能夠稍稍抵銷這種力量的，唯有她那飽滿明眸所散發出來的哀傷氣息。

她沒有耐著性子瞄準，而且也不是真的很有興趣打，因此把球打進果嶺另一側的沙坑裡。她擠出一抹稍縱即逝的微笑，漫不經心地說了聲「謝謝你們！」就往那沙坑走去。

因為她在前面打球，到了下一洞的開球區，他們必須稍等片刻。「那個茱蒂．瓊斯喔！」此時海德瑞克先生說：「哼！她爸媽就該把她翻過身來打屁股，好好教訓個半年，然後把她嫁給某個老古板的騎兵隊隊長。」

「天啊！她長得可真美！」年紀才三十出頭的山伍先生說。

「臭美啦！」海德瑞克先生不屑地說：「她看起來總是一副希望有人親她的模樣！像個

母牛似的，一雙大眼老是盯著城裡的每隻小公牛！」

海德瑞克先生的意思，恐怕不是指她充滿母性本能。

「要是她肯好好練球，應該可以把高爾夫打得不錯。」山伍先生說。

「她的姿勢不對勁。」海德瑞克先生嚴肅地說。

「但體型不錯。」山伍先生說。

「謝天謝地，她擊球的速度沒那麼強勁。」哈特先生說，一邊對德克斯特眨眼。

後來到傍晚之際，陽光彷彿雜亂的金色圓圈中夾雜著充滿變化的湛藍深紅，太陽西下後只留下中西部那乾爽而颯颯作響的夏夜。德克斯特在高爾夫俱樂部的門廊上眺望水面，只見輕風吹出一圈圈工整的漣漪，在穫月下彷彿銀白色糖漿。接著，月亮彷彿變得沉默不語，只剩湖水變得如此清澈白淨，四下一片靜悄悄。德克斯特換上泳衣，往外游到最遠的浮台上，然後全身溼答答地爬上包覆著帆布的跳水板。他在跳水板上伸展身體，身上的水不斷滴在潮濕的帆布上。

此時有一條魚躍出水面，一顆閃耀星星高掛的夜空下，只見大湖邊的燈光微微閃爍著。遠處一片漆黑的半島傳來鋼琴樂音，有人演奏著去年與前幾年夏天的歌曲，都是來自《請——請》（*Chin——Chin*）、《盧森堡伯爵》（*The Count of Luxemburg*）與《中看不重用的士兵》（*The Chocolate Soldier*）等輕歌劇的作品。因為這種從水面上傳來的鋼琴聲總是令德克斯特覺得悅耳動人，他就這樣靜靜躺著聆聽，一動也不動。

在那片刻，鋼琴奏起了一首歡愉輕快的樂曲，是五年前德克斯特才大二時聽過的。曾有人在大學的舞會上演奏那首曲子，只不過當時他沒有閒情逸致也花不起那個錢去參加舞會，只是站在體育館外面側耳傾聽著。樂音激發他狂喜的心緒，此時他就帶著那種情緒好好思考著自己的人生已經來到什麼境界。他對自己真是滿意極了，就這麼一次感到自己的人生實在是遊刃有餘，成為一個自帶光芒的風流人物，就連他自己也不知道這樣的狀態是否能永久保持下去。

突然間，一個低矮的長方形物體從雪莉島的暗處往外開進湖裡，原來是一艘競賽用的快艇，激烈的聲響在湖面迴盪著。快艇在所經之處留下V字型白色長條水紋，沒過多久就開到德克斯特身邊，激越清脆的琴音隨即淹沒在水花四濺的嗡嗡鳴響中。德克斯特用雙臂撐起身體，他意識到有個人站在快艇方向盤後面，一雙黑色眼睛與他四目相交，中間隔著越拉越長的水面——那快艇隨即消聲匿跡，只在湖心留下一大圈雜亂的水波，持續蕩漾著。同樣奇特的是，其中一圈水波就此平息下來，但又有另一圈往後朝浮台傳過來。

「你是哪位？」她把引擎關掉，高聲詢問。她已經靠得非常近，德克斯特能看見她身上穿的顯然是一件連身泳衣。

浮台被船頭碰到後，隨即猛烈震動一下，德克斯特的身子往她踉蹌而去。他們倆認出了彼此，只是此刻兩人對彼此抱持著不同心情。

「你是今天下午我們遇到的那幾位男士之一吧？」她問道。

他說，我是。

「好喔，那你會開快艇嗎？希望你能幫我開，這樣我才能讓你拉著我在後面衝浪。我叫做茱蒂．瓊斯——」她擠出一抹不自然的微笑；儘管她已經盡量抽動嘴邊的肌肉，卻變成要笑不笑的表情，但看來不怎麼醜，反而很漂亮，「我住在島上，在那間房子，有個男人正在那裡面等我。剛剛他開車來找我，我馬上把快艇開出碼頭，因為他說我是他的夢中情人。」

又有魚躍出水面，那顆閃耀星星仍高掛在夜空，大湖邊的燈光也還是微微閃爍著。德克斯特坐在旁邊，由茱蒂．瓊斯教他怎樣開船。接著她就下水去了，用自由式游往那漂在水上的衝浪板，泳姿優雅美麗。看著她彷彿欣賞樹姿搖曳或海鷗飛翔，怎樣也看不膩。在幽暗的銀白色漣漪之間，她那兩條被曬傷的淡褐色手臂看來如此顯眼，手肘先浮出水面，然後前臂朝後往水面打下去，湖水馬上跟著嘩啦啦落下，接著繼續把手臂往前伸，打在水面上，水往兩邊讓出一條水道。

他們往湖心移動，德克斯特轉身一看，只見她正跪在衝浪板的後端，板子的前端往上翹。

「開快一點！」她大聲說：「把速度開到最快！」

他乖乖聽命，把控制油門的桿子往前推，白色水花被激得往上噴在船頭。等到他再度轉頭回望，只見茱蒂已經站在快速往前衝的板子上，雙臂打開，高舉在兩側，雙眼眺望著明月。

「真冷啊！」她大聲說：「你叫什麼名字？」

他說德克斯特・葛林。

「那你明天去我那裡吃晚餐好嗎？」

德克斯特的心像快艇的螺旋槳般轉個不停。雖說茱蒂只是隨口一說，但就像上次那樣，他的人生方向又因為她的一句話而改變了。

III

到了隔天晚餐時間。茱蒂・瓊斯還沒下樓，德克斯特在那柔和深邃又充滿夏意的大廳裡面等她，往外走出去還有個陽光屋，他想像著那些曾經愛過茱蒂的男人。他知道他們是哪一類人：當年他初入大學時就見識過不少，他們都是從那些頗負名望的預備學校畢業，衣著風格優雅，從身上的古銅膚色不難想像他們的暑假都過得很健康。他也知道自己比那些公子哥更優秀，至少就某方面而言。他們來自古老的望族，而他則是比較新，比較強。不過，儘管他自己是這麼想的，卻還是希望自己的子孫能像他們那樣有個富爺爺、富爸爸，也承認自己終究只是在子孫的血脈裡留下了一些粗獷、強悍的元素。

如今，他早就跟那些公子哥一樣穿得起上好材質的衣褲，而且他也知道哪些人是全美國最頂尖的裁縫，今晚他一身的行頭就是全部由他們精心剪裁縫製的。歷經大學四年的洗禮，他也養成了母校校友特有的含蓄風格，與其他學校的畢業生截然不同。他知道那種獨樹一格的獨特調性對自己很有價值，所以就接受其潛移默化。他知道如果想要在衣著與儀態方面都表現出隨興寫意的風格，與其說是需要小心翼翼，不如說是需要更多自信，但他還沒那種火候。他寧願把隨興寫意留給後代子孫。她母親在改名前叫做克琳絲莉許。她是來自波希米亞地區的農家女孩，講的英文終其一生都不純正。身為這種母親的兒子，他最好還是小心遵循既有的言行模式。

七點過後不久茱蒂．瓊斯才下樓。她身穿一襲藍色絲質便服，因為她沒有更為精心打扮自己，一開始還讓德克斯特有點失望。在短暫寒暄過後，失望的感覺甚至還加強了，因為她走到管家的食品儲藏室前，把門推開後對裡面喊道：「瑪莎，可以上晚餐了。」原本他以為會是管家出來宣布要開飯了，而且茱蒂會先招待他喝杯雞尾酒。不過，接著他們倆就肩並肩坐在沙發上四目相交，那些小小的失望心緒也就煙消雲散了。

「我爸媽今晚不在。」她若有所思地說。

最後一次見到她父親的情景，對於德克斯特來講還是歷歷在目，他很高興茱蒂的爸媽今晚不在，因為他們可能會探詢他的身世。他出生在北邊八十公里處，故鄉是個叫做奇博的明尼蘇達州農村。他在自我介紹時，總是說自己來自奇博而非黑熊村。只要是位於沒那麼容易見到的遠處，來自鄉間的小鎮農村其實沒什麼不好——如果太接近黑熊湖這種到處都是時尚人士的度假區，不免遭到鄙視。

因為過去兩年內茱蒂常去德克斯特讀的大學，他們就聊起了那間學校，還聊起了學校附近那個有許多居民會來雪莉島度假的城市，茱蒂還問他隔天是否會離開島上，回去城裡打理他那些生意興隆的洗衣店。

吃晚餐時茱蒂突然變得悶悶不樂，這讓德克斯特有點不知所措。她的嗓音變得嘶啞，偶爾還鬧起了小脾氣，為此他覺得有點憂心。無論她對什麼露出微笑——對著德克斯特、對著那一道雞肝，或者不為什麼而微笑，總之她並不是因為開心，甚至不是因為有什麼好笑的才笑出來。這讓他有點心煩意亂。等到她的紅唇尾端往下微微一噘，與其說那是微笑，不如說是發送出可以接吻的訊號。

接著到了餐後，茱蒂帶著德克斯特走進昏暗的陽光房，刻意轉換一下氣氛。

「你介意我稍微哭一下下嗎？」她說。

他急著答道：「恐怕是我這個人太無聊了。」

「你才不無聊。我喜歡你。只不過今天下午我過得很糟。我對某位男士還滿有好感的，沒想到今天下午他竟然對我說他其實是個窮鬼，你說這不是晴天霹靂嗎？先前他壓根沒暗示過我啊。你會覺得我這樣很俗氣嗎？」

「也許先前他只是沒有勇氣跟妳說。」

「應該就是吧。」她回答道：「他一開始就不該那樣。你懂嗎？如果我先前就知道他很窮——我也喜歡過很多窮人啊！甚至全心全意想要嫁給他們。不過，這次我是真的毫無防備，而且就算我對他的好感再怎樣強烈，也經不起這樣的衝擊。這就好像一對情侶都已經訂婚了，女方才突然跟未婚夫坦承自己是個寡婦。男方不見得會對寡婦有意見，只不過——」

「如果我們要開始，就好好開始吧。」她話鋒一轉，突然說道：「你能說說自己的身世嗎？」

德克斯特猶豫了一下，隨即答道：

「我就是我，是個無名小卒。至於我的事業，主要還是取決於未來的發展。」

「你窮嗎？」

「不窮。」他坦誠以對：「在這中西部的北邊，我可能是所有同年男子中收入最高的。我知道這麼說可能有點討人厭，但既然妳希望我能跟妳好好開始，我就只能這麼說了。」

他們沉默片刻。接著茱蒂微笑了起來，嘴角往下垂，身體幾乎無法察覺地晃了一下，離德克斯特近了一點，抬頭用一雙巧目凝望他。德克斯特有種喉嚨哽住的感覺，只能屏息等待人生實驗的到來，實驗結果會怎樣可說是神祕而無法預測的，因為一切都取決於他們倆的嘴唇將如何交合。接著他看見……看見茱蒂對他發送出興奮的情緒，她吻得如此濃烈、如此投入，而儘管這一陣親吻不帶任何承諾，卻也令人心滿意足。一池春水在他內心攪動翻騰，只不過油然而生的不是那種持續的渴望，而是難以遏制的放縱，吻了之後還想再吻……他像個獲得熱吻施捨的窮人，一旦嘗到甜頭，就再也毫無保留了。

才幾個小時過後，他就已經確定自己的心意：沒錯，自從他還是那個心高氣傲、對人生滿懷渴望的小男孩，他就想要擁有茱蒂・瓊斯了。

IV

戀情就這樣展開與持續，直到最後始終維持這種風格，只是過程中愛的濃烈程度持續變化，有深有淺，時強時弱。那時，在德克斯特二十幾載的人生中，茱蒂堪稱他所遇過最為直接了當、也最不講道理的人物，但他還是一頭栽了進去。無論茱蒂想要追求什麼，她總是把魅力發揮到淋漓盡致。她的方法毫不拐彎抹角，既不圖鑽營地位，也總是不會瞻前顧後——無論要做什麼，茱蒂・瓊斯都不會想太多。她就是那一百零一招，把自己可愛姣好的模樣展現到極致，並且讓身邊的男人都能看到。德克斯特沒想要改變她。儘管她有諸多缺點，但這無關緊要，因為更重要的是那些缺點剛好也蘊含著她的熱情與活力，所以無所謂。

在戀情展開的第一晚，茱蒂把頭靠在他肩膀上輕聲呢喃：「我到底是怎麼了？昨晚我以為我愛的是另一個男人，今晚卻覺得自己已經愛上了你——」這句話聽在耳裡，德克斯特只有一個想法：好美，好浪漫。在那當下，他掌控與享受著兩人之間的激烈火花。但是才一週過後他就不得不透過另一個角度重新審視，他們倆之間的火花到底是什麼？起因是那天晚上茱蒂用雙人座敞篷車載著他去野餐，但是野餐過後她就開車載著另一個男人離開，消失無蹤。這在德克斯特心裡留下好大一片陰影，讓他幾乎在當場其他人面前失態，所幸最後還是維持住體面的風度。事後茱蒂向德克斯特保證她絕對沒有親那個男人，但他很清楚這根本是在說謊。不過他還是開心的——至少她願意多費唇舌跟他撒謊。

夏天還沒結束前，德克斯特發現茱蒂身邊總是有護花使者來來去去，數量維持在十幾個人左右，他只是其中之一。這十幾人都曾經有一度是她的心頭好，而且其中還有一半偶爾能嘗到熱情復燃的滋味，一時間頗感寬慰。只要其中有誰因為長時間受到冷落而有意退出，茱蒂就會暫時給對方一點甜頭，讓他繼續當一年或者更久的跟屁蟲。他們是被茱蒂玩弄於股掌之間的無助殘兵敗將，但她並非心存惡意。就算這樣的行徑對誰帶來傷害，她的確也只是一知半解。

只要有新的男人出現，其他人都得要識趣閃一邊，約會也就自動取消了，毋須多言。無論是誰想要試著改變她，終究是做白工，只因這就是茱蒂・瓊斯。她不是那種經過一番激烈追求就能「贏得芳心」的女孩——她印證了這世界上就是有人對其他人的影響免疫，無論你再聰明、再有魅力也沒用。如果有人對待她的方式太過強勢，她會立刻使出身體來當愛情遊戲的武器，在她那充滿魅惑的萬種風情下，任你再怎麼堅強，再怎麼厲害，也只能配合演出，因為只有她能主導遊戲。唯一能讓她開心的，是她所有願望獲得滿足，她自身魅力發揮功效的時刻。也許是因為從小就歷經那麼多愛情經驗的洗禮，面對過那麼多年輕的愛人，出於自我防衛，如今她已經學會了養分不假外求，純粹靠她內心的喜悅就能滋潤她自己。

剛開始德克斯特當然是感到興奮欣喜，但隨即開始陷入一陣陣不安與不滿。他那種迷失自我、無可自拔的狂喜，與其說是有益身心的奎寧，不如說是應該戒除的鴉片。與茱蒂開始變熟之初，有一陣子讓他覺得兩人之間深情款款，有一種不由自主彼此吸引的魅力。例如，在首次攜手共度的那個八月，有三天他們都一起待在昏暗的門廊上直到深夜，整個下午到傍晚都躲在陰暗的壁龕裡，或者藉由庭院涼亭棚架的遮掩，奇妙地輕吻著。那三天的早上她都像夏末的迷夢一樣清新脫俗，即便在旭日東昇的大白天與他見面，也展現出幾乎是嬌羞的神態。大概只有已經訂婚的戀人才會愛得這樣意亂情迷吧——不過，一旦德克斯特意識到他們並未訂婚，他就更加入迷了。就是在那三天期間他第一次問茱蒂：妳願意嫁給我嗎？她的回答是：「吻我。」接著她只說：「有一天也許我會想要嫁給你，我愛你。」……但她終究沒有做出最後的承諾。

那三天過後，到了九月，有個從紐約來她家借住半個月的男人打斷了他們的甜蜜。讓德克斯特懊惱不已的是，茱蒂和那個男人之間的緋聞流傳了起來。他的父親是紐約某大信託公司的總裁。不過，據說到了月底茱蒂就已經覺得膩了。某天俱樂部舞會期間她跟當地某個花花公子一整晚都待在快艇上，但那位紐約客卻毫不知情，發瘋似的四處找她。她對花花公子說，家裡那位訪客實在讓她煩死了，於是他便在兩天後識相離開了。有人看到茱蒂去了車站送行，據說紐約客的表情彷彿喪家之犬般意志消沉。

夏天就隨著這個插曲一起結束。此時德克斯特已經滿二十四歲了，他發現自己越來越能心想事成。他成為城裡兩家俱樂部的會員，還住在其中一家。兩家俱樂部舉行的舞會上常有許多尋覓舞伴的男人，不過他沒有那樣。只不過，凡是茱蒂．瓊斯可能出現時，他總是會設法現身，等待機會到來。如今德克斯特已經算得上是黃金單身漢，而且在市中心那些準岳父們的眼裡又是個有為青年，他大可以隨心所欲地出席各種社交場合，但卻沒有。他公開宣稱自己已經是名草有主，非茱蒂．瓊斯不可，而這反倒是讓他的地位更為穩固了。不過他對社交活動的興致不高，更是討厭那些喜歡把週四、週六晚上空出來隨時待命的跑趴男，還有那些喜歡亂入年輕夫婦晚餐的不識相傢伙。他已經開始考慮要遷居東岸，到紐約去發展，而且還要帶著茱蒂．瓊斯一起去。儘管對茱蒂成長的這個世界已經幻滅，但無可救藥的是，他仍然覺得自己想要的就是茱蒂。

請牢記這一點——因為唯有如此，我們才有辦法理解德克斯特為何會對她付出那麼多。

認識茱蒂．瓊斯十八個月後，他訂婚了，但未婚妻是艾琳．謝勒。不少人非常信任德克斯特，而準岳父就是其中之一。髮色淡金的艾琳是個品行端正的甜姐兒，身材略為圓潤。德克斯特正式開口求婚時，艾琳身邊其實還有兩位追求者，但她非常乾脆就與他們斷絕往來。

夏天過後，秋去冬來，隨即春天來過後又離開，緊接著另一個夏天、另一個秋天也相繼到來。德克斯特把一年多的大好青春歲月獻給花蝴蝶茱蒂．瓊斯，只因他們倆也有過幾次熱烈的吻。她時而關心、鼓勵德克斯特，時而對他漠不關心，以惡意、輕蔑對待他。在兩人交往的過程中，曾有無數次她讓德克斯特覺得自己有點遭忽視，有點沒有面子——彷彿她因為喜歡過德克斯特而覺得被冒犯了，所以才拚命對他報仇。茱蒂對他呼之即來，招之即去，但總是一副無趣的模樣，而他雖說總是乖乖報到，卻也不無怨恨，藏不住淒苦的眼神。茱蒂為德克斯特帶來狂喜極樂，但也讓他的精神必須承擔難以忍受的煎熬。對於茱蒂為他帶來的諸多不便與不少的麻煩，他只能像啞巴吃黃連般吞忍。她汙辱、欺凌德克斯特，利用他對自己的關愛逼他忽略洗衣店事業——她不為什麼，只是覺得有趣。她對德克斯特可說是壞事做盡，卻不曾批評過他。不過，在他看來，這只是因為批評會讓她顯得不夠冷漠，顯得自己內心深處畢竟還是在意他。

等到秋天再次來到，再次離去時，他才想通自己不可能擁有茱蒂·瓊斯。他必須一次次提醒自己才能牢記這件事，但他終究接受了事實。夜深人靜，暫時輾轉難眠之際，他內心彷彿有兩個德克斯特在吵架。前一刻他對自己說，茱蒂為你帶來多少麻煩與痛苦啊！還有，如果真的結了婚，她身為人妻的缺點更是多到無法忽視。但下一刻他又對自己說，我愛她啊！然後過不久就進入夢鄉。有一整週，德克斯特唯恐想起電話另一頭傳來她的沙啞嗓音，唯恐想起一起吃午飯時與他面對面的那雙眼睛，只好發狠努力工作一整天，入夜後又回辦公室盤算未來幾年要做什麼。

那一週結束後他去了一場舞會，一度從舞伴手裡搶走茱蒂。自從兩人相識以來，他幾乎沒有像這次那樣，並未邀請茱蒂找個地方一起坐坐，或是稱讚她有多漂亮。不過，反正她也不在乎——這更是令德克斯特感到痛徹心扉，而兩人就此緣盡情了。他發現茱蒂今晚的舞伴是個新人，但並不為此感到嫉妒。他早已心硬如鐵，不會嫉妒了。

他在舞會待到很晚。他與艾琳．謝勒坐了一小時，聊起了看過哪些書，也暢談喜歡的音樂。說真的，對這兩者他都是所知有限。不過，既然把茱蒂拋諸腦後，他開始重新主宰自己的時間，腦海裡甚至浮現了一個自命不凡的想法：既然你德克斯特．葛林年紀輕輕就已經事業有成，有什麼是你不懂的呢？

這件事發生在十月，他二十五歲那年。到了隔年一月，德克斯特與艾琳訂了婚。接著他們要在六月將婚訊公諸於世，打算三個月後就結婚。

明尼蘇達的冬天彷彿會無限期自動延長，幾乎要到五月才終於迎來柔和清風，融化的雪水也才流入黑熊湖。一年多來，這是德克斯特初嘗內心平靜的滋味。先前，茱蒂．瓊斯已經去了佛羅里達，接著又去溫泉市[5]，然後在某處訂婚，又在另一個地方解除婚約。就在德克斯特把心一橫，決定把茱蒂．瓊斯當成過往雲煙之後，起初還是有人覺得他們倆是一對，向他探詢茱蒂的近況，這讓他有點難過。不過，他隨即開始在晚餐時間當起了艾琳．謝勒的護花使者，大家也就不再對他問東問西了，而且他也不再是熟知茱蒂．瓊斯的專家了。

終於來到五月了。黑暗夜空中飽含水氣，簡直像要下雨那樣濕潤，德克斯特在街頭漫步時心想，當時的極致歡愉怎麼那麼快就離他遠去？他與茱蒂之間簡直像什麼事都沒發生。回

5　Hot Springs，位於阿肯色州的渡假勝地。

想起前一年五月，茱蒂曾讓他的人生陷入激烈的混亂中，簡直不可原諒——儘管他還是原諒了。在那段長達一年多的日子裡，他曾有幾次罕見地幻想著茱蒂已經漸漸喜歡上他，五月就是其中一次。既然在茱蒂身上追求不到愛情的幸福，那麼就讓艾琳給他大大的滿足。他心知肚明，對他來講艾琳就像掛在身後的一片窗簾、在亮晶晶茶杯之間移動的一隻手、呼喚孩子們的一個聲音，都是平凡家庭生活的元素……火熱的愛情與姣好的面容已經逝去，夜晚的魔力退散，原本充滿變化的時光與季節也不再令他驚嘆……往下噘的薄細紅唇，貼在他的嘴唇上，把他帶往充滿奇景的天國……但這一切並不會輕易煙消雲散，只是先埋藏在心裡，因為他還那麼堅強而有活力。

到了五月中旬，有幾日的天氣冷熱適中，與盛夏只是相隔一個彷彿單薄橋梁的過渡期而已，其中一天晚上他來到艾琳她家。這時，他們的婚訊只剩下一星期就要公諸於世了——其實沒有人會覺得詫異，只是沒有正式公告而已。今晚他與艾琳將會並肩坐在大學俱樂部的沙發上，接下來一小時都在看著男男女女跳舞。有艾琳在身邊，讓他覺得很踏實——因為她可說是人氣女王，受歡迎的程度「大大了不起」。

他踏上艾琳家豪宅的階梯，走了進去。

「艾琳。」他呼喚道。

結果是謝勒太太從客廳走出來迎接他。

「德克斯特，」她說：「艾琳的頭痛到快炸掉，已經先上樓去了。她想要跟你出門，是我非要她上床休息不可。」

「她沒怎樣吧？我——」

「喔，沒怎樣。明天早上她可以跟你去打高爾夫。德克斯特，今天就讓她休息一晚，好嗎？」

謝勒太太的微笑好和藹。她跟德克斯特都很喜歡對方。他們在客廳裡聊了一會兒，接著他才說聲晚安告退。

德克斯特回到大學俱樂部，因為那裡就是他的租屋處。他在走廊上站了一下，看著跳舞的人們。他靠在門柱上，對著一兩位男士點頭打招呼——打起了呵欠。

「嗨，親愛的。」

身邊傳來的熟悉聲音讓他嚇一跳。茱蒂．瓊斯把某個男人撇在一邊，從俱樂部的另一頭走過來找他——茱蒂．瓊斯，像是一尊身姿曼妙的搪瓷娃娃，彷彿外面裹著金縷衣：她頭上的飾帶是金色的，裙襬底端露出尖頭便鞋的兩個前端，也是金色的。茱蒂的面色柔弱但看來仍是容光煥發，對她微笑時像極了一朵花。德克斯特覺得大廳裡好像吹起了一陣輕輕的暖風，四周也亮了起來。他那雙插在晚禮服口袋裡的手彷彿抽搐似的握緊了起來。突然間他內心感到一陣激動。

「什麼時候回來的啊？」他鎮定下來，用若無其事的語氣問道。

「過來我這邊我就告訴你。」

茱蒂轉身後，他跟了上去。她離開了一陣子——她的歸來讓德克斯特彷彿見證奇蹟般，差點落淚。她經過的街道好像被下過了魔咒，不管她做什麼，都彷彿是誘人的音樂。她離開後，所有神祕的事蹟、所有新鮮活潑的希望也跟著消失，如今又隨著她一起回來了。

她在門口轉過身來。

「你有車嗎？如果你沒有，可以開我的。」

「我有一輛雙門小轎車。」

接著，德克斯特聽見金色布料發出一陣沙沙聲響。他幫她關上門。她的搭車經驗實在是太豐富了，有時是這個男人的車，有時是那個男人，上車後她往後把背靠在皮椅上，右手手肘往車門一擱，就這樣等待著。她是如此清淨無瑕，若真要說有誰能夠讓她受到玷污的話，也只有她自己能辦到。她的舉手投足都是自我的往外流瀉。

他其實心煩意亂，費了一番功夫鎮定後才勉強發動車子，倒車後開上街道。他心想：別忘了，這不代表什麼。以前她不也曾這樣？還有，你不是已經跟她徹底了斷了，就像把帳簿裡的一筆爛帳勾銷掉，自認倒楣嗎？

車在市中心慢慢開著，他裝出一副出神的表情，開過商業區裡的空蕩蕩街道，某些地方才有人群，像是電影院散場時的人潮，或者撞球場前面的年輕人，有些看來精神萎靡，也有些看來像拳手般鬥志昂揚。酒館裡面傳來玻璃杯碰杯的清脆聲響，還有人們拍打吧檯的聲音，彷彿由彩繪玻璃罩住的封閉世界，散發著昏黃燈光。

她盯著德克斯特，兩人之間的沉默略顯尷尬，但是在這緊要關頭偏偏他想不出要閒聊些什麼，才能讓這獨處的時光不那麼嚴肅。到了一個轉彎處他順勢把車掉頭，沿著彎彎曲曲的路線回到大學俱樂部。

「你想念我嗎？」她突然問道。

「大家都想念妳。」

德克斯特心想：她知道我跟艾琳．謝勒的事嗎？她才剛回來一天——他與艾琳交往乃至於決定訂婚這段時間，差不多就是茱蒂離家在外的時期。

「你的嘴可真甜！」茱蒂笑著說，但語調有點哀傷，只是看起來並無悲戚之感。她上下打量著德克斯特。他則是緊盯著儀表板。

「你比以前更帥了。」她若有所思地說：「德克斯特，我沒見過有誰的眼睛比你的更加令人懷念。」

聽到這句話他大可一笑置之，但他沒笑。這種話簡直是用來跟大二男生調情用的，但聽在他耳裡卻痛徹心扉。

「親愛的，這世界的一切都讓我好煩喔。」她就是這樣，對誰都可以叫一聲親愛的，聽起來親切無比，不經意間就展現出她特有的親和力。「要是你能跟我結婚，該有多好。」

這句突兀的話令他一時之間感到意亂情迷。在這節骨眼上，是他該對茱蒂透露婚訊的時候了，但偏偏話卻說不出口。同樣的，他也大可鄭重其事地宣告自己未曾愛過她，應該不難。

「我想我們相處得還挺融洽。」她用同樣的語調接著說：「不過，要是你忘了我，或者已經愛上別的女孩，那就另當別論了。」

顯然她非常有自信。如果真要幫她把那句話翻譯一下，言下之意就是，她覺得德克斯特怎麼可能變心愛上別人？就算真有其事，那也不過是他因為思慮不周的形同兒戲之舉——而且八成是為了炫耀。她會原諒德克斯特，因為這種事根本連放在心上一時半刻也沒必要，直接一笑置之就算了。

「你當然沒辦法愛上別人，你非我不可。」她接著說：「我喜歡你愛我的方式。喔，德克斯特，你還記不記得去年的事呢？」

「記得，我沒忘。」

「我也沒忘！」

她究竟是真的動了情，抑或是演得太過入戲，連自己都被感動了？

「要是我們能再跟去年一樣，該有多好？」她說，但他硬逼自己狠心回絕：

「我想我們回不去了。」

「我想也是……聽說艾琳．謝勒被你迷得團團轉。」

茱蒂只是隨口帶過艾琳的姓名，完全沒有強調的意味，但德克斯特卻突然間感到羞愧。

「好啦！載我回家！」茱蒂突然大聲說：「我不想回去跟那些白痴、那些愣頭愣腦的傢伙跳舞。」

接著，就在他要把車轉進那條通往住宅區的街道之際，茱蒂開始旁若無人地默默哭了起來。她不曾在德克斯特面前哭過。

原本黯淡的街道亮了起來，兩邊陸續出現了一棟棟高大豪宅，他把雙門小轎車停在一間又大又白的宅邸前面，在充滿濕氣的夜空中任由月光灑落，看來如童話般夢幻，美輪美奐，而這就是瓊斯夫婦的公館了。瓊斯家蓋得扎扎實實的模樣，讓他略感震驚。這豪宅的高牆堅固無比、鋼梁冰冷硬挺，整體看來是如此寬闊、豪美、大氣，好像唯有如此才能夠襯托出他身邊這位佳人的青春美貌。厚實的宅邸讓她更顯纖弱——彷彿是要讓人明白，蝴蝶翅膀所拍出的清風能有多麼細微弱小。

他只是不發一語坐著，內心卻像是在大吼大叫，唯恐自己稍微動一下，就會失去定力，把她擁入懷裡。他們之間的兩年青春時光彷彿從她濕潤的臉龐滑下，在她的上唇顫抖著。

「我比這世上任何人都還漂亮，」她抽抽噎噎地說：「但為什麼快樂不起來？」她的淚眼讓德克斯特幾乎招架不住——她的嘴角慢慢往下垂，看來難過已極。「如果你想要擁有我，那我就會嫁給你，德克斯特。我想你大概覺得我不值得擁有，但至少我能為你而美麗，德克斯特。」

此刻他腦海浮現千頭萬緒，憤怒、驕傲、熱情、憎恨、柔情，但是縱有千言萬語也說不出口。緊接著一波情感如大浪般向他席捲而來，原本沉澱於內在的所有智慧、信念、遲疑與矜持都遭到沖刷殆盡。眼前這位對他傾訴衷情的，就是他的女孩，由他所獨有，如此美麗又令他感到驕傲。

「你不進來嗎？」他聽見茱蒂用力倒吸一口氣。

然後等待著。

「好啊，」他用顫抖的聲音說：「我進去。」

V

奇怪的是，無論在戀情結束時或者很久以後，德克斯特都不後悔那一晚發生的事。儘管茱蒂為他重燃的愛火只燒了一個月就熄滅，但過了十年後再回首前塵，似乎已無關緊要。他一樣也不在乎他屈服於茱蒂後，終究還是讓自己陷入更加懊惱的深淵，而且在艾琳．謝勒心裡，也在待他不薄的謝勒夫婦心裡留下了很深的傷痕。雖說艾琳悲痛欲絕，但她倒也沒有一哭二鬧三上吊，因此沒有在德克斯特心裡留下非常強烈的印象。

其實，德克斯特可說已是郎心如鐵。城裡的人們怎樣看待他的所作所為，他並不在乎，但這不是因為他即將前往東岸發展，而是因為所有外人對於當時情況的見解似乎都流於表面。對於輿論，他完全無動於衷。同樣的，在他發現自己完全無法打動或者挽留茱蒂．瓊斯以後，他對茱蒂也沒有一絲怨恨。德克斯特愛茱蒂，如果有機會的話，可以永遠愛她，直到因為太老而無法愛下去——可惜他無法擁有茱蒂。所以，就像他曾經短暫嘗過無比幸福的滋味，在那一個月戀情結束後，他也品嘗到只有強者才能體會的深刻苦楚。

茱蒂曾對他說，除了你我什麼也不要——但事到臨頭，卻以「不想從艾琳身邊搶走你」這種可笑的謊言來當藉口，解除他們的婚約。不過，即便如此他還是沒有怪茱蒂。他已經沒辦法怪任何人，也不會覺得這一切有多可笑。

他在二月遷居東岸，原本有意賣掉所有洗衣店的股份，就此定居紐約。沒想到歐戰戰火在三月燒到美國大陸[6]，迫使他改變計畫。他回到中西部，把洗衣店的經營權交給合伙人，接受美軍徵召，在四月底成為首批接受訓練的軍官之一。想當年，恐怕有千千萬萬美國青年是因為不想再為情所困而從軍吧？德克斯特跟他們一樣，因為能上戰場反而感到如釋重負。

VI

請您切記，這則故事講述的是德克斯特的那些冬之夢，儘管難免牽涉到他的一些事蹟，但終究不是傳記。關於那些冬之夢，關於德克斯特，能夠講的差不多都已講完。唯一值得在此告訴大家的，只剩下發生在七年後的那件事。

6　事實上，美國是在一九一七年四月才正式投入第一次世界大戰。

事發地點在紐約。當時他的事業做得風生水起，眼前看來好像沒什麼能夠難倒他的。這時他已經三十二歲，除了戰後隨即搭機返回中西部那次，他已經有七年沒有回去了。有個叫做戴佛林的底特律人去他的辦公室談生意，那件事就是在當時發生在他的辦公室裡，也算是正式了結了他生命中關於茱蒂．瓊斯的篇章。

「所以你是中西部人，」那位叫做戴佛林的男士說，雖是不經意提起，但聽來充滿好奇。「這倒是有趣——我還以為你這種人應該是在華爾街土生土長的。話說，我底特律某個好兄弟的老婆，就是來自你住的那個城市。當年他們結婚時，我還幫忙當招待。」

德克斯特不知道接下來他要說什麼，只是等他繼續說，沒有接話。

「她叫做茱蒂．席姆斯，」戴佛林漫不經心地說：「還沒冠夫姓以前叫做茱蒂．瓊斯。」

「嗯，我知道她。」德克斯特迫不急待地想知道他接著會說什麼。先前他當然已經聽說茱蒂結了婚——也許是刻意沒打聽，後來他就什麼也不知道了。

「是個好女孩啊，」看來戴佛林並非意有所指，他一邊沉思著一邊說：「真是可惜了。」

「怎麼說？」聽到這裡，德克斯特立刻開始全神貫注了起來。

「唉，我那兄弟盧德算是已經廢掉了。倒也不是說他會虐待老婆，但他只顧著喝酒，到處鬼混——」

「所以她不會到處鬼混？」

「不會。她都在家陪孩子們。」

「喔。」

「對盧德來講，她有點太老了。」佛林說。

「太老！」德克斯特大聲說：「怎麼會？拜託喔！她才二十七歲欸！」

他腦海裡浮現一個瘋狂的念頭，想要馬上衝去街上攔計程車，搭火車到底特律。他不由自主站了起來。

「我想你還很忙，」戴佛林隨即用帶著歉意的語氣說：「我不知道——」

「不，我不忙，」德克斯特穩住聲音。「我一點也不忙。沒什麼好忙的。你說她——二十七歲嗎？喔，不，那是我說的。」

「嗯，你說的。」戴佛林用平靜的語氣表示同意。

「好，你接著講。接著講下去。」

「你是指什麼？」

「關於茱蒂．瓊斯的事。」

戴佛林用無奈的眼神看著他。

「嗯，差不多就是這些——能說的我都說了。盧德那個混蛋不該對她那樣。不過，也還沒到非離婚不可的地步啦。就算盧德做了什麼過分的事，茱蒂也會原諒他。事實上，我覺得茱蒂應該是愛他的。當年她初到底特律時，真可說是又年輕又漂亮。」

又年輕又漂亮！這句話讓德克斯特覺得很荒謬。

「那她現在——不再年輕漂亮了嗎？」

「喔，還可以啦。」

「你聽我說，」德克斯特說著突然坐下來。「我實在不明白。你說她當年『又年輕又漂亮』，然後又說她現在『還可以』。我不懂你的意思……當年茱蒂．瓊斯根本不是什麼漂亮女孩啊。她根本就是大美人啊！為什麼？我認識她，我認識她啊，當年她——」

戴佛林開心大笑。

「我可沒有要跟你吵架喔。」他說：「我覺得茱蒂是個好女孩，我喜歡她。我只是不懂，為什麼像盧德．席姆斯那種傢伙會瘋狂愛上她，當初他的確是那樣。」接著他又說：「他的條件可不差欸，大多數女人都喜歡他。」

德克斯特緊盯著戴佛林，腦海裡拚命想著：為什麼？他會這麼說一定有什麼理由，八成是這傢伙不懂得欣賞女人，或是對茱蒂心懷怨懟。

「彈指間就變老的女人多的是，**就像這樣**，」戴佛林真的彈了一下手指。「你肯定也看過這種例子。或許我已經忘記她在婚禮上有多漂亮了。不過啊，婚禮後我倒是常常見到她。她那雙眼睛很漂亮。」

此刻德克斯特感到一陣頭昏腦鈍。他這輩子第一次有想要把自己灌醉的感覺。他只知道戴佛林的話讓他大聲笑出來，但壓根不知道戴佛林說了什麼，也不知道為什麼好笑。幾分鐘後戴佛林就離開了，他在沙發上躺下來，雙眼遠眺窗外，只見紐約市的天際線後面太陽即將西沉，陽光在天邊幻化成各種深淺不一的模糊粉紅與金色。

本來他認為自己已經沒什麼可以失去的，所以他的人生終於來到不會受傷的階段——但歷經剛剛那件事他才知道，其實他好像又失去了什麼。那種感覺如此真確，彷彿他真的娶了茱蒂．瓊斯，然後看著她在自己面前變得人老珠黃。

冬之夢已逝。一部分的他也不由自主地隨著那幻夢逝去。一陣恐慌襲上心頭，他連忙用手掌蓋上雙眼，試著在腦海裡回想當年那些畫面：湖水拍岸的雪莉島、月光灑落的門廊、高爾夫球球道上的格紋棉布陽傘、把一切曬乾的烈日，還有她脖子上的金色纖柔汗毛。接吻時，德克斯特可以感覺到她的雙唇是如此濕潤，她的雙眼哀傷憂鬱，她的氣質彷彿晨間的全新亞麻布料那樣清新脫俗。啊，如今那一切都已經消逝無蹤！那一切的確存在過，但如今也的確變成過往雲煙。

他的臉龐留下兩行淚，這是多年來的第一次。不過這次他是為自己掉淚。他不再把那一對玉唇、那雙明眸、那兩隻纖纖玉手放在心上。其實他很想留戀那一切，但就是辦不到。因為他早已離開，離開後就再也回不去了。大門緊閉，太陽西沉，美貌也已逝去，而唯一能夠經得起時間考驗，永恆存在的，就只有鋼鐵的灰硬之美。就連他原本應該承受的悲傷也已拋諸腦後，留在那充滿幻覺、青春、豐饒生命、他的冬之夢曾在那裡如此繁盛的國度。

「好久好久以前，」他說：「好久以前，心裡的那一部分我存在著，如今已經消逝。那一部分的我走了，就是走了。我不能哭。我不在乎。那一切再也不會回來了。」

班傑明・巴頓的奇幻人生

出處：《科里爾週刊》（一九二二年五月二十七日）

I

一八六〇年距今已甚久遠，當時孕婦在家產子可說是極其常見之事。事到如今，醫學已經如同大神般高不可攀，而且以諭令般的權威規定新生兒都應該在瀰漫著麻醉藥劑氣味的醫院裡面，發出人生第一次哭聲才行，而且以時尚高級的醫院為佳。如此說來，年輕的羅傑斯·巴頓先生與妻子會在一八六〇年夏天就決定要讓第一個寶寶在醫院誕生，可說是領先時代風潮五十年的做法。至於，是不是因為這個決定實在太過不合時宜，才會發生接下來我要敘述的這個故事？我想答案永遠都無人能夠知曉。

不如我就把故事全盤托出，由您自己來想想看到底是怎麼一回事。

在南北戰爭爆發前的巴爾的摩，就社會地位與財富而言，羅傑斯夫婦都可說是一對令人欣羨的夫妻。常聽說他們與這個名門或那個世族有親戚關係，而所有南方人都知道憑藉這一點，就讓他們有資格加入那個在美國南方邦聯特有的龐大貴族階級。生育是人類自遠古以來始終保持的習俗，但因為是初體驗，新手爸爸巴頓先生自然是緊張無比。他希望妻子能幫他誕下麟兒，好讓他日後能把孩子送往母校，也就是康乃狄克州的耶魯學院[7]去接受教育。當年他在那裡曾因為姓氏的關係，四年大學期間，同學都是以一個再自然不過的綽號稱呼他：

7 一八八七年以前是叫做耶魯學院（Yale College），而非耶魯大學。

「袖扣」[8]。

在那年九月的某天早上，為求鄭重其事起見，他在六點就緊張到睡不著，起床著裝，把領帶調整得整整齊齊，然後就在巴爾的摩的街頭急急忙忙趕往醫院，以便確認巴頓家的新成員是否已經在前一天晚上，誕生於暗夜的懷抱中。

他還剩大約九十公尺的路程就要來到馬里蘭私立綜合醫院，此時他見到巴頓家的家庭醫生從醫院前面的台階走下。基恩醫生一邊走路一邊搓揉雙手，那動作看來就像他遵循著醫生這個行業的不成文規定，正在洗手。

羅傑·巴頓五金批發公司的總裁羅傑·巴頓先生開始往基恩醫生衝過去，幾乎顧不了那壯闊偉大時代任何南方紳士都該謹守的莊重儀態。「基恩醫生！基恩醫生！」他對著醫生大叫：「喔！基恩醫生！」

醫生聽到後把身子轉過來，站著等待。巴頓先生走到可以看清楚基恩醫生的時候，發現他那張醫生特有的嚴肅臉龐出現某種奇特表情。

「怎麼了？」巴頓先生走過去，上氣不接下氣地問道：「出了什麼問題嗎？我老婆現在怎樣？是男孩嗎？是媽媽還是小孩？怎麼——」

基恩醫生厲聲說道：「拜託！說話別這樣不清楚好嗎？」語調聽來有點生氣。

---

8 巴頓的英文是Button，亦即鈕扣。

巴頓先生用懇求的語氣問道：「孩子出生了嗎？」

基恩醫生皺眉說道：「嗯，出生了，我想是吧——算是出生了。」他又對巴頓先生投以奇特的目光。

「那我老婆沒事嗎？」

「沒事。」

「是男孩還是女孩？」

說到這裡，基恩醫生的怒氣才大爆發，他說：「走吧！你趕快進去，自己親眼看看吧。真是莫名其妙！」最後那句話幾乎只是一串連音，聽不太清楚，接著他轉身往前走，邊走邊嘀咕：「你覺得遇到這種案例難道不會影響我的醫學聲譽嗎？這種事只要再來一次，我就不用幹這一行了——任誰都一樣。」

巴頓先生被嚇到了，趕快問醫生：「怎麼回事？三胞胎嗎？」

「不，不是三胞胎！」醫生用尖利的語氣回答。「總之，你就自己去看看吧。然後，拜託你另請高明。年輕人，當年是我把你帶來這個世界的，而且我已經當了巴頓家四十年的家庭醫師，不過我跟你們家算是一刀兩斷了！我再也不想見到你或者你的任何親戚！後會無期！」

接著他就用力轉身，不發一語地登上已經在路邊等待他的無篷馬車，車子隨即疾馳而去。

巴頓先生在人行道上站著，整個人呆若木雞，渾身顫抖。到底是出了什麼可怕的差錯？突然間他完全不想走進馬里蘭私立綜合醫院——片刻過後，好不容易他才逼迫自己走上階梯，從前門進去。

大廳裡燈光昏暗，有位護士坐在櫃台後面。巴頓先生感到一陣羞愧，但還是硬著頭皮走過去。

她的臉色頗為和善，抬頭對著巴頓先生說：「早安。」

「早安。我……我姓巴頓。」

年輕護士一聽到「巴頓」這兩個字，臉上隨即露出好像見鬼的表情。她站了起來，彷彿隨時都會從大廳逃走的模樣，但還是勉強鎮定自己，看得出費了她不少力氣。

巴頓先生說：「我想看我的孩子。」

護士說話時差點尖叫出來：「喔——沒問題！」她歇斯底里地大聲說：「在樓上。就在樓上。往上走……就是了！」

她指點行進方向，巴頓先生此時已經渾身冒冷汗，他猶疑不定地轉身，開始從樓梯走上二樓。到了二樓大廳，他遇到手裡拿著臉盆的另一位護士，盡量口齒清晰地對她問道：「我姓巴頓，我想要看我的——」

哐！臉盆應聲掉到地板上，往階梯的方向滾過去。哐！哐！哐！臉盆開始一邊往下滾，一邊發出很有節奏的聲響，彷彿另一位護士那樣，也因為「巴頓」這兩個字而感到驚恐。

巴頓先生幾乎是用吼的把話說完：「我想要看我的小孩！」他已經來到崩潰邊緣。

哐！臉盆終於滾到了一樓。二樓那位護士強自鎮定，用非常不屑的表情看著巴頓先生。

「**好的**，巴頓先生，」她低聲回答。「**很好**！但您得要先**知道**早上我們遇到什麼情況。真是太荒謬了！往後我們醫院可說是要聲譽掃地了，在遇到這件事之後——」

「快帶我去！」他粗聲大吼。「我受不了了！」

「那請您跟我來，巴頓先生。」

他拖著沉重腳步走在護士後面。在長長的走廊盡頭，他們來到一個裡面有各種嚎哭聲此起彼落的房間——事實上，就是因為這樣，後世的醫院嬰兒房才會有「嚎哭室」的別稱。他們走了進去。

「呃，」巴頓先生倒抽一口氣才問道：「哪個是我的孩子？」

護士說：「在那裡！」

巴頓先生的目光隨著她指過去的方向落下，看到這樣的景象：只見某個嬰兒床裡坐著一個年紀顯然已有七十幾歲的老頭，他裹在寬大的白色毯子裡，微微蜷縮著身體。他那稀疏的蒼髮幾乎已經全白，下巴還長著煙灰色長鬚，因為窗口有微風吹進來而前後晃動，看來十分好笑。他抬頭看著巴頓先生時目光黯淡，流露出充滿疑問的困惑眼神。

「我是瘋了嗎？」巴頓先生的恐懼轉為憤怒。「你們這家醫院在跟我開什麼噁心的玩笑？」

「我們可不覺得這是玩笑，」護士用嚴肅的語氣回答他。「而且我也不知道你是不是瘋了——不過我跟你說，這小孩千真萬確是你的。」

巴頓先生的額頭又冒出更多冷汗。他閉上眼睛，接著張開後又定睛一看。沒錯啊——他眼前看到的人的的確確是七十歲。一個七十歲的男嬰，躺在嬰兒床裡，把雙腳掛在兩邊的橫槓上。

那七十歲男嬰平靜地看著眼前兩人，他的目光在眼前兩人之間游移了一會兒，突然用老人的破嗓子問道：「你是我父親嗎？」

巴頓先生跟那護士差點被嚇傻了。

「如果你是我父親，」那老男嬰用抱怨的語氣接著說：「希望你能帶我離開這個地方——或至少請他們幫我換一張搖椅吧，讓我舒服點。」

巴頓先生怒道：「我的老天爺，你是從哪裡蹦出來的？你是誰？」

「我怎麼能跟你說我是誰？」老男嬰繼續用抱怨的語氣嘀咕說道：「我不是才剛剛出生幾個小時嗎？不過，至少我確定自己是姓巴頓。」

「騙人！你這冒牌貨！」

老男嬰不耐煩地轉頭對護士說：「哪有人這樣歡迎新生兒的？」他用虛弱的聲音抱怨：「妳怎麼不跟他說他錯了？」

「你錯了，巴頓先生，」護士用嚴肅的語氣說：「這的確是你的孩子。無論是好是壞，你就接受吧。院方希望你能夠盡快把他帶回家——在今天以內。」

巴頓先生用不可置信的語氣說：「回家？」

「是的，我們不能讓他待在這裡。我們真的不行，你懂嗎？」

「那我可是求之不得，」老男嬰抱怨道：「如果是喜歡安靜的人，大概也只有年輕人能夠忍受這裡了。嚎哭鬼叫的聲音此起彼落，害我完全無法睡覺。我想要吃東西，」他的聲音變高變尖，抗議了起來，「結果他們居然泡了一罐牛奶給我喝！」

巴頓先生癱坐在他兒子附近的一張椅子裡，以雙手掩臉。「天啊！」他喃喃自語地說，語氣聽來陷入極度恐慌中，「大家會怎麼說？我該怎麼辦？」

護士堅稱：「你必須帶他回家。立刻帶走！」

飽受折磨的巴頓先生腦海裡自動浮現一個怪誕卻又清晰到令人覺得可怕的畫面：他走在熙熙攘攘的巴爾的摩街頭，而這可怕的怪物就緊緊跟在他身邊。

他痛苦地呻吟道：「我不行。我辦不到。」

肯定會有很多路人停下來問東問西，到時候他該說些什麼？他只能跟大家介紹這位……這位七旬老翁：「這是我兒子，今天早上剛出生。」然後這個老男嬰會緊緊拉著身上毛毯，接著往下走，經過一家家熱鬧的商店，經過黑奴市場（暗黑的念頭在巴頓先生腦海裡一閃而過，要是他兒子是個黑人該有多好？），經過住宅區的一間間豪宅，經過一間養老院……

護士用命令口氣對巴頓先生說：「拜託！振作一點好嗎？」

「看看這條毯子！」老男嬰突然大聲說道：「如果你們覺得我會用這副模樣走回家，那就大錯特錯了。」

「嬰兒都是裹在毯子裡的。」

啪的一聲，老男嬰帶著怒意拿起一件小小的白色襁褓。「看！」他用顫抖的聲音說：「他們竟然準備這種**鬼東西**要給我穿！」

護士中規中矩地說：「那就是嬰兒的服裝。」

「哼，」老男嬰說：「那等等大概兩分鐘過後，我這嬰兒身上就要光溜溜了。這毛毯快癢死我了。至少該給我一條被單啊！」

巴頓先生連忙說道：「別脫！別脫！」接著他轉身對護士說：「我該怎麼辦？」

「去市區幫你兒子買些衣服吧。」

巴頓先生下樓，兒子的聲音跟著他來到大廳裡：「父親，還要一根拐杖。我想要一根拐杖。」

巴頓先生砰一聲猛力關上醫院外面的門。

II

「早安，」巴頓先生用有點緊張的語氣，對切薩皮克織品店的店員說：「我想要幫我的小孩買些衣服。」

「先生，您的孩子幾歲呢？」

巴頓先生不經思索就說：「大約才出生六個小時而已。」

「嬰兒用品部門在後面。」

「嗯……我想那不是……我覺得那應該不是我想要買的。因為……因為那孩子的體型很大。比一般小孩大——呃，大很多。」

「嬰兒部門有賣大尺寸衣服。」

巴頓先生問道：「那童裝部在哪呢？」出於無奈，他換了個問題。他認為這位店員一定猜出他那不可告人的祕密了。

「就是這裡。」

「呃——」他猶豫了一下。他死也不想讓兒子穿上成年男裝。這麼說好了，要是能夠買到一件特大尺寸的男童童裝，那麼他就可以把老男嬰那又醜又長的鬍鬚刮掉，把灰白頭髮染成棕色，那他至少可以不讓這樁醜聞完全曝光，幫自己保留些許自尊——更重要的是，如果不這樣的話，他在巴爾的摩大概也不用繼續做人了。

他急急忙忙在童裝部翻找一遍，但卻沒半件衣服是巴頓家那位新生老男嬰能穿得下的。當然，他覺得這都要怪店家——找不到尺寸適合的衣服，這種事不怪店家要怪誰？

那名店員很好奇地詢問：「請問一下，您家裡那位小朋友幾歲？」

「他——十六歲。」

「喔，抱歉，抱歉。我還以為您說他才出生六小時。如果是青少年服裝部門，是在隔壁走道。」

巴頓先生慘兮兮地走開，然後停了下來，好像靈機一動似的，用手指指向展示櫥窗裡面某個穿著衣服的人體模特兒。「那裡！」他大聲說：「我要買那件衣服，就是人體模特兒身上那一件！」

那位店員睜大眼睛，覺得不可思議。「什麼！」他提出質疑：「那件分明不是童裝。好啦，就算可以給您的小朋友穿，那也太花俏了。我看您自己穿還差不多！」

這位焦急的顧客用堅定的語氣說：「打包！我要買的就是那件！」

店員雖然震驚，但也只能乖乖聽話。

回到醫院後，巴頓先生走進嬰兒房，幾乎是用丟的把那包衣服交給他兒子。他不耐煩地說：「你的衣服買回來了！」

老男嬰把包裝拆開，看到裡面的東西後流露出滿是狐疑的眼神。

「這衣服看起來有點好笑，」他抱怨道：「我可不想要出醜啊——」

「你已經讓我出醜啦！」巴頓先生用激烈語氣回嗆。「你管這衣服好不好笑，穿上去就是了！不然，不然我打你屁股！」說完「打屁股」這三個字，他感到好像有點不妥，因此吞了一口口水，但終究還是覺得父親打兒子是天經地義的事。

「好吧，父親。」老男嬰裝出一副乖兒子的模樣，看來實在詭異。他說：「你活得比較久，懂得比較多。你說怎樣就怎樣吧。」

「父親」這兩個字又讓巴頓先生嚇了一跳，聽來渾身不自在。

「快點！」

「父親，我已經很快了。」

兒子把衣褲穿好後，那模樣還是讓巴頓先生覺得難過無比。老男嬰的身上穿著圓點襪、粉紅長褲，紮好皮帶的上衣有著一條寬大白色衣領。灰白的長鬚在白色衣領前晃蕩著，長度幾乎及腰。效果沒有巴頓先生原先想像的那麼好。

「等一下！」

巴頓先生隨手拿起一把醫院的剪刀，嚓嚓嚓三聲就把灰白長鬚剪掉一大半。但即使他已經設法改善了，整體來講外觀還是跟完美差了十萬八千里。明明老男嬰身上的衣褲看來如此歡樂，但稀疏的頭髮卻像雜草班凌亂、雙眼看來老是淚汪汪、牙齒老朽不堪，實在是很不搭軋。不過，巴頓先生把心一橫，已經打定主意，他伸出手對著老男嬰說：「跟我走吧！」

老男嬰想也不想就牽起手。「老爸，你要叫我什麼呢？」他們倆走出嬰兒房的時候他用顫抖的老人聲音問道：「在你幫我想出比較好的名字以前，是不是就先叫我『寶貝』？」

巴頓先生咕噥了一下。「我不知道！」他隨即厲聲回答：「我想你就叫做瑪土撒拉吧！」[9]

III

這位巴頓家的新成員就算剪短了頭髮，把稀疏的髮絲染成看來不太自然的黑色，那張臉也刮得平滑發亮，讓某個目瞪口呆的裁縫幫他量身訂製了男童的衣裝，巴頓先生還是不可能忽略一個事實：這是哪門子的兒子？巴頓家的長子怎會是這副德行？要是真的叫他瑪土撒拉，雖說很適合，但感覺也太欺負人了，所以他們決定幫他命名為班傑明·巴頓。班傑明儘管像個老人一樣駝背，但身高還是接近一七三。俗話說「人要衣裝」，但這道理在他身上完全不適用，而且就算把他的眉毛修剪整齊並且染色，無論如何都掩飾不了眉毛下方那雙眼睛有多無神、疲累，而且總是淚汪汪。事實上，巴頓家還幫這位長子找了個褓姆，沒想到她只看了班傑明一眼就氣沖沖拂袖而去。

不過，巴頓先生可不氣餒，決心未曾動搖。班傑明就是個小寶寶，那就該有小寶寶的樣子。起初巴頓先生說，如果班傑明不愛溫熱的牛奶，那就儘管餓肚子餓到死吧，但終究還是因為拗不過兒子，給了他麵包附上奶油，還有燕麥粥——就當作是雙方各讓一步，介於牛奶

9 Methuselah，據《舊約聖經》中〈創世紀〉所載，他活了九百六十九歲。

與麵包之間的折衷食物。某天他帶一個嬰兒搖鈴回家給班傑明，用堅定的語氣說他「應該玩這搖鈴」，老男嬰順手接過去，但看得出他心很累。他還是聽爸爸的話，一天下來斷斷續續都可以聽見搖鈴發出清脆響亮的聲音。

不過，毫無疑問的是他玩搖鈴終究會玩膩，隨後在老男嬰獨處時，他會發現其他更能舒緩身心的消遣活動。例如，某天巴頓先生發現一件怪事：他前一個禮拜抽雪茄的數量怎麼會比以前都還要多？幾天後他才恍然大悟。班傑明沒有料到父親會走進育嬰室，結果抽雪茄抽得整個房間藍煙裊裊，他臉上流露出藏不住的內疚表情，急急忙忙把一根深色哈瓦那雪茄的菸屁股藏起來，但還是東窗事發。如果班傑明被狠狠打了一頓屁股，說來也是活該，但巴頓先生發現自己下不了手。他只是諄諄告誡兒子，抽雪茄「會阻礙發育」。

巴頓先生的態度沒有動搖。他會帶各種玩具回家，像是鉛製玩具士兵、玩具火車、可愛的大型填充動物玩偶，而且為了自欺欺人到底（至少他是這麼騙自己的），他甚至有模有樣地詢問玩具店的店員：「如果寶寶把這隻粉紅色鴨鴨塞進嘴巴，會掉漆嗎？」不過，儘管父親再怎樣努力，班傑明就是壓根沒興趣。他會從後面的樓梯偷偷走下來，拿一冊《大英百科全書》回育嬰室讀一整個下午，至於那些填充母牛娃娃跟諾亞方舟的模型則是在房間裡散落一地，他連碰都沒碰。因為班傑明頑固不已，巴頓先生就算再努力也完全沒用。

剛開始，這件事在巴爾的摩可說是引起軒然大波。沒想到南北戰爭隨即爆發了，城裡的所有居民理所當然把注意力擺在其他事物上，所以沒有人能料到班傑明誕生這不幸事件，原本會讓巴頓家與其親族付出多少代價，他們在社會上的名望會受到多大打擊。有些人因為想要盡可能保持禮貌，他們殫精竭慮，想要對班傑明的爸媽說些恭維之詞——最後有人極具巧思，宣稱班傑明只是長得像祖父而已。這當然是個無可否認的事實，因為所有七十歲的男人都是長得如此衰老。但羅傑·巴頓先生與巴頓夫人聽了一點也高興不起來，至於班傑明的祖父更是覺得自己受辱，怒氣難消。

離開醫院後，班傑明開始體驗、探索自己的人生。曾有幾名小男孩受邀來跟他一起玩陀螺與彈珠，一整個下午班傑明也很配合，想要勉強自己對那些遊戲產生興趣，但到頭來只是感到腰痠背痛而已。說到勉強自己，他甚至用彈弓發射石頭，打破了廚房的一片窗戶，這雖然只是出於偶然，但已經讓他父親感到一陣竊喜。

此後，班傑明每天都試著打破東西，不過這只是因為大家都這麼期待他，而且他也天生就捨不得讓其他人失望。

祖父原本對他充滿敵意，但隨著時間過去而漸漸消逝。班傑明和那位老人家甚至很喜歡有彼此可以作伴。他們一老一少，就人生經驗來講更是天差地遠，但常常會並肩坐在一起好幾個小時，就像兩個知心老友那樣東拉西扯，說起漫漫長日裡那些單調無聊的事，一點也不會厭煩。比起在爸媽身邊，班傑明覺得祖父讓他感到更自在——因為羅傑與跟老婆似乎總是有點怕他，儘管他們對他說話就像一般家長那樣帶有威嚴，口氣獨斷，但卻常常尊稱他為「先生」。

為何他一出生後身心狀況就這麼老邁？別說其他人了，就連他也覺得困惑。他查閱大量醫學期刊文獻，卻找不到先前有任何類似案例的紀錄。父親勸他好好跟其他同齡男孩一起玩，打成一片，他也真心照做了，往往是加入一些比較溫和的遊戲——要打美式足球，他的身子骨應該會受不了，而且他也害怕自己如果受傷，骨頭裂開，恐怕會因為年紀太大而無法癒合。

到了五歲大，家人送他去上幼稚園，老師教他一些勞作作業，像是怎樣把五顏六色的色紙用糨糊黏在一起、編制一張張上色的地圖，還有用厚紙板製作可以永久保存的項鍊。他總是在作業做到一半時就開始打瞌睡，這習慣讓他的年輕女老師既生氣又害怕。她向羅傑・巴頓夫婦告狀後，班傑明遭開除，但這反而讓他鬆了一口氣。夫婦倆告訴朋友們，他們覺得班傑明年紀還太小，不適合去上幼稚園。

等到他十二歲時，爸媽已經習慣班傑明了。事實上，他們甚至已經覺得他跟其他孩子沒兩樣，由此可見習慣的力量之強大——當然啦，有時候還是會有一些異常的事情讓他們想起自己的兒子畢竟並非常人。不過，十二歲生日過後幾週的某一天，班傑明在照鏡子時發現（或是以為自己發現）一個驚人的現象。難道是他眼花了嗎？在人生來到第十二個年頭之際，向來以染髮掩蓋真正髮色的他，真正的髮色竟然已經從白色變成鐵灰色。而且他那原本彷彿阡陌交錯的皺紋，是否也變得沒有那麼明顯了呢？他的膚色是否變得比較健康，膚質變得比較緊緻，甚至增添了一抹彷彿冬日的紅潤色澤了呢？他也不確定答案是什麼。他倒是可以確定自己已經不再駝背，而且他的體能狀況也不再像早年那樣衰弱了。

儘管他不太敢這麼想，但在發現這現象後他還是心想：「難道是——？」

他去找父親。「我長大了，」他用斬釘截鐵的語氣宣稱：「想要換穿長褲了。」

他父親猶豫了一下，終於對他說：「呃，我不確定欸。一般人都是到十四歲才會改穿長褲——但是你才十二歲。」

「不過你得要承認，」班傑明用抗議的語氣說：「我比同年齡的人高吧！」

父親用彷彿在幻想的猜測眼神看著他說：「喔，這我可不敢確定。我自己十二歲時也是跟你一樣高啊。」

這並非真話——羅傑·巴頓會這麼講的理由之一，就只是他內心深處相信兒子是個正常人，只是這個想法當然不便明說。

父子倆終於各自讓步。班傑明還是會持續染髮。他也會更積極地與同齡男孩玩在一起。他不能再戴眼鏡，在街上走路也不能拿著拐杖助步。他做了那麼多妥協，終於換來人生的第一條長褲，要從兒童往成人的階段邁進了……

IV

從十二歲到二十一歲，班傑明·巴頓的人生有哪些事蹟呢？在此我不會著墨太多。各位只需要知道一件事就夠了：這就是他由年邁逆向成長為年輕的年代，除此之外平凡無奇。當班傑明十八歲時，他已經跟五十歲的中年男子一樣挺拔，不但髮量大增，髮色也變成深灰。他的腳步穩健，聲音也不再是破鑼嗓子，變成健康的男中音。所以父親安排他到康乃狄克州去參加耶魯學院的入學考試。順利通過考試後，班傑明成為大學新鮮人。

入學後的第三天，他接獲耶魯學院註冊組主任哈特先生的通知，要他去辦公室一趟，藉此安排選課事宜。班傑明照一下鏡子，覺得還是先染個頭髮，讓髮色看起來是純粹的棕色比較恰當，但是翻找收納櫃時越來越焦急，因為發現自己找不到染髮劑。接著他才想到——前一天就已經用完，瓶子也丟掉了。

這下他真是進退兩難。五分鐘內他就該準時在哈特主任的辦公室出現。不過，他似乎沒有任何辦法可以脫身，只能硬著頭皮去一趟。於是他去了。

「早啊，」哈特主任客氣地說：「您應該是要來問令郎的事吧？」

「等等，事實上，我就是巴頓——」班傑明開口道，但是遭哈特主任打斷。

「巴頓先生，很高興能與您見面。我想令郎應該馬上就到了。」

「那就是我！」班傑明突然脫口而出。「我是個新鮮人。」

「什麼！」

「我是新鮮人。」

「您一定是在開玩笑吧。」

「完全不是。」

哈特主任皺起眉頭，看著眼前那張學生資料卡。他說：「怎麼回事？資料顯示班傑明·巴頓先生目前是十八歲啊。」

「我就是十八歲。」班傑明堅稱，說這句話時他有點臉紅。

哈特主任不耐煩地看著他說：「巴頓先生，您應該不會覺得我會相信這種話吧？」

班傑明也不耐煩了，但他還是笑著把剛剛那句話說一遍：「我就是十八歲。」

哈特主任翻臉了，他指著門口說：「滾出去！滾出耶魯！滾出紐哈芬！你是個危險的瘋子！」

「我就是十八歲啊！」

哈特主任把門打開。「你想得美！」他咆哮著說：「像你這種年紀的人竟然想要蒙混過關，來本校當新鮮人？十八歲？見鬼了！好，我就給你十八分鐘，趕快滾出紐哈芬！」

班傑明·巴頓抬頭挺胸走出辦公室，六、七個大學生在走廊上等待著要接受約詢，全都用好奇的眼神盯著他。等走到一段距離外，他才轉身面對仍然站在門口，怒不可遏的哈特主任，用堅定的語氣大聲說：「我就是十八歲！」

在那群大學生此起彼落的竊笑聲中，班傑明離開了。

但他命中注定沒辦法如此輕鬆脫困。走到火車站的路上，鬱鬱寡歡的班傑明發現身後有幾個大學生跟著他，接著是一群，最後暴增為一大群。原來是剛剛在註冊主任辦公室裡發生的那件事在學校傳開了：有個瘋子通過了耶魯學院的入學考試，竟然想要假冒十八歲的年輕人來讀書。整個校園都轟動起來了。許多男同學來不及戴帽子就衝出教室，美式足球校隊的練習也中斷了，隊員們加入尾隨在後的嘈雜人群裡，教授夫人們不顧頭上禮帽與身上群襯被擠到歪掉，也跟在隊伍後面大吵大鬧，眾人對著班傑明．巴頓持續品頭論足，完全不管此刻他正憂傷難過，內心受傷。

「他一定是那個流浪的猶太佬！[10]」

「他這年紀應該先去上預備學校[11]才對吧！」

「看看這位天才兒童！」

「他把我們耶魯學院當成養老院啦！」

「去讀哈佛吧！」

班傑明加快腳步，隨即奔跑了起來。他心想：我們走著瞧！我**一定會去**讀哈佛，到時候這些不用大腦，任意取笑我的傢伙一定都會後悔！

他安全登上火車，準備返回巴爾的摩，這才把頭伸出車廂窗口大喊：「你們會後悔的！」

---

10 在耶穌遭釘在十字架以前，路上曾被某個猶太人嘲笑，據說這位猶太人就此踏上永恆的流浪之路，要等到耶穌二度降世方得休止。

11 prep school，為了幫助學生進入一流大學而設立的學校，是高中畢業後才去就讀的。

「哈哈！」耶魯的學生們哄然大笑了起來。「哈哈哈！」這堪稱耶魯學院有史以來犯下的最大錯誤……

V

到了一八八〇年，班傑明·巴頓已經二十歲，為了紀念自己的生日，他在這天開始去父親的羅傑·巴頓五金批發公司上班。就是在這一年，他開始「出去參與各種社交活動」——所謂社交活動，就是父親堅持要帶他去參加的那些入時舞會。這一年羅傑·巴頓五十歲，除了父子關係越來越融洽，兩人在一起也越來越沒有違和感。事實上，因為班傑明雖然仍是一頭灰髮，但已經不會固定染髮了，而他們倆從外觀看來年齡相仿，彷彿是兄弟。

八月某天晚上，「兄弟倆」盛裝打扮，駕著無篷馬車到巴爾的摩城外不遠處，位於郊區的薛佛林家鄉間別墅去參加舞會。那一晚真是美妙啊——一輪明月把柔潤明晰的白金色光輝灑在路上，過了夏天才綻放的花卉在花田裡緩緩吐出沁香氣息，彷彿幾乎不可聞的小聲歡笑。曠野裡的大片麥田被月亮照得透著光亮，麥稈根根分明，彷彿白日般清楚。夜空如此嬌豔，任誰幾乎都無法不因此動情——大概只有羅傑·巴頓除外吧。

因為羅傑不是個注重精神層面的人，而且他只有粗略的美感。面對此情此景，他卻說：

「我非常看好紡織業。」

「像我這種老狗，是學不了新把戲了，」他語重心長地說：「你們年輕人精力充沛，朝氣蓬勃，有大好的未來正等著你們。」

遠處只見燈火通明的薛佛林家鄉間別墅漸漸映入眼簾，隨即有個像是低鳴的聲音慢慢往他們傳來，未曾停歇——有可能是小提琴樂隊如泣如訴的悠揚琴音，但聽來也像是月光下銀白色麥稈搖曳摩擦而發出的沙沙聲響。

他們把車停在一輛頗有派頭的有篷馬車旁，那輛馬車的乘客正在陸續下車。一位女士先下來，接著是一位年長的紳士，最後是另一位女士，她不只年輕還美到不可方物。班傑明簡直看得出神，彷彿他體內起了化學變化，將所有分子都重組了。他感到渾身一陣震顫，雙頰、前額都充血，耳裡持續聽到嗡嗡聲響。這是初戀的感覺。

那女孩身形苗條纖弱，髮色在月光下看來是灰白的，但等到走進門廊，在那嘶嘶作響的煤氣燈下卻變成蜂蜜色。她披著一條西班牙的薄紗短披風，色澤柔嫩淡黃的披風上有黑蝴蝶飾紋。她的晚禮服帶有巴斯爾裙襯，裙襬底端與她的鞋子上都有亮晶晶的飾扣。

羅傑．巴頓靠過去對兒子說：「那位就是喜德嘉．蒙克里夫小姐，她父親是蒙克里夫將軍。」

班傑明只是裝酷點點頭，用冷淡的語氣說：「漂亮的小妞。」但是等到黑人小男僕把他們的馬車牽走後，他又說了一句：「爸，也許你可以把我介紹給她。」

他們向一群人走過去，蒙克里夫小姐就站在中間。她成長於家教甚嚴的傳統家庭，在班傑明面前非常正式地行了屈膝禮。這意味著她允許班傑明邀她共舞。班傑明謝謝她，然後走開——但兩條腿像發抖似的，走得不太穩。

要等一段時間才能輪到班傑明，但那等待的間隔讓他覺得彷彿永恆。他站在牆邊，不發一語，看來神祕莫測，眼看著一群巴爾的摩的小伙子黏在喜德嘉·蒙克里夫身邊，臉上滿溢著熱情與愛慕，他的眼睛就像要噴火似的。他們在班傑明眼中是多麼惹人厭啊！最受不了的就是他們一個個都看來氣色紅潤！捲曲在臉頰旁邊的連鬢絡腮鬍讓他看了簡直就想吐！

但終究輪到他了。他們倆以優雅的身姿緩緩走進舞池，沉浸於最新的巴黎華爾滋樂音中共舞，無論剛剛有多嫉妒焦慮，此刻那些心緒都像積雪般，在春回大地之際溶解消逝。這時班傑明可說是心醉神迷，他有一種開啟人生新篇章的感覺。

「你跟你兄弟才剛來吧，和我們一樣？」喜德嘉問道。她抬頭與班傑明四目相交，一雙晶亮湛藍的眼睛彷彿是以搪瓷為材質。

班傑明猶豫不語。如果她誤以為他們父子倆是兄弟，是不是最好跟她把話講清楚？他想起了自己在耶魯蒙羞的經驗，所以覺得還是先裝傻。否定女士講的話，那未免太過唐突？此時此刻實在是美妙絕倫，何必拿自己出身的怪誕故事來煞風景？那簡直像犯罪。也許以後再說吧。所以班傑明點頭微笑，只是聽她講話，感覺喜不自勝。

「我喜歡你這個年紀的男人。」喜德嘉對他說：「年輕的男人都跟笨蛋一樣。他們只會跟我說自己在大學時代喝了多少香檳，玩撲克牌輸了多少錢。只有你這個年紀的男人懂得欣賞女人。」

班傑明覺得自己簡直就想當場求婚了——他努力把那一股衝動壓下去。喜德嘉接著說：「你應該是五十歲吧。這個年紀的男人最浪漫，而二十五歲就太世故了。三十歲男人常因為工作勞累而臉色慘白。四十歲的男人誰不是張口就長篇大論？要抽一整根雪茄才講得完——喔，六十歲又太接近七十了。但五十正是美妙的熟齡。我喜歡五十歲的男人。」

原來五十歲是這麼美好的年紀啊？班傑明多麼盼望自己是五十歲。

「我的座右銘是，」喜德嘉接著說：「寧願嫁給五十歲的男人被他照顧，也不嫁給三十歲的男人，還得要照顧**他**。」

接下來的那一整晚，班傑明覺得自己好像沐浴在蜂蜜色的迷霧中。喜德嘉又跟他多跳了兩支舞，而且他們談天說地，發現彼此在很多看法上都像水乳交融般契合。她答應班傑明下個禮拜天搭著他駕駛的馬車去兜風，這樣他們倆就有機會可以進行更多意見交流。

他們在破曉前不久才駕著無篷馬車返家，這時露水冰涼，殘月仍閃耀著微光，早起的蜜蜂已經出來嗡嗡嗡做工了。父親還是聊著他的五金批發生意經，恍恍惚惚的班傑明聽得似懂非懂。

「……那你覺得，除了鐵鎚跟鐵釘之外，我們應該把生意的重心擺在哪裡？」老巴頓說。

「戀……愛啊。」班傑明漫不經心地回答。

「鍊子？幹嘛，我剛剛不是已經說過鍊子的問題了嗎？」羅傑·巴頓大聲說。

班傑明用茫然的眼神看著父親之際，東方的天空突然閃過曙光，一隻黃鸝鳥在即將復甦的樹叢裡咧著嘴發出刺耳的鳴叫聲。

VI

六個月後，大家都已知道喜德嘉·蒙克里夫小姐與班傑明·巴頓先生訂婚的消息（我會用「知道」這個說法，是因為蒙克里夫將軍說他寧願用軍刀自刎也不想要公開宣布婚訊，不過大家都還是知道了），這在巴爾的摩的社交圈引發一陣騷動，幾乎變成茶餘飯後的話題。班傑明一出生就是老男嬰的故事本來幾乎已遭遺忘，如今一經大家回想起來，隨即演變成醜聞，出現各種令人不敢置信的誇大其辭說法。有人說，班傑明其實是羅傑·巴頓的父親。也有人說，班傑明是羅傑的哥哥，曾經蹲過四十年的苦牢。還有人說，班傑明其實本名叫做約翰·威爾克斯·布斯[12]——到最後竟然有人說他頭上長了兩隻圓錐狀的尖角，其實是惡魔化身。

紐約各報的週日副刊更是加碼演出，刊登一些吸引讀者的諷刺畫，像是把班傑明·巴頓

12 John Wilkes Booth（1838-1865），暗殺美國總統亞伯拉罕·林肯的演員。

的頭畫在魚或者蛇的身體上，最後甚至把他畫成銅人，只有頭部是正常的。他在各家媒體的報導中獲得「馬里蘭州神祕男子」的稱號。真實故事反而沒多少記者報導，知道的人不多。不過，這世道不就是如此嗎？

但蒙克里夫將軍認為自家閨女配得上巴爾的摩的任何一位有為青年，如今卻向一個年紀肯定有五十歲的老傢伙投懷送抱，簡直是「豈有此理」，而基本上大家也都站在他這邊。羅傑・巴頓先生不甘兒子受辱，大費周章地把他的出生證明刊登在巴爾的摩《火焰報》上面，但卻是白做工，因為根本沒有人相信。為什麼？您只要看看班傑明的尊容就能了解。

儘管如此，兩位當事人的決心卻始終沒有動搖。因為太多關於未婚夫的傳聞都是子虛烏有，導致喜德嘉甚至不相信班傑明一出生的確就是個老男嬰。蒙克里夫將軍勸女兒別結這個婚，以免馬上要守寡，因為五十歲男性的死亡率很高——就算他只是看來像五十歲，想必也是未老先衰，危險得很。他還跟女兒說，五金批發業的生意不太穩定。但好說歹說都沒用。喜德嘉吃了秤砣鐵了心，就是想要嫁給熟男，而且她也的確就這樣出嫁了……

VII

至少有一件事，是喜德嘉・蒙克里夫的朋友們都看走眼的。五金批發業大發利市，簡直可說是一飛衝天。班傑明・巴頓在一八八〇年結婚，他父親在一八九五年退休，巴頓家的資產在這十五年之間成長為兩倍——而這主要是歸功於巴頓公司的小老闆班傑明。

無庸贅言的是，巴爾的摩的社交圈終究還是全心全意接受了班傑明夫婦倆。就連蒙克里夫老將軍也釋懷了，而這主要是因為他那一套二十冊的鉅著《南北戰爭史》原本已經遭九家顯赫的出版社退稿，最後由女婿慷慨解囊才得以出版。

就班傑明自己而言，這十五年間的改變還真不少。他看來可說是越來越血氣方剛了，活力更勝於以往。他開始變得每天起床時都朝氣蓬勃，在陽光普照的鬧街上健步如飛，處理鐵鎚、鐵釘等五金商品的訂單，安排出貨與運送事宜的時候更是一點也不會疲累。班傑明在一八九〇年開始使出他那遠近馳名的商業策略：他倡議**所有用來釘箱的鐵釘都應該算是收貨人的財產，因此可以從出貨的數量中扣除**，而且在美國最高法院首席大法官法塞爾[13]的首肯之下成為法令規定，如此一來讓羅傑·巴頓五金批發公司**每年節省了超過六百根鐵釘**。

此外，班傑明·巴頓發現自己越來越喜歡在生活中找樂子。因為他對於享樂的興趣與日俱增，所以他會成為巴爾的摩市第一個購買與駕駛汽車的人，自然也就不足為奇。與他同年齡層的人在街上遇見他，莫不盯著他興嘆，羨慕班傑明為何能如此健康而且生命力飽滿。

「他怎麼好像每年都變得比以前年輕？」他們常常發出這樣的疑問。班傑明的老爸羅傑

13　這位法官姓Fossile，或許是暗喻他像化石（fossil）般食古不化，怎會認同如此荒謬的提議。

此時已經六十五歲，雖說他在班傑明誕生時並未給予熱情的擁抱，但至少這時候他以近乎奉承的態度來讚賞兒子，多少也算是補償自己的過錯。

接下來該談的話題既然不會令人感到太愉快，那我們就快快帶過吧。人生來到這個階段的班傑明．巴頓只擔心一件事：在他眼裡，老婆已經不像以往那樣充滿魅力了。

這時喜德嘉已經三十五歲，他們的兒子羅斯可年方十四。兩人結婚之初，班傑明簡直把她當偶像一樣仰慕。但隨著歲月流逝，她那一頭蜂蜜色髮絲已經轉變成沒那麼漂亮的棕色，她那搪瓷般的湛藍眼睛也變成像廉價陶器一樣普普通通——而且最糟糕的是，她的處世之道變得太過安於現狀，她的個性變得太過溫順滿足，對外來的刺激顯得太過興致缺缺，品味也變得太過嚴肅無趣。當年她還是個新嫁娘時常常「拖著」班傑明到處去參加舞會與晚宴——如今他們倆的立場已經反轉。她還是會跟班傑明出去參加社交活動，但卻處處表現得完全沒有熱情，不過這也不能怪她，因為誰不是那樣呢？這種對一切都提不起勁的狀況遲早會發生在每個人身上，而且一旦出現，就會跟著我們直到終老。

班傑明對這種情況的不滿可說與日俱增。美西戰爭於一八九八年爆發，因為家庭對他來講可說已經索然無趣，他決定以三十八歲的高齡從軍。因為他在商界已經能呼風喚雨，自然不可能當大頭兵，而是官拜上尉。隨後因為非常能夠適應軍旅生涯、表現優異而獲得拔擢為少校，等他最後升遷到中校，剛好趕上了知名的聖胡安山攻頂之役。他在這場戰役中身受輕傷，獲頒軍功勳章。

班傑明喜歡上軍旅生涯的冒險活動與刺激感，甚至對於解甲歸田的決定深感後悔，但他不能繼續放任事業無人照顧，所以申請退伍返家。家鄉父老在火車站安排銅管樂隊歡迎他，簇擁著他回家。

VIII

喜德嘉站在自家門廊上揮舞著一面巨大絲綢國旗迎接班傑明，儘管他親了妻子，卻還是心頭一沉，真確感覺到三年時間匆匆飛逝，果真是歲月不饒人。這時妻子已經四十歲了，頭上已經有些許灰白髮絲冒出來。此情此景令他難過不已。

上樓回房間後，他在那一面熟悉的鏡子裡看見自己的面容——帶著焦慮的心情靠過去仔細端詳，拿出參戰前夕拍的軍裝照片來，好好比較一番。

他大聲說：「我的老天爺！」逆齡生長的程序仍在持續。這是毫無疑問的——此時他看起來像是個三十歲的年輕人。他一點也開心不起來，反而對於自己變年輕感到不安。原本他期盼有一天自己的身體年齡能夠達到與實際年齡相稱的狀態，如此一來他出生時就開始糾纏著他的可怕現象也能夠煙消雲散。他感到渾身一陣震顫。這樣的命運在他看來竟是如此可怕而無法置信。

下樓時，只見喜德嘉正在等待他。不過，她面有慍色，這讓班傑明不禁懷疑妻子是否終究發現自己的丈夫有點不對勁。班傑明想要設法化解夫妻倆的緊張關係，所以吃晚餐時他用自己認為還算巧妙的關係破冰，帶出這個話題。

「呃，」他輕描淡寫地起頭。「大家都說我看起來越來越年輕了。」

喜德嘉用不屑的眼神看他。她嗤之以鼻地說：「你以為這是什麼值得自誇的事嗎？」

「我沒有自誇。」他有點不安，但嘴上沒認輸。

她又哼了一下。「如果你真是這麼想，」她起了個頭，但頓一下才繼續說：「那我覺得你應該有自知之明，趕快打消那個念頭。」

「我要怎樣打消念頭？」他反問妻子。

「我不想跟你吵架，」她反唇相譏。「不過，人的處世之道終究還是有是非之分的。如果你打定主意要當一個與眾不同的人，我想我也沒辦法阻止你。只不過，我覺得你的所作所為並沒有為別人著想。」

「但是這並非我能控制的啊，喜德嘉。」

「你可以。只是你太固執了。你覺得你不想跟別人一樣。你這個人總是這樣，我想以後也不會改變。不過，你就好好想一想吧。如果每個人看事情的角度都跟你一樣——那這世界會變成什麼德行？」

因為喜德嘉丟出來的這個問題既空洞又無解，班傑明並未回話，但是就從這一刻開始，夫妻倆之間的那一道鴻溝又開始加深變寬了。班傑明感到很納悶：當初她到底施了什麼魔咒，才會讓我對她這麼入迷？

新世紀降臨後，時間不斷往前推移，班傑明發現自己對於找樂子的欲望越來越強烈，而這更讓兩人之間的裂痕越來越大。班傑明成為巴爾的摩市的派對動物，只要有派對他可說是來者不拒，跟場上最俏麗的年輕人妻共舞，和最受歡迎的女性社交新鮮人一起談天說地，覺得跟她們在一起實在是太有趣，而喜德嘉卻被甩在一旁，像個渾身散發不祥氣息的尊貴孀婦，跟陪伴年輕女性一起前來的年長女伴們坐在一起，心高氣傲的她滿臉不屑，對他投以嚴肅、困惑與責備的目光。

「你看！」常有人說：「多可惜啊！像他那樣的小伙子卻被一個四十五歲的中年婦女綁死了。他肯定比他老婆年輕二十歲吧！」這再度顯示出世人不可避免的健忘本性——說這種話的人已經忘記當年他們的爸媽也曾在一八八〇年說過這對夫妻是老少配，只不過當時是老夫少妻，現在是老妻少夫。

班傑明在家裡感到越來越不快樂，但這無所謂，因為他找到許多新的興趣來補償自己。他開始打起了高爾夫，而且變成高手。他還搖身一變成了舞林高手：他在一九〇六成為「波士頓版華爾滋舞」的專家，在一九〇八年又跳起了厲害的「馬克辛舞」舞步，隨後到了一九〇九年，他的「凱索舞」技法更是羨煞了城裡的所有年輕男性。

頻繁的社交活動當然對巴頓家的家族事業發展有所妨礙，但後來他轉念一想，既然自己已經在批發五金業辛苦工作了二十五年，應該很快就能把事業交棒給先前剛剛從哈佛大學畢業的兒子羅斯可。

事實上，父子倆因為看來年紀相仿，面貌又很相似，常有人把他們搞混。班傑明覺得很開心——很快他就忘記自己打完美西戰爭返家時浮現心頭的隱憂，轉而非常天真地為自己逆齡生長的外貌感到開心。但人生豈有十全十美的？如今唯一令他感到不快的事，就是與妻子一起公開露面。喜德嘉已經幾乎要五十歲了，她的外貌令班傑明感到荒謬可笑……

IX

班傑明按照自己的盤算，把羅傑．巴頓五金批發公司交棒給兒子羅斯可．巴頓。幾年後，到了一九一〇年的某個九月天，有個外表看來顯然只有二十歲的年輕人前往麻州劍橋市的哈佛大學註冊，成為新鮮人。他可沒有笨到坦承自己早已年過五十，也沒有提起自己的兒子其實是哈佛大學校友，而且早在十年前就已經畢業。

他獲准入學，而且馬上成為非常耀眼的新鮮人，理由之一在於他的年紀看起來比其他平均年齡只有十八歲的同學們稍大一點。

不過他會成為風雲人物，最主要的原因還是因為他加入了哈佛的美式足球隊，在比賽中痛宰耶魯校隊。他在球場上橫衝直撞，表現出毫不留情的狠勁，好像跟對方有不共戴天之仇，最後幫哈佛隊達陣七次，踢進十四球，還把十一位耶魯隊球員撞到不省人事，一個個被抬下球場。全哈佛知名度最高的人非他莫屬。

奇怪的是，到了大三那一年，他差一點沒有辦法「入選」校隊。教練們說是因為他體重大減，而且其中幾位觀察力較為敏銳的教練甚至注意到班傑明好像沒有以前那麼高了。他再也沒辦法演出過去令他遠近馳名的達陣成功——事實上，教練團隊會讓他留在隊上，主要是出於策略的考量，希望威名赫赫的班傑明·巴頓能夠讓耶魯隊膽戰心驚，自亂陣腳。

到了大四那年，班傑明已經完全沒有資格加入美式足球隊了。因為體重過輕，身形瘦弱，某天他還被幾個大二學生誤認為新鮮人，這件事令他耿耿於懷，深感受辱。這時他獲得了神童的名號——年紀絕對不會超過十六歲，但卻已經是大四學生。而且他的內心世界也開始出現改變，常常對於某些同級生的世故感到詫異。他覺得功課變得更難了，課程內容遠遠超過大四學生能了解的程度。先前他曾聽很多同學提起知名的聖米達預備學校，因為許多哈佛學生都曾去那裡準備入學考試。他決定自己在畢業後也要去讀一讀聖米達，如此一來他就可以混在身材相近的男學生之間，那種環境比較適合他。

一九一四年班傑明從大學畢業，把學位證書放在口袋裡，回到巴爾的摩。這時喜德嘉已經遷居義大利，所以班傑明去和他兒子羅斯可一起住。不過，儘管在那個家裡面整體來講他還是受歡迎的，羅斯可卻顯然跟自己的爸爸不親——甚至可以感覺到羅斯可總是認為班傑明像個青少年般在家裡恍惚發呆，到處晃來晃去，實在有點礙事。這時羅斯可已經結婚，也算是巴爾的摩社交圈的聞人，因此他可不希望有什麼家庭醜聞傳出去，以免丟了自己的臉。

班傑明已經不是備受女性社交新鮮人與大批年輕大學生愛戴的人物，他發現自己大多數時候都是孑然一身，會陪伴在他身邊的就只有鄰里間的三、四個十四歲少年。此時他再次萌生想要去聖米達預備學校讀書的念頭。

「呃，」某天他對羅斯可說：「我已經不只一次跟你提過，我想去讀預備學校。」

「好的，那就去啊。」羅斯可只是淡淡地說了一句。這件事令他感到厭惡，他壓根就不想跟父親討論。

「我可不能自己去，」班傑明可憐兮兮地說：「你必須幫我辦入學手續，然後帶我過去。」

「我可沒那個時間，」羅斯可凶巴巴地說。他瞇著眼睛，不安地看著父親。「事實上，」接著他又說：「我覺得你就別再想著要去唸書了。你最好打消那個念頭。你最好……你最好——」他頓了一下，漲紅著臉思索接下來該說什麼，「你最好趕快掉頭，開始往回走。看看你那副德性，你不覺得已經太過火了嗎？這一點也不好笑，已經沒什麼有趣的了。你……你既然已經五十幾歲，就該像個五十幾歲的人啊！」

班傑明看著他，眼淚就要奪眶而出。

「還有一件事，」羅斯可還沒說完，「以後如果家裡有訪客，我希望你能夠叫我『叔叔』，而不是『羅斯可』，懂嗎？讓一個十五歲的男孩直呼我的名字，未免也太過荒謬！也許，不管有沒有訪客，你最好都能夠叫我『叔叔』，這樣才不會忘記。」

羅斯可嚴厲地看了父親一眼，轉身就走……

X

父子間這次談話結束後，班傑明帶著沮喪的心情在樓上走來走去，看著鏡子裡的自己。他已經三個月沒有刮鬍子了，但臉上還是乾淨無鬚，只是長了一些不太明顯、因此完全沒有必要動手處理的白色細毛。當初他從哈佛畢業返家時，羅斯可就曾提議，要他戴上眼鏡，並且像個演員似的在臉頰上黏貼假的連鬢鬍鬚。隨後，有段時間他的人生彷彿再次陷入早年那齣鬧劇。但是假鬍鬚讓他搔癢難耐，也覺得那模樣很丟臉。他像個孩子似的哭了出來，於是羅斯可雖不情願也只能讓步作罷。

班傑明打開青少年讀物《比米尼灣的童子軍》來看，發現自己心裡揮之不去的卻是眼下正在進行的那一場大戰。美國已經在前一個月加入協約國陣營，班傑明很想從軍報國，但是天不從人願啊！最起碼要滿十六歲才能入伍，而他的外貌看起來連那年紀都還沒到。不過，就算外貌跟實際年齡一樣他也沒有入伍資格，因為這時他已經五十七歲了。

管家敲門進房後，把一封信交到班傑明手裡，信的收件人是「班傑明・巴頓先生」，信封角落蓋著一個大大的官印。他趕緊把信封撕開，信件內容讓他非常開心。原來是軍方正在徵召許多曾經參與美西戰爭的軍官回部隊報到，而且給予晉階待遇，所以他接獲的軍令是要他立即重新加入美國陸軍，那封信是他官拜准將的憑證。

班傑明興奮到跳起來，因為熱血激昂而渾身顫抖。這就是他想要的。他一把抓起鴨舌帽，十分鐘後來到查爾斯街上一家大型裁縫店，用青少年的尖銳嗓音，以含糊的口吻說：我要訂製陸軍制服。

「小子，想要玩官兵抓強盜的遊戲嗎？」一名店員不經意地問他。

班傑明的臉紅了起來。「喂！你管我要幹嘛！」他厲聲回嗆。「我姓巴頓，住在佛農山廣場，所以你應該知道我不會賴帳！」

「好吧，」那位店員語帶猶豫地說：「就算你賴帳，我想你老爸也賴不了。好吧。」

裁縫店幫班傑明量身訂做軍裝，一個禮拜後就完工了。店家本來不願意幫他縫上陸軍准將的官階配章，因為他們堅稱V.W.C.A.[14]的徽章看起來也很漂亮，而且如果是要鬧著玩的話，遠比官階配章有趣多了。

班傑明完全沒跟羅斯可提起這件事，某天晚上不告而別，搭乘火車前往南卡羅來納州的莫斯比訓練營，打算去那裡擔任步兵旅的指揮官。在這悶熱的四月天，他搭乘計程車來到軍營入口，付清從火車站到這裡的車資，轉身走向哨所的哨兵。

---

14 因為是要鬧著玩，所以這裡V.W.C.A.或許就是維多利亞女子板球俱樂部（Victorian Women's Cricket Association）的縮寫。

「找人來幫我提行李！」他威風凜凜地說。

哨兵用責備的眼神看他。「喂！」哨兵說：「小子，你想穿著准將的制服到哪裡去？」

美西戰爭老兵班傑明·巴頓怒目瞪著哨兵，目光彷彿就要噴火，只可惜啊！他只發得出變聲青少年的尖銳嗓音。

「給我立正！」他試著雄赳赳怒吼，停下來吸口氣——突然間他看見那位哨兵啪一聲把腳跟靠在一起，舉起步槍來行禮。班傑明覺得滿意極了，努力忍住微笑，但是等到他瞥了週遭一眼，再也笑不出來了。哨兵立正敬禮的對象不是他，而是一位英姿颯爽的砲兵上校，正騎在馬背上靠過來。

「上校！」班傑明用尖銳嗓音叫他。

上校騎過來，用韁繩勒馬，低頭用銳利的眼神冷冷地盯著班傑明。「你爸媽是誰啊？」他的聲音倒是挺為和藹可親。

「我他媽很快就會讓你知道我爸媽是誰！」班傑明用耍狠的聲音回嗆。「你給我下馬！」

上校哈哈大笑了起來。

「呃，這位將軍，你想要騎我的馬？」

「過來！」班傑明拚老命大吼。「你看看。」他把委任狀拿給上校。上校仔細看過後，兩顆眼珠子差點沒掉出來。「這你從哪裡弄來的？」他質問班傑明，順手把委任狀放進口袋裡。

「你很快就會發現，是軍方寄給我的！」

「你跟我一起走，」上校說話時臉色很奇特。「我們去總部一趟，好好討論這件事。走吧。」

上校把馬掉頭，開始往總部的方向慢慢騎過去。班傑明別無選擇，只能盡量擺出充滿威嚴的姿態，跟在後面——同時還在心裡想著：此仇不報非君子。

不過，想要報仇是免談了。只有兩天後羅斯可從巴爾的摩來軍營報到，於匆忙間氣沖沖趕來，把哭哭啼啼的老爸領回家。「班傑明．巴頓將軍」連軍服都被部隊給沒收了。

XI

羅斯可．巴頓的第一個孩子在一九二〇年誕生。隨後巴頓家當然舉辦了一連串慶祝活動，只不過在那當下沒有人覺得「那件事」值得一提：這位新生兒的祖父，正是拿著鉛製玩具士兵與馬戲團模型，在巴頓家四周到處玩耍的髒兮兮小男生，外表看起來顯然只有大約十歲。

這小男生的臉龐清新而有活力，只是眉宇間帶有些許哀傷。雖說沒有人討厭他，但他的存在卻讓羅斯可．巴頓備感煎熬。若是用羅斯可那個世代的語彙說來，這件事對他來講可說是一百無一用」。在他看來，他父親不只拒絕讓自己的樣貌看來像六十歲，言行舉止也欠缺「陽剛的男人味」——而偏偏這就是他最喜歡的特質。他就是覺得父親既奇怪又反常。事實上，只消這件事在腦海裡盤桓個半小時，可能都會幾乎把他逼瘋。羅斯可深信人的確是該保持「活力滿滿」的狀態才能青春永駐，但像他父親這樣把那狀態維持到極致，簡直是……簡直是百無一用。到這裡，羅斯可就不繼續往下想了。

五年後，羅斯可的小男孩已經大到能夠與小班傑明一起玩某些孩子們的遊戲，在旁邊照料他們的是同一位褓姆。羅斯可在同一天把父親與兒子都帶去幼稚園入學，班傑明發現這世界上最好玩的事情，莫過於把各種顏色的小紙條拿來編製成墊子、鍊子，還有各種奇特美麗的東西。有一次他因為不聽話而必須到牆角去罰站，還哭了出來，但他依舊認為待在教室裡的歡樂時光大致上充滿趣味。他喜歡陽光從窗戶灑進來的模樣，也喜歡有時會用和藹的手摸摸他那一頭亂髮的貝利老師。

一年後，羅斯可的兒子升上小學一年級，但班傑明還是待在幼稚園。他非常開心。偶爾其他孩子們會討論起「我的志願」這種話題，此時班傑明的小小臉蛋會閃過一絲陰霾，彷彿他幼小的心靈也隱約知道自己絕對不可能跟別人分享這類想法。

歲月就在這單調的生活中匆匆流逝。他連續第三年回到幼稚園去就讀，但這時他的心靈已經幼小到無法理解那些鮮豔閃亮紙條的功用。其他男孩都長得比他高大，他常因為害怕而哭出來。老師會跟他講話，儘管他努力想要了解老師講些什麼，卻完全聽不懂。

巴頓家不讓班傑明繼續讀幼稚園了。在他那小小的世界裡，最重要的人莫過於那位身穿漿硬格紋洋裝的褓姆娜娜。陽光普照的日子裡他們會到公園裡去散步，班傑明看到一隻又灰又大的怪物，娜娜總是指著怪物說「大象」，他也跟著說一遍。到了那天晚上就寢時，他還會對著幫他脫衣服的娜娜一遍又一遍大聲複述那兩個字「大將、大將、大將」。有時候娜娜會讓他在床上蹦蹦跳跳，而這件事實在有趣極了，因為他發現如果自己一屁股用力坐下來，就會被床墊彈到重新站起來。還有，如果一邊跳一邊「啊啊啊啊」地叫，就會發出聽起來很好笑的破鑼嗓音。

他喜歡拿起掛在帽架上的大拐杖，一邊在屋子裡走來走去，一邊用拐杖敲打桌椅，嘴裡高喊著「打打打」。有訪客來家裡時，老太太們總是對著他咯格笑，讓他覺得有趣，年輕女士們則總是想要親他，他雖然乖乖被親，但總是覺得有點無聊。隨後，到了漫長的白天於五點結束之際，他就會跟著娜娜上樓去，讓她用湯匙餵食燕麥粥還有其他軟爛但好吃的泥狀食物。

班傑明總是像個幼童般睡得香甜，沒有擾人的記憶出現在夢鄉裡，他不會想起自己在哈佛大學時代的英勇事蹟，不會想起那些他曾讓許多女孩芳心怦然跳動的閃亮日子。他的世界已經限縮到一個安全的白色嬰兒床，除了娜娜之外，有時候會有個男人來看他。有時在他黃昏就寢前，娜娜會指著那顆巨大的橘色圓球，對著他說「太陽」。等到太陽西下，他的眼皮就會沉沉落下，入睡後他不會作夢——沒有惡夢來侵擾他的甜美夢鄉。

他的一生如過往雲煙般消散。他不記得自己曾在聖胡安山帶著弟兄們勇猛仰攻敵軍，不記得結婚後最初那幾年有多少夏夜，他曾在忙碌的城裡為他深愛的喜德嘉努力工作到薄暮降臨。他也不會想起那些更久遠的日子裡，他曾在巴頓家那間位於門羅街的陰暗老屋裡陪著祖父一起抽菸，直到深夜。這一切就像朦朧恍惚的夢，消失於他的腦海中，彷彿不曾發生過。他全都忘了。

就連娜娜上一次餵他喝的牛奶是溫是涼，還有每一天是怎樣度過的，他都已經記不清楚了。他只記得嬰兒床還有那位褓姆熟悉不已的身影。接下來他什麼都不記得了。他只有在肚子餓時會嚎啕大哭——如此而已。日日夜夜，他就只是存在於氣息的吞吐之間，就連四周的低語聲和喃喃人語他也幾乎聽不見，但隱約還能區別各種不同的氣味，還有明暗之分。

到後來他只能看見陰暗的四周和白色嬰兒車，偶爾會有些模糊的人臉從上方俯視著他，還記得溫暖牛奶的香甜氣味。但是在最後，就連這一切也全都從他的腦海消逝，不復存在。

富家子弟

出處：《紅書月刊》（一九二六年一、二月）

I

起初只是個體，不知不覺間，你發現自己創造出某種類型，從類型開始，你又會發現自己創造出——虛無。這是因為我們都是怪胎，隱藏在臉龐與聲音之下的我們，遠比呈現在眾人面前或我們認知中的自己還要奇怪。每當我聽到有人聲稱自己「平凡、誠實、坦蕩蕩」，就知道他肯定有些無庸置疑的異常之處，也許還有點糟糕，但他選擇掩蓋這部分，堅稱平凡、誠實、坦蕩蕩的態度，在在提醒他隱藏自己異常的事實。

這個故事和類型無關，也不談某種類型的人，只談一名富家子弟，這個故事就只是他的故事，而不是他同類人的故事。我這一生身邊都充斥著他的同類，但只有他一直是我的朋友。再者，如果我真的描寫他的同類人，肯定會開始抨擊窮人對富人以及富人對自己編造的謊言——他們已經建立了如此荒唐的結構，讓我們拿起一本關於富人的書，便會直接懷疑其中的真實性。就算是才智過人、充滿熱情的生活新聞記者，也是將富人的世界描繪成仙境一般不真實。

容我跟你聊聊真正的有錢人。他們完全不同於你我，極早就擁有並開始享受一切，這對他們造成了一些影響，讓他們在我們剛強之處選擇柔軟，在我們深信不疑之處選擇心懷疑慮，其處事之道只有天生富有之人才能理解。他們內心深處自認高人一等，因為我們還得自行尋覓生命中的慰藉和庇護，即便當他們深深墮入我們的世界或甚至淪為我們之下，他們依然認為自己比我們優越，他們和我們是不一樣的。我只能將年輕的安森．杭特當作外國人描述，並固執地堅守我的觀點，我只要一時認同了他的觀點，我就會迷失，就只能淪為一部荒誕不經的電影。

II

安森是家中六個孩子之中的老大，總有一天能分到一千五百萬美元的財產，當他進入懂事的年紀（可能是七歲左右），正值世紀之初，許多膽大的年輕女性已經駕著「電動車」在第五大道上奔馳，那時候，他和弟弟有一位說話字正腔圓的英國籍女家教，讓兩名男孩說起話來也能像她一樣——咬字斷句十分清晰，不像我們含糊不清，雖然他們說話方式不完全像英國小孩，但已習得紐約市上流社會獨有的口音。

每到夏天，六個孩子會從紐約七十一街的房子，搬到康乃狄克州北部的一處大莊園，那裡並非高級住宅區——安森的父親想盡可能讓孩子晚一點接觸到那種生活，他的思想多少超越了當代構成紐約社會的階級以及他的年代，那個勢利、庸俗當道的鍍金年代，希望兒子培養專心的習慣、擁有強健的體魄，並長成一名正直的成功人士。他和妻子竭盡所能地照顧著兩個最年長的兒子，直到他們離家上學為止，這在這座大莊園並非易事——在我度過青春歲月的那種中小型房屋社群還容易許多，我時時刻刻都聽得到母親的聲音，感覺得到她的存在、認可或否定。

待在康乃狄克州村莊的安森，感受到人們不情不願的美式敬意，這才首次察覺到自己的優越地位。玩伴們的雙親總會問起他的父母，也會因為孩子受邀到杭特府上而竊喜。他很自然地接受這一切，並對於所有不以他為中心的群體稍嫌不耐——不論是金錢、地位或權威的中心——這種感覺會一直延續到他往後的人生。他不屑和其他人一爭高下，卻又期待別人無條件禮讓，當事情不如他意時，他就會縮回家中。家中經濟十分優渥，因為在東岸，財富多少還是帶點封建色彩，算是某種凝聚家族的方式，反倒是在較為勢利的西岸，財富只會分裂家族，使其各自「拉幫結派」。

年滿十八歲的安森去到紐哈芬時，身材高大結實，過去循規蹈矩的在校生活讓他膚色白皙、氣色紅潤，頂上金黃色的頭髮以一種奇特的方式生長，再搭配一副鷹勾鼻，縱使稱不上絕頂帥氣，卻也散發出自信的魅力和某種野性的風格。上層階級的男性與他在街上偶遇，馬上就會知道他是富家子弟，上過一流的名校。然而，正是因為優越感讓他在大學裡算不上成功——獨立自主被誤認為妄自尊大，而拒絕以敬畏的態度接受耶魯大學的規範，看似又是在貶低所有恪守紀律的人。因此，早在畢業前，他就開始將生活重心轉往紐約。

他在紐約如魚得水，他在那裡有自己的房子，還有「不可多得的好家僕」，家人也都在此，因為他的好個性和某種能讓事情順利進行的能力，他迅速成為家族的中心，參加名媛初登場舞會、專屬男性的男士俱樂部，以及偶爾與紐哈芬男性只敢遠觀的妖豔女子放縱狂歡。

他的志向也十分傳統——其中也包含「終究還是得結婚」這無可避免的未來前景，但他的這些志向和大多數年輕男性不一樣，因為這些志向並沒有曖昧不明，沒有摻雜著「理想」或「幻覺」。安森毫無保留地接受這個極其奢華又揮霍的世界，充斥著離異與放蕩、勢利及特權的世界。我們的人生大多以妥協結尾，但他的人生卻以妥協揭開序幕。

我和他在一九一七年夏末初次見面，當時他剛離開耶魯，和我們其他人一樣都被捲進戰爭導致的集體歇斯底里中。他穿著一身藍綠色海軍飛行員的制服，南下到佛羅里達州的彭薩科拉，那裡的飯店樂團演奏著〈對不起，親愛的〉（I'm sorry, dear），這群年輕軍官和女子翩翩起舞，雖然他常常和酒鬼混，也不是特別厲害的飛行員，但是大家都喜歡他，甚至連教官在某種程度上也特別尊敬他。他總會以自信且邏輯清晰的口吻和他們促膝長談，話題總會結束在自己如何擺脫某些臨近的麻煩，更多時候是幫忙其他軍官脫險。他飲酒作樂、下流好色、貪圖享樂，所以當他和一名保守又規矩的女子墜入情網，我們都大吃一驚。

她的名字是寶拉．樂尚德，一名皮膚黝黑、態度正經的加州美女，她的家族在城外有一間避寒宅邸，儘管她不苟言笑，卻還是廣受歡迎。絕大多數男人的自尊無法容下有幽默感的女性，但是安森不是這種人，我也不懂她的「真誠」有什麼吸引力——大家都如此稱讚她——竟能吸引他那精明又帶點玩世不恭的心。

不管如何，他們談起戀愛來了，而且由她作主。他不再參與德索塔酒吧的深夜聚會，每當人們見到他們時，兩人總是進行著冗長且嚴肅的對談，這種情況可能持續了好幾週。許久之後，他告訴我，他們的對談沒有什麼特別的主題，就是雙方不夠成熟且毫無意義的空談。逐漸發展出來的情感並非源於言詞，而是源於字裡行間的嚴肅審慎，像是一種催眠，通常會受到我們稱為玩笑的那種疲軟情緒所打斷，當他們兩個獨處時，他們又會恢復嚴肅、低調，彷彿要讓彼此的感覺在情感和思想上融為一體。他們最終變得對任何干擾感到厭惡，對生活中的詼諧戲謔，甚至是同輩人輕微的憤世嫉俗都毫無反應。他們只有在持續對談時才會感到愉快，其嚴肅的氛圍如同營火琥珀色光芒般籠罩著他們。後來，某種他們並不排斥的干擾逐漸生成——情慾開始介入他們。

說來奇怪，安森和她一樣沉溺於對談中，並同時也意識到自己大多是言不由衷，而她的言詞多半顯得索然無味。起初，他也鄙視她情感上的單純，但他的愛讓她個性變得有深度且豐富起來，讓他無法再輕視。他認為只要進入寶拉溫暖且安穩的生活，就會感到幸福。漫長的對談準備過程消去了所有限制——他將自己從許多愛冒險的女性身上學到的東西教給她，她則是以全心全意注入激情回應。某天晚上舞會結束後，他們決定結婚，他寫一封長信給母親介紹她。隔天，寶拉告訴他自己很富有，坐擁將近一百萬美元的私人資產。

III

他們彷彿可以一起欣喜大喊：我們兩個什麼都沒有，那就一起變窮吧！只不過他們會一起變富有。這賦予他們某種一起冒險的親密感。然而，當安森於四月離開時，寶拉和她母親陪他北返，她母親對於杭特家族在紐約的地位以及生活奢華程度感到震撼。首次和安森待在他兒時玩耍的房間，她內心感到無比舒適，感覺特別安全、備受呵護。安森戴著帽子上幼稚園的照片、安森在某個早已遺忘的神祕夏日與心上人一起騎馬的照片、安森和一群歡樂的伴郎伴娘在婚禮上的合照，都讓她對自己未能參與的過去而心生嫉妒。眼前的安森似乎完整集結並呈現了這些特質，這令她不禁希望趕快結婚，以妻子的身分再次回到彭薩科拉。

可惜沒人提起馬上結婚的事，就連訂婚一事似乎都要保密到戰爭結束。當她意識到安森只剩兩天假期，心中的不滿逐漸形成一種意圖，試圖讓他和自己一樣等不及要結婚。他們開車到鄉下參加晚宴，她決定在當晚正視這個問題。

當時寶拉的一位表姊和他們一樣下榻在麗池酒店，她是一名尖酸刻薄的女孩，儘管疼愛寶拉，但也多少嫉妒她這樁令人稱羨的婚事。當寶拉因為梳妝耽擱了，這位沒有要參加晚宴的表姊代替她在飯店套房接待安森。

安森五點時先和幾名朋友碰面，和他們放縱暢飲了一個小時。他適時離開了耶魯俱樂部，他母親的司機載他到麗池，但他平時的儀態早已消失，加上起居室的加熱蒸氣讓他一陣頭暈目眩。他對自己的狀況有自知之明，感到既好玩又抱歉。

寶拉的表姊已經二十五歲，卻格外天真，一開始還不清楚發生什麼事。她從未見過安森，當他開始胡說八道且差點摔下椅子，她還嚇了一大跳。但在寶拉出現以前，她都沒有意識到她原以為是軍服乾洗後的味道，竟然是威士忌的酒氣。但寶拉一進到房裡就知道了，她一心只想在母親看到他之前把他帶走，表姊看到她的眼神也馬上瞭解了。

當寶拉和安森下樓準備登上豪華轎車，發現兩名沉睡的男子坐在裡面，他們就是和安森在耶魯俱樂部喝酒的人，也要一同去晚宴。他完全忘記他們還在車上。他們在前往亨普斯特德的路上醒了，甚至唱起歌來。其中某些歌詞相當粗俗，儘管寶拉試圖理解不時口無遮攔的安森，但她的雙唇還是因為羞恥和厭惡而緊閉著。

旅館內那位表姊困惑又激動，將整件事重新思考過一遍，接著走到樂尚德夫人的臥室，她說道：「他很奇怪吧？」

「誰很奇怪。」

「杭特先生啊！他似乎有點奇怪。」

樂尚德夫人突然轉過頭緊盯著她。

「哪裡奇怪啊？」

「嗯，他說他是法國人，我不知道原來他是法國人。」

「胡說，妳一定是誤會了。」她笑著說道：「那只是開玩笑。」

表姊堅持己見地搖搖頭。

「才不是。他說他在法國長大。他說他完全不會說英語，這也是為什麼他不能和我聊天。他是真的沒辦法。」

樂尚德夫人不耐地別過頭去，表姊此時又意味深長的補上一句：「也許是因為他喝醉了。」說完便走出房間。

這突如其來的小報告卻是千真萬確。安森無法控制自己的表達，說話開始口齒不清，於是便採取了不尋常的變通方式：聲稱自己不會說英語。他多年後還是常常提及這段往事，每次說起這段回憶不免還是捧腹大笑。

接下來一小時內，樂尚德夫人大概打了五通電話到亨普斯特德。當她終於成功接通，她又多等了十分鐘才聽到寶拉的聲音從電話的另一頭傳來。

「妳喬表姊跟我說安森喝醉了。」

「不是這樣……」

「就是。喬說他喝醉了。他向她宣稱自己是法國人，還從椅子上摔下來，一副就是醉醺醺的樣子。我不希望妳和他一起回來。」

「媽，他沒事！拜託不要擔心……」

「但我就是會擔心，我覺得很可怕。答應我，妳不會和他一起回來。」

「媽，我會處理……」

「我叫妳不要和他一起回來。」

「好啦，媽，我要掛了。」

「聽我的，寶拉，一定要請別人送妳回來。」

寶拉故意將話筒遠離耳邊、掛上電話。她的臉因為止不住的惱怒而漲紅。安森在樓上的臥房裡呼呼大睡，樓下的晚宴正孱弱地接近尾聲。

一小時的車程讓他稍微清醒一點——他的抵達只不過是增添一點笑料——寶拉原本希望這個晚上至少不要全毀，但安森又在餐前輕率地灌下兩杯雞尾酒，災難已經是無可避免的。他對著晚宴全場高聲滔滔不絕了十五分鐘，有點令人反感，說完便悄悄地躲進桌下，如同舊時版畫裡的男人，但卻少了典雅的儀態，還多了糟糕的姿態。在場的年輕女性沒人對此景發表意見，當下似乎沉默是金。他的叔叔和兩名男子將他抬上樓後，寶拉馬上就被叫去接電話了。

一小時後，安森從焦慮苦惱的混沌狀態中醒來，過了一下子才看清楚站在門邊的是他羅伯特叔叔。

「……我說，你感覺好點了嗎？」

「什麼？」

「小伙子，感覺好點了嗎？」

「糟透了。」安森說道。

「我再給你一點頭痛藥試試。如果你吞得下去，應該會比較好睡。」

安森費了好大力氣才將雙腿從床下挪下來，站起身。

「我沒事。」他虛弱無力地說道。

「慢慢來。」

「給我喝杯白蘭地，我就能下樓了。」

「噢，那可不行——」

「沒錯，這是唯一的辦法，我現在沒事了……樓下的人應該不想看到我了吧！」

「他們都知道你有點不舒服，」叔叔不以為然地說道：「別擔心，史凱勒甚至沒有出現，他早就醉倒在高爾夫球場的更衣室了。」

除了寶拉外，安森根本不顧其他人的想法，但他還是決定要收拾這晚的爛攤子，只是當他在沖完冷水澡後現身，賓客大多都已離開。寶拉立刻起身準備回家。

上了豪華轎車後，他們一貫嚴肅的對談又開始了。她承認，她知道安森會喝酒，但她沒預料到會看到這種景象，她感覺他們似乎沒那麼適合彼此，因為他們的人生觀天差地別等原因。等她說完後，安森才開口，意識非常清醒。接著寶拉說她必須仔細思考，不會急著今晚就下決定，她沒有生氣但非常難過。她也不會讓他一起進來飯店，但在安森下車以前，她不情願地靠過去親了他的臉頰。

隔天下午，安森和樂尚德夫人好好聊了一下，寶拉則坐在旁邊默默聽著。雙方都同意給寶拉足夠的時間好好思考這件事，如果母女倆還是覺得這是一樁好婚事，她們就會和安森一起去彭薩科拉。安森則是真誠又不失自尊地道了歉——僅止於此。所有好牌都在樂尚德夫人手上，她卻還是無法占上風。他既沒有作出承諾，也未顯露出羞愧，只是說了幾句正經的人生感言，最後居然還能帶著精神上的優越感全身而退。三週後她們來到南方，因為重逢而滿心歡喜的安森和如釋重負的寶拉都沒有意識到，兩人心心相印的時期早已不復存在。

IV

安森控制並吸引著寶拉，但同時也帶給她滿滿的焦慮。他穩重卻又放蕩、多愁善感卻又憤世嫉俗，她對安森這樣的雙面性格感到困惑——她高貴的心靈無法理解此種矛盾——便開始認為他可能擁有雙重人格。當她看見安森獨自一人、身處正式宴會或與階級比他低的人在一起，她會引以為傲地看著他展現強勁又迷人的風采，以及善解人意的慈父身段。然而，在其他場合裡，當原本文質彬彬的正人君子露出了另一個面相，她就會感到惴惴不安。這另一個面相粗俗、滑稽、不顧一切只貪圖享樂。她為此感到驚恐，只能將自己的心神從他身上抽離，甚至導致她短暫地嘗試與舊情人暗通款曲，但終究還是無濟於事。被安森的活力感染了四個月後，其他男人對寶拉而言都顯得蒼白無力。

安森七月時奉命派駐海外，他們的柔情和慾望於此時達到高峰。寶拉考慮過在最後一刻結婚——只因為他的氣息聞起來總有雞尾酒的味道而作罷，但離別一事又讓她悲傷成疾。安森離開後，她寫了一封長信給他，為過去因等待而錯過的戀愛時光感到惋惜。八月，安森的飛機掉落在北海，他在海中漂流一夜後被拖上驅逐艦，因為肺炎而被送進醫院，一直到簽署停戰協議後才被送回家。

接下來的日子裡，儘管大好機會再度來臨，也沒有任何實質阻礙，兩人的個性卻漸漸在彼此之間築起一道隱形屏障，親吻和眼淚逐漸因此乾涸，對彼此的呼喚也越來越小聲，心靈間的親暱低語也逐漸微弱，最後只能依靠距離遙遠的異地通信來維持溝通。某天下午，一位社交圈的記者在杭特宅邸外等兩個小時，為了確認他們訂婚的消息。安森否認了，儘管最新一期還是以頭條刊出，「持續有人在南安普頓、溫泉市和塔克西多公園看見他們出雙入對。」不過正經的對談已快要變成無止盡的爭吵，這段感情也差不多要被消磨殆盡。有次安森大膽放肆地喝得大醉，甚至還因此與寶拉失約，她於是提出了一些行為主義上的要求。在他的自尊和自我認識之前，他的絕望起不了任何作用：這個婚約肯定是破滅了。

「我的摯愛，」如今他們的信上寫道：「我的摯愛、我的摯愛，當我半夜醒來，意識到這段感情終究是一場空，我只想一死了之。我活不下去了。也許我們今年夏天見面時，可以再好好談談，作出不同的決定。我們那天都很太激動也太難過，可是我覺得我的人生不能沒有妳。妳提到其他人。難道妳不知道沒有其他人適合我，就只有妳……」

但當寶拉在東岸四處遊蕩，她有時會提及自己的歡欣鼓舞，希望藉此讓他胡思亂想。只是安森過於機靈，不會疑神疑鬼。每當他在信中讀到一名男性的名字，他就會更加篤定，甚至還會有點輕蔑——他一向不會受這種事影響。但他還是希望他們某天會結婚。

與此同時，他充滿活力地投入戰後紐約所有脈動和光鮮亮麗之中，進入一間證券經紀公司工作，加入了好幾間俱樂部夜夜笙歌，遊走於三個世界之間——他自己的世界、耶魯年輕畢業生的世界，以及部分座落於百老匯一端的風花雪月。但他一天總要全心全意、不間斷地奉獻八小時給華爾街的工作，再加上他具有影響力的家族人脈、本身絕頂的聰明才智以及源源不絕的精力，讓他一下子就飛黃騰達。他擁有各個部分能獨自運作的獨特頭腦，有時他睡不到一小時，卻還是能精神奕奕地出現在辦公室，但這種情況不常見。所以在一九二〇年代初期，他的薪水和佣金收入已經超過一萬兩千美元。

隨著耶魯傳統逐漸變成過去，他在紐約的老同學中越來越受歡迎，比他在大學時還更受歡迎。他住在一間大宅裡，並且有介紹其他年輕人進入其他大宅院的門路。此外，他的生活已經衣食無虞，但他們大多數人的生活才剛要開始不穩定。他們總會從安森這裡尋求娛樂和逃避，而他也欣然回應，以幫助他人和為他們安排事務為樂。

現在寶拉的信裡已經不提男人，但通篇信件裡帶著一種前所未有的溫柔。他從其他管道中得知，她身邊有一名「積極追求者」——洛威爾．賽耶，一名有權有勢的波士頓人。儘管他確定寶拉還是愛著自己，但一想到自己可能會失去她，還是會感到惴惴不安。除了不太如意的一天，她幾乎已經有五個月沒有去紐約，隨著流言甚囂塵上，他越來越想趕快和她見上一面。二月時，他請了假南下佛羅里達。

如藍寶石般閃閃發亮的沃斯湖市，四處停泊的船屋略損其光彩，在沃斯湖市與巨大綠松石般的大西洋間，飽滿福態的棕櫚灘座落其中。「浪花飯店」和「鳳凰木飯店」如同大肚腩般聳立於明亮的沙灘上，四周還環繞著「林間跳舞」、「布萊德利賭場」以及幾間比紐約貴三倍的女裝和帽子店。在浪花飯店搭著棚架的露台上，兩百名女性同時左一步、右一步、轉身、滑步，做著風靡一時的雙曳步健身操。在音樂交替之間，可以聽見兩千只手鐲在兩百隻手臂上叮噹作響。

入夜後，寶拉、洛威爾・賽耶、安森和充數的第四人一起在沼澤地俱樂部裡打著橋牌。她那張親切又認真的臉龐在安森眼裡略顯蒼白疲憊——她已經在社交圈裡遊走四、五年之久，安森也認識她三年了。

「二黑桃。」

「抽菸嗎？……抱歉，我過。」

「過。」

「我賭倍，三黑桃。」

房間裡好幾桌都在打橋牌，整間房間菸霧繚繞。安森和寶拉一對到眼便緊盯著不放，即便賽耶的視線落到他們之間……

「叫什麼牌？」他心不在焉地問道。

「華盛頓廣場上的玫瑰——」

待在角落的年輕人唱著：

「我逐漸枯萎

在地下室的空氣中——」

煙霧氤氳，門一打開，隨風打轉的靈氣充滿房間。一隻隻銳利的小眼睛，急切的視線飛越牌桌，在大廳內裝模作樣的假英國人中尋找柯南．道爾。

「可以用刀劃破了。」

「……用刀劃破。」

「……用刀……」

三戰兩勝的牌局結束後，寶拉突然起身，用壓緊、低沉的嗓音和安森說話。他們看都不看洛威爾．賽耶一眼就一同步出大門，走下一段長長的石階，再一轉眼，他們已經手牽手走在月光照耀的沙灘上。

「親愛的，親愛的……」他們在陰影處不顧一切、熱情地擁抱……寶拉接著將頭向後仰，好讓安森說出她想聽的語句——當他們再次接吻，她可以感覺到語句正在成形……她再度掙脫、仔細聽，但當他再度將她擁入懷中，她意識到安森什麼也沒說，只是用那每次都讓她潸然淚下的低沉、哀傷嗓音低語著：「**親愛的！親愛的！**」她的情感卑微地屈服於他，眼淚順著臉頰滑落，但內心不斷大喊著：「求婚吧——哦，安森，我的摯愛，向我求婚吧！」

「寶拉……**寶拉！**」

話語像雙手一樣擰住她的心，安森感受到她的顫抖，知道情緒已經到位，無須多言，也無須再將他們的命運寄託在曖昧的話語上。他可以這樣抱著她，又何必再多等一年，等到永遠？他仔細思考著他們的未來，為她設想的又更多一些。當她突然說要回飯店，他遲疑了一下心想，首先是：「不是現在，更待何時。」再者是：「不，再等等……反正她終將屬於我。」

他已經忘記，這三年來的情感糾結也不斷在消磨寶拉。她的感情也在那晚一去不復返。

隔天早上，他帶著某種焦躁與不滿返回紐約，車裡有一名他認識的社交名媛，在接下來兩天的路程裡，他們都一起用餐。起初，他向她說了一點寶拉的事，還捏造了難以啟齒的理由，表示兩人不得不分開。女孩性格狂野、個性衝動，因為安森對她吐露心事而心花怒放。如同吉卜林筆下的士兵，他大可以在抵達紐約前占有她，還好此刻的他清醒又自制。四月下旬，他無預警收到巴爾港傳來的電報，寶拉在電報裡告訴他，自己已經與洛威爾．賽耶訂婚了，馬上就會在波士頓完婚。他從來不相信會發生的事終究還是發生了。

安森當天早上以威士忌灌醉自己後，便前往辦公室埋頭苦幹，片刻也不停歇——深怕一停下來，後果不堪設想。到了晚間，他一如往常地外出，隻字不提發生了什麼事；他真摯熱情、幽默風趣、專注當下。唯獨一件事他克制不住——無論身處哪裡、身旁有誰，他都會突然將頭埋進雙手之間，像個小孩一樣抱頭痛哭，這種情形持續了三天。

V

一九二二年，安森和後輩一起出國考察公司在倫敦的貸款業務，此行意味著他可能即將升官。現年二十七歲的他有點發福，還算不上肥胖，行為舉止比同齡人老成。不分老少，大家都喜歡他、信任他，母親們也放心把女兒交給他，因為每當他到一個地方，總有辦法和其中最年長、最保守的人打好關係。「你和我，」他似乎說著：「我們誠實可靠、通情達理。」

對於男女的弱點，他似乎與生俱來就有一種較為寬容的理解，這也讓他如同神職人員般特別注重保持外在儀容。每個星期天早上，他都會去一間上流社會的聖公會主日學校講課，即便前一晚還在花天酒地，只要沖過冷水澡、迅速換上開襬禮服外套，整個人馬上煥然一新。某次，幾名小孩同時很有默契地起身移到最後一排的座位。他經常說起這個故事，也經常引起哄堂大笑。

父親過世後，他成了掌握實權的一家之主，引領著後輩的命運，基於某種複雜的原因，他的權力並沒有延伸到父親的資產，反而是由羅伯特叔叔管理。這位叔叔是家族裡愛好賽馬的人，脾氣溫和、貪杯好酒，也是惠特利山高級俱樂部裡的成員。

羅伯特叔叔和艾德娜嬸嬸曾是安森年輕時的摯友，前者因為姪子未能在賽馬場上展現其應有的優越姿態而感到失望，他推薦安森進入全美最難加入的城市俱樂部——只有曾經「協助建設紐約市」的家族成員（換句話說，於一八八〇年前就已經致富的家族成員）才能加入——但安森入選後卻選擇置之不理，轉而投入耶魯俱樂部，羅伯叔叔特曾為此找他談過話。後來安森甚至拒絕進入羅伯特保守又疏於經營的證券經紀公司，自此以後，叔叔的態度又更加冷淡。他就像對安森傾囊相授的啟蒙導師，卻在日後逐漸淡出安森的生活。

安森這一生交過許多朋友，很少人沒受過他非比尋常的好意，也很少人沒有尷尬地見證過他偶爾脫口而出的髒話，或者隨時隨地都想喝得爛醉的陋習。每當有人犯下這種錯誤，他總是會感到惱怒，但對自己的出醜倒是一笑置之。在他身上的莫名其妙之事，他都能以具感染力的笑聲複述一遍。

那年春天，我在紐約工作，常和他在耶魯俱樂部共進午餐。我的母校當時借用他們俱樂部的空間，直到我們自己的俱樂部完工為止。我從報紙上得知寶拉結婚的消息，後來某天下午，當我向他提起寶拉，他一時興起告訴我整件事情的來龍去脈。自此之後，他便常常邀我去他家參加家族晚宴，表現得一副我們倆交情匪淺的樣子，好似因為他向我掏心掏肺，那段刻骨銘心的記憶某部分也轉移到我身上。

我發現儘管母親們都十分信任他，他對女孩子的態度卻並非總是不加思索地一味保護，而是取決於女孩本身——如果她的行為輕浮放蕩，儘管是在他身邊，還是必須自己留意。

「人生……」他有時會這麼辯稱道：「把我變成一個憤世嫉俗的人。」

他口中的人生其實指的是寶拉。有時候，特別是他喝了酒、腦筋有點不太清楚時，還會認為是她無情地甩了自己。

這種「憤世嫉俗」，或者說他意識到放蕩的女生不值得他憐香惜玉，促成了她和多莉・卡格爾的情事。這並不是他那段歲月裡唯一一段感情，但卻差點觸動了他的內心，並對他往後的人生態度產生深遠的影響。

多莉的父親是一位聲名狼籍的「公關專家」，靠著婚姻才得以躋身上流社交圈。多莉則是長大後加入女性志工團體國際青少年聯盟，也常出入廣場飯店和議會；只有少數像杭特家族的名門世族才有資格質疑她是否「夠格」，因為她的照片常常出現在報紙上，她顯然比其他光鮮亮麗的女性獲得更多令人嫉妒的關注。她有著深色頭髮、鮮豔紅唇，紅潤、可愛的膚色，但在出社會第一年就被她以粉灰色的脂粉蓋掉了，因為當時並不流行紅潤膚色——維多利亞風格的蒼白才算時尚。她身穿簡潔俐落的黑色套裝，站立時雙手插口袋、身體微微前傾，臉上帶著一抹詼諧的矜持。她舞藝精湛——她熱愛跳舞勝過任何事，除了談戀愛以外。她從十歲就開始不斷墜入情網，愛上的男孩通常都不會回應她的愛意。至於那些會回應她的——還為數不少，過了短暫的邂逅期後就會讓她感到厭煩，但她總會將這些失戀的經驗留在心中最溫暖的角落，只要與他們重逢，她就會再試一次，有時成功，但大多以失敗收場。

這位高不可攀的吉普賽女郎從未想過，那些不願愛她的男性都有一個共通點——他們都擁有敏銳的直覺，能夠一眼看出她的弱點。那並非感情上的弱點，而是缺乏自己的方向和原則。安森與她初次見面時便發現了這點，當時寶拉才結婚不到一個月。他喝酒喝得很凶，整整一個禮拜都在假裝自己愛上多莉。然後，他猝不及防地將她拋在腦後，剎那間，他就在多莉心中占有主導地位。

如同當時許多女孩，多莉有著一種慵懶率性的狂野。稍長一輩人的逾矩，也只是戰後顛覆陳腐禮教的一個面向罷了，多莉的沒規矩了無新意又更顯無聊。她在安森身上看見情感無能的女性所追求的兩種極端：難以自拔的放縱以及強大的保護慾。她感受到他的性格奢侈享樂卻又穩重可靠，這兩種特質滿足了她天性中的所有需求。

她感覺事情並不容易，卻誤解了箇中原因——她以為安森和他的家人期望更門當戶對的婚姻，但她馬上又揣測他的酗酒習慣或許能讓她有機可乘。

他們在大型舞會上相識，但她對安森的迷戀與日俱增，他們總會設法增加相處機會。如同大多數的母親，卡格爾夫人相信安森格外可靠，所以她允許多莉和他一同前往遙遠的鄉村俱樂部和郊區大宅，不會過問他們的活動內容，或在他們晚歸時質疑她的理由。那些說詞起初或許是事實，但多莉想要抓住安森的投機想法，隨即就被她澎湃洶湧的情感淹沒了。他們已經無法滿足於在計程車及汽車後座親吻，他們做出了一件奇事：

有段時間，他們退出了原本的圈子，在其之下另外打造一個社交圈。在這個圈子裡，比較不會有人議論安森的酗酒習慣和多莉的不定時返家。這個圈子由各式各樣的人組成——幾位安森的耶魯友人和他們的妻子、兩三名年輕的掮客或證券銷售員，以及幾位大學剛畢業、有錢等著揮霍的單身漢。這個圈子範圍和規模上的不足，可以藉由難能可貴的自由彌補。此外，這個圈子以他們為中心，所以讓多莉嚐到一點紆尊降貴的樂趣——安森無法懂得這種樂趣，因為他從童年就確定自己一輩子都能紆尊降貴。

安森並不愛她，在他們愛得濃烈的漫長冬季裡，他也不斷這樣告訴她。到了春天，他已經厭煩了，想從別處開始新生活。此外，他也明白自己若不立即和她分手，是得承擔放在眼前的引誘罪責。女方家人不斷敲邊鼓的態度逼著他做出決定——某天晚上，卡格爾先生小心翼翼地敲了書房的門，告訴他已在餐廳留下一瓶陳年白蘭地，讓安森感覺生活從四面八方限制他的行動。那晚他寫了封短信給多莉，告訴她他要去度假，而且幾經考慮後認為，他們還是別再見面比較好。

當時正值六月，他的家人已將宅邸大門深鎖去鄉下了，他只能暫住在耶魯俱樂部。我聽著他和多莉的感情發展——他口氣中語帶調侃，因為他瞧不起搖擺不定的女人，也不願在自己信仰的社交體系中為她們保留位置。當他那晚告訴我他鐵定會和多莉分手，我心裡是開心的。我見過多莉幾次，每次都很同情她那無謂的掙扎，卻也因為自己明明無權得知，卻聽聞她這麼多事而感到羞愧。她是人們口中所謂的「漂亮小東西」，但卻帶有一種無所畏懼的莽撞，這點令我十分著迷。要是她沒有如此衝動，她就不會一副就是要將自己獻身於白費女神的樣子——她顯然終將被糟蹋，但我很欣慰地得知我將不會親眼見證這段犧牲。

隔天早上，安森準備去她家留一封道別信，那是第五大道上少數幾間僅存的開放式住宅。他知道因為多莉給予的錯誤資訊，卡格爾夫婦已經提前出國旅遊，以幫女兒製造機會。

當他步出耶魯俱樂部，踏上麥迪遜大道，一名郵差從旁經過，於是他又轉身進屋，看見的第一封信是多莉的筆跡。

他知道信上會寫著什麼——一篇孤獨又悲慘的獨白，寫滿他所熟知的責難、被喚起的記憶，以及許多「如果……」，那些他曾經對寶拉·樂尚德緩緩傾訴，彷彿像是另一個世代、古老的親密話語。翻過一些傳單，他又將這封信放到上面，並打開來。出乎他意料的是，那是一封簡短且有點正式的便箋，上面提到多莉週末無法與他同行去鄉下，因為派瑞·赫爾從芝加哥不期而至，信裡也不忘加註安森也要負點責任：「……如果我覺得你愛我和我愛你一樣多，我隨時都願意與你去任何地方，但派瑞人太好了，而且他非常想要娶我……」

安森輕蔑地笑了笑，他對這種引人上鉤的書信很有經驗，此外，他知道多莉如何費盡心機設局。忠誠的派瑞說不定是她派人請來的，連到達的時間都計算好了，甚至連信箋都是精心設計過的，好讓他萬分嫉妒，卻又不會轉身而去。如同大多數的妥協方案，一點底氣也沒有，只剩下怯懦的絕望。

他突然間勃然大怒，坐在大廳重新將信閱讀一次，接著走到電話旁、打給多莉，用清晰、強而有力的聲音說道，他收到便箋了，並會按照原先計劃於五點到她家。不等她假裝猶豫不決地說一句「或許我能抽出一個小時見你」，他就毫不猶豫地掛上電話前往辦公室。他在路上將自己寫的信撕碎，扔到大街上。

他不是嫉妒——她對他一點不重要——但她可悲的把戲勾起他所有固執和自我放縱的特

質。這是心智低下之人的冒昧之舉，說什麼都不能縱容。如果她想知道自己屬於誰，大家就走著瞧。

五點一刻，他站在門前的階梯上。多莉的穿著一副要上街的樣子，他沉默聽著她在電話裡沒說出口的那句「我只能抽出一小時見你」。

「戴上帽子吧，多莉，」他說道：「我們散個步。」

他們沿著麥迪遜大道走，轉進第五大道時，安森的上衣已經因為溽暑而浸濕，緊貼著他寬大的身軀。他幾乎一言不發，無聲地指責她，沒有對她表達任何愛意。但還沒走過第六個街口，她又是他的人了，一下子為便箋的事道歉，一下子又承諾絕對不會見派瑞當作贖罪，什麼事都願意答應。她認為他之所以會來，是因為他開始愛上她了。

「我好熱。」走到第七十一街時，他說道：「這是冬衣，如果我回家換衣服，妳能在樓下等我嗎？一下子就好。」

她很高興，知道他感覺熱這種生理狀況，這種親密感讓她感到興奮。當他們走到鐵門前，安森拿出鑰匙，她感到一陣喜悅。

樓下一片暗黑，多莉在他搭電梯上樓後拉起一道窗簾，透過透光網紗看著對面的房子。她聽到電梯停止的聲音，突然心生一個捉弄他的念頭，於是按鈕讓電梯下來，接著心血來潮地走進電梯，搭到她認為他所居住的樓層。

「安森。」她略帶笑意地叫道。

「馬上好，」他從他的寢室回答道，片刻之後又說：「妳現在可以進來了。」

他換好衣服，正扣上背心。「這是我房間，」他輕聲說道：「妳覺得怎樣？」

她一眼瞄到牆上寶拉的照片，緊盯著出神，如同五年前的寶拉盯著安森年幼時的心上人一般。她多少聽過寶拉一些事——她有時會用這些往事片段折磨自己。

她突然走近安森，舉起雙臂擁抱他。窗外，儘管太陽還在後方屋頂上照耀，一片柔和到不自然的暮光已盤旋天邊。半小時後房間就會直接暗下來。意外的良機讓他們不知所措、喘不過氣來，卻又同時抱得更緊了。情況已經不言而喻、無可避免，還摟著彼此的兩人抬起頭，目光一同落在寶拉的照片上。照片裡的寶拉正從牆上俯視著他們。

突然間安森放下手臂，坐在書桌前，拿著一串鑰匙試圖打開抽屜。

「想喝一杯嗎？」他粗聲問道。

「不用，安森。」

他為自己倒了半杯威士忌，一口喝下，接著打開通往走廊的門。

「來吧。」他說道。

多莉遲疑了一下。

「安森……我今晚還是會和你一起去鄉下的。你知道的，對吧？」

「當然。」他粗魯地回答道。

他們乘著多莉的車來到長島，兩人在感情上又比以往更親近了。他們都清楚會發生什麼事——不是因為少了寶拉的面容在提醒他們兩人之間缺少了什麼，而是當他們獨自身處寂靜、炎熱的長島夜晚，其餘的一切都不重要了。

他們即將共度週末的莊園位於華盛頓港，是安森那位與蒙大拿銅礦商結婚的表親所有。一道無止盡的車道從門房開始，在進口的白楊樹苗下一路蜿蜒延伸，直至一座偌大的粉紅色西班牙風格宅邸。安森過去時常前來造訪。

晚餐後，他們到林克斯俱樂部跳舞。接近午夜時分，安森確認那些表親兩點前不會離開，便向眾人解釋多莉累了，他得先送她回家，晚點再回來跳舞。他們兩人興奮得微微顫抖，一同鑽進借來的車並駛往華盛頓港，開到門房時，安森停下車與夜間警衛說話。

「你什麼時候開始巡邏，卡爾？」

「馬上。」

「那你會在這裡待到所有人都回來嗎？」

「是的，先生。」

「好的，聽著：如果有任何車輛，不論是誰的車，只要出現在這座大門前，我要你立刻打電話給屋裡。」他將一張五美元紙鈔塞進卡爾手裡：「聽懂了嗎？」

「是的，安森先生。」身為舊世界的人，他沒眨一下眼也沒帶著一絲微笑，多莉卻稍稍撇開了臉。

安森有鑰匙，他一進屋就為兩人各倒一杯酒——多莉並沒有喝——他接著弄清楚電話的位置，發現他們所在的房間很輕易就能聽到電話響，因為都在一樓。

五分鐘後，安森敲了敲多莉的房門。

「安森？」他走進房間，關上身後的門。床上的她雙肘壓在枕頭上，心神不寧地撐起身子，他在多莉身旁坐下，將她摟進懷中。

「安森，親愛的。」

他沒有回應。

「安森……安森！我愛你……說你愛我，快說吧——現在不能說嗎？就算是敷衍我也不行嗎？」

他充耳不聞。他的目光越過她的頭頂，看見寶拉的照片就掛在牆上。

他起身走近牆邊，相框上閃爍著幾經折射的月光——照片裡有一張他幾乎認不出來的面孔。他強忍悲傷，轉身一臉嫌惡地瞪著床上的嬌小身影。

「這一切都太愚蠢了，」他粗聲說道：「我不知道自己當初在想什麼。我又不愛妳，妳最好等一個真正愛妳的人出現。我一點都不愛妳，妳還不懂嗎？」

他語音沙啞，急忙跑了出去。他回到客廳裡，以顫抖的手為自己倒一杯酒。此時前門突然打開，他的表親走了進來。

「怎麼了，安森，我聽說多莉不舒服。」她急切地關心道：「我聽說她不舒服……」

「沒事，」他插話說道，並提高音量以確保聲音傳到多莉的房間，「她只是有點累，已經上床休息了。」

之後好長一段時間，安森相信一定有一名守護神不時會插手人間世事。但多莉．卡格爾清醒地躺在床上，兩眼盯著天花板，她再也不相信任何事了。

VI

多莉在緊接而來的秋天結婚，安森當時正在倫敦出差。這如同寶拉的婚事一樣突然，但卻為他帶來不同的影響。起初，他覺得這件事有點好笑，一想到就會想笑，但後來卻又讓他悶悶不樂，感覺自己已經老了。

這有種舊事重演的感覺，當然，寶拉和多莉屬於不同世代。他好像提前嚐到四十歲男性聽到舊愛的女兒結婚的感受。他發了一封祝賀電報，但和寶拉那次不一樣，他這次是真誠的——他從未真正希望寶拉幸福。

回到紐約後，他已經成為公司的合夥人。隨著他的責任增加，他手上能運用的時間又更少了。被某家壽險公司拒絕承保這件事讓他大受打擊，還因此戒酒一年，宣稱自己身體感覺好多了，雖然我認為他還是懷念在酒酣耳熱之際吹噓的切利尼[15]式冒險，這是他二十出頭歲

15 班韋努托．切利尼（Benvenuto Cellini, 1500-1571），義大利文藝復興時期藝術家，一生遊歷各地，足跡遍布義大

的生活中的一大部分。不過他從未離開過耶魯俱樂部，他在那裡是有頭有臉的大人物，那些和他一起畢業七年的同儕本來打算逐漸退場，另尋更清醒的場所，但因為他的關係還是留下來了。

他的日子從容自在，腦子也不會太過操勞，能協助任何請求協助的人。一開始只是出於自尊和優越感的行為，現在已經變成習慣和愛好，而且身邊總會有事等著他伸出援手——某位年輕弟弟又在紐哈芬惹事，某位朋友和妻子的爭吵需要調解，某個人需要幫忙找工作，某個人需要投資等。不過，他的專長其實是幫年輕夫妻解決問題。年輕夫妻的生活令他心生嚮往，他們的居所對他來說幾乎宛如聖地。他知道他們的戀愛故事，建議他們應該住哪裡、如何生活，還記得他們孩子的名字。他對待少婦們的態度小心謹慎：他從未濫用丈夫們寄託在他身上的信任——儘管他的生活是如此毫不掩飾、放蕩不羈。

他也開始從他人美滿的婚姻中感受到幸福，那些告吹的婚事也在他心中激起幾乎同等愉快的憂鬱之情。他每個季節都會見證一段關係的破滅，有些甚至是他曾留心關注的感情。寶拉離婚後幾乎是立刻嫁給另一個波士頓人，他和我講了一下午關於她的事。他不可能像愛寶拉那樣愛任何人了，但他堅稱他已經不在乎。

「我永遠不會結婚。」他後來這樣說道：「我看過太多了，我知道幸福的婚姻很少見，

利及法國。

而且我也太老了。」

然而，他還是相信婚姻。如同所有在幸福婚姻中長大的人，他全心全意地相信。他見過的事物也不會改變他的信仰，他的憤世嫉俗在婚姻面前也消失無蹤，但他也相信自己太老了。二十八歲時，他開始心平氣和地接受沒有愛情的婚姻前景，最後果斷地挑了一名門當戶對的紐約女孩，漂亮、聰明、志趣相合、無可挑剔——準備讓自己愛上她，他曾經真心誠意對寶拉說的話，曾經風度翩翩對其他女生說的話，現在也已經無法不帶微笑說這些話，也失去了令人信服的能力。

「等到我四十歲，」他對朋友說：「我就會變成熟，和其他人一樣傾心於某個舞女。」

然而，他仍努力不懈。他母親希望看到他結婚成家，以他現在的收入完全負擔得起——他在證券交易所占有一席之地，年收入也上升到兩萬五千美元。他對結婚的想法也更符合現實：他過去花很多時間經營和多莉拓展出來的社交圈，如今這些朋友晚上多數都關起家門、投入家庭生活，所以他再也無法享受自由的樂趣了。他甚至想過當初是否就應該與多莉結婚。就連寶拉都沒有那麼深愛過他。此刻單身的他也慢慢地更了解到真心難尋。

正當這種情緒逐漸占據他的心頭，一個令人不安的消息傳到他耳裡。他的艾德娜嬸嬸，一名年近四十歲的女性，公然和一名放蕩不羈、成日酗酒的年輕人卡瑞・斯隆出軌。這件醜聞人盡皆知，除了安森的羅伯特叔叔還被蒙在鼓裡，他過去十五年內都在俱樂部裡大放厥詞，將自己的太太視為理所當然。

安森一再聽到同樣的消息，怒氣也與日俱增，逐漸喚醒對他叔叔的某種往日情感，那不僅是個人情感，更是重拾對家族的團結心，這一直都是他驕傲的根基。他依直覺挑出這段風流韻事最重要的一點，就是他叔叔不該受到傷害。這是他首次嘗試主動介入別人家的事，但根據他對艾德娜嬸嬸的瞭解，他有自信把這件事處理得比地方法官或他叔叔來得好。

他叔叔人在溫泉市，安森追查出醜聞的源頭，排除任何可能發生的誤會，接著聯絡艾德娜，約她隔天在廣場飯店共進午餐。他的語氣裡肯定有哪裡嚇到她，讓她不太情願，但安森十分堅持，將見面時間延到她沒有理由拒絕為止。

她按照約定時間在廣場飯店大廳與他見面。這位徐娘半老、風韻猶存的灰眼金髮女士，穿著一件俄羅斯貂皮大衣，纖細的手指上帶著五只戒指，戒指上的鑽石和綠寶石閃爍著寒光。安森腦中突然閃過一個念頭，她全身上下的寶石和皮草，撐起她凋零美貌的奢華光采，都是他爸爸而不是他叔叔的聰明才智賺來的。

雖然艾德娜感受到他的敵意，但安森的直接了當還是讓她措手不及。

「艾德娜，妳最近的所作所為讓我很驚訝，」他以強而有力且坦率的聲音說道：「起初我還不敢相信。」

「相信什麼？」她尖銳地質問道。

「妳不要在我面前假裝，艾德娜，我說的是卡瑞・斯隆。其他事先不說，我不覺得妳可以這樣對待羅伯特叔叔——」

「聽好了，安森——」她生氣地開口，但他咄咄逼人的聲音壓過她：

「——還有妳的孩子。你們已經結婚十八年了，年紀也這麼大了，應該要知所進退吧。」

「你不能這樣對我說話！你——」

「我當然可以，羅伯特叔叔一直是我最好的朋友。」他大動真情，真心為叔叔和三個堂弟妹感到心痛。

艾德娜起身，她的蟹柳拼盤碰也沒碰。

「真是太愚蠢了……」

「很好，如果妳不想聽我說，我會去找羅伯特叔叔，告訴他所有事——反正他遲早也會聽說。我還會去找老摩西·斯隆。」

艾德娜跌坐回椅子上。

「小聲一點，」她求他，淚眼模糊。「你不知道多少人會聽到。你要做出這些瘋狂指控，也該挑一些比較隱密的地方。」

他沒回應。

「唉，你一直都不太喜歡我，我知道。」她繼續說：「你只是想利用這些愚蠢的八卦，試圖破壞我僅有的一段有趣的友誼。我到底做了什麼讓你這麼恨我？」

安森依舊按兵不動。她會訴諸他的騎士精神，再來是他的同情心，最後是他優越的教養，只要他能撐過這些，她一定就會自白承認，他就有辦法對付她了。他沉默不語、無動於衷，不斷端出撒手鐧，也就是自身的真情真意，將她逼入瘋狂絕望的境地，午餐時間也一點一滴流失。到了兩點，她拿出鏡子和手帕擦去淚水，再以粉撲蓋過淚痕。她已同意五點在家裡與他見面。

當他抵達時，她正癱在鋪著夏日花布的躺椅上，午間時間被逼出的眼淚似乎還在眼眶裡打轉。他注意到卡瑞．斯隆陰鬱不安地站在冷冰冰的壁爐旁。

「你在打什麼主意？」斯隆立刻脫口而出。「我知道你邀艾德娜吃午餐，又以一些低級謠言來威脅她。」

安森坐下來。

「我不認為這只是謠言。」

「我聽說你要去找羅伯特．杭特和我父親。」

安森點頭。

「你們如果不分手……我就會去和他們說。」他說。

「他媽的到底關你什麼事啊？杭特。」

「不要生氣，卡瑞。」艾德娜緊張地說道：「只要讓他知道這件事有多荒謬——」

「重點是，被玷污的是我家族的名字。」安森插話說道：「你只需要知道這件事就夠了，卡瑞。」

「艾德娜不是你家族的人。」

「她當然是！」他的怒氣攻心。「怎麼不是？她住的這間房子和手上的戒指，都是仰賴我父親的腦袋。羅伯特叔叔娶她時，她根本一貧如洗。」

他們全都望向戒指，彷彿這些戒指與現況有極大的關連。艾德娜作勢將戒指取下。

「世上也不是只有這幾只戒指。」斯隆說道。

「天啊，這真的很荒唐。」艾德娜大聲說道：「安森，你願意聽我解釋嗎？我已經知道這愚蠢的消息是怎麼傳出來的。有個女傭被我解雇後馬上到契里切夫家工作——那些俄國人整天從僕人身上挖八卦後再自己加油添醋。」她生氣地朝桌子捶了一拳。「我們去年冬天去南方時，湯姆還把轎車借給他們一整個月……」

「這樣你明白了嗎？」斯隆急切地問道：「那個女傭誤會了。她知道艾德娜和我是朋友，然後這個消息帶到契里切夫家，俄國人認為一男一女……」

他把話題延伸成整個高加索地區社會關係相關的專題演講。

「如果是這樣，最好還是向羅伯特叔叔解釋一下。」安森冷冷地說道：「這樣他聽到傳言時，才會知道不是真的。」

他持續使用午餐時對付艾德娜的方式，讓他們自己解釋。他知道他們並不無辜，很快就會過度解釋進而變成自我辯護，到時就會給自己定罪，比他更證據確鑿。到了七點，他們已經走投無路，只能全部都招了——羅伯特．杭特的漠視、艾德娜的生活空虛、不經意的調情直接演變成一段熱戀。很不幸地，如同許多真實故事，這些了無新意、薄弱的內容只是無力地敲擊著安森意志的盔甲。揚言要去找斯隆父親的威脅注定讓他們無法發展下去，因為這位父親是一名阿拉巴馬州的退休棉花中盤商，是個人盡皆知的基本教義派，利用嚴格限制零用錢來控制他的兒子，並聲明再有不軌行為，將永遠收不到零用錢。

他們在一間法式小餐館吃晚餐，討論也持續進行。斯隆一度訴諸肢體威脅，馬上卻又示弱哀求安森給他們一點時間。但安森不為所動，他看出艾德娜一點一滴在崩潰，也理解到不能讓他們重燃愛火，進而重振她的精神。

時間到了兩點，在五十三街的一間小酒吧，艾德娜突然被擊潰，大聲嚷嚷說要回家。斯隆整晚都在灌酒，看上去有點脆弱傷感，他趴在桌上，臉埋在手裡微微啜泣。安森很快地開出他的條件。斯隆必須在四十八小時內離開並出城六個月，回來後也不能和艾德娜再續前緣。不過，如果艾德娜一年後還想離婚，她可以向羅伯特．杭特提出，並按照正常程序辦理。

他停頓了一下，從他們的表情得到說出結論的信心。

「你們還有一個出路。」他緩緩地說道：「如果艾德娜決定丟下孩子，那我也沒辦法阻止你們私奔。」

「我要回家！」艾德娜再次嚷嚷道：「你折磨了我們一整天還不夠嗎？」

外頭一片漆黑，只有街尾從第六大道傳來幽微光暈，在那點光線下，這對曾經的戀人最後一次凝視彼此悲傷的臉龐，深知他們沒有足夠的青春和氣力能扭轉這永久的分別。斯隆突然沿著街道離去，安森在一名打瞌睡的計程車司機手臂上拍了拍。

現在就快四點了，一股清水緩緩流過第五大道朦朧的人行道，兩位夜行女子的影子掃過聖湯瑪斯教堂的外牆。接著經過的是安森孩提時期經常前來遊玩的中央公園灌木叢，此刻公園卻杳無人煙；隨著車子不斷前行，街道上如姓氏般重要的門牌號碼也不斷遞增。這是他的城市，他心想，他的家族已經在這裡開枝散葉了五個世代。沒有任何改變能動搖家族在此的永恆地位，因為改變本身就是他整個家族奉行的紐約精神中最重要的根基。他的威脅若出自較為軟弱之人，一定無法發揮其功效，他的足智多謀和強大意志已經一舉掃除他叔叔、家族、甚至是與他同車共乘的那個顫抖身影所蒙上的塵埃。

隔天早上，有人在皇后區的昆斯博羅橋的橋墩下發現卡瑞・斯隆的屍體。在一片漆黑中，他激動地認為是河水在下方黑暗中流動，但在不到一秒後，是不是河水都無所謂了——除非他還打算在水中放棄掙扎時，思念艾德娜最後一次，大聲呼喚她的名字。

VII

安森從未因他在這起事件中扮演的角色而自責。最後的結局並不是他造成的，但是正義卻總是遭到不公對待。他發現自己最長久也算是最珍貴的友誼告終了。他從不知道艾德娜說了什麼扭曲事實的話，但叔叔家的大門再也沒有為他敞開。

就在聖誕節前，杭特夫人去了上流社會的聖公會天國，安森扛起了一家之主的責任。一名與他們同住多年的未婚姑姑幫忙處理家務，她還試圖伴護家族中較年輕的女孩，但終究是白費心力、徒勞無功。家族裡的孩子都不如安森自立，其優缺點都更普通一些。杭特夫人的死延宕了一名女兒的社交初登場，更推遲了另一名女兒的婚事，還帶走他們所有人身上某種具有深層實質意涵的東西。因為她的逝世，杭特家靜謐奢華的優越感也隨之而去。

首先，家產因為兩筆遺產稅而銳減，而且很快就會被六個孩子均分，已經算不上是一筆可觀的財富。安森從幾位年幼的妹妹身上看到一種傾向，他們會帶著敬意談論那些二十年前根本不「存在」的家族。他自身的優越感在她們身上得不到共鳴——她們有時只是很一般的勢利眼而已。再者，這是他們最後一次在康乃狄克州的莊園度過夏天。反對的聲音太大了：「誰想要將一年之中最好的時光浪費在這個了無生氣的老鎮上啊？」他心不甘情不願地妥協了。這座宅邸將於秋天進行標售，明年夏天，他們會在西徹斯特郡租一間小一點的房子。這對他父親儉樸奢華的價值觀來說是一種退步。他能理解那些反對聲浪，但仍因此感到惱怒。母親在世時，他至少每兩週會到那裡度過週末——就算是在最歡樂的夏日也是如此。

雖然他自身也是改變的一部分，但他對生活的強大本能，讓他在不過二十幾歲的年紀，就對家道中落的有閒階級那種空洞的葬禮敬而遠之。他並沒有看清這點——他還是覺得存在著某種規範、某種社會標準，但規範並不存在，連紐約是否存在過某種真正的規範都很難說。少數仍在花錢努力躋身特定階層的人，只會發現這些社交圈似乎起不了作用；或者說，更令人擔憂的是，那些他們避之唯恐不及的波希米亞浪子爬到他們頭上來了。

到了二十九歲，安森的生活重心都放在他與日遽增的孤獨。他現在認定自己注定要一輩子單身了。他以伴郎或招待的身分出席過的婚禮已不計其數，家裡抽屜裡塞滿各個婚禮留下的紀念領帶，象徵著未滿一年的浪漫愛情，代表著一對對從他生活中離開的新人。圍巾別針、金色鉛筆、袖扣等一整個世代的新郎官送的禮物進了他的首飾盒，接著遺失。參加過一次又一次的婚禮，他越來越無法想像自己成為新郎的那一天。他在那些婚禮送上的真心祝福背後，藏著對自己婚姻的絕望。

隨著他即將年滿三十歲，眼看著婚姻對友情造成的危害——尤其是最近——他感到十分鬱悶。一群又一群的朋友都令人有點擔憂，彷彿隨時都會消失。大學時期的好友是所有人中消失得最徹底的，他也在他們身上投注最多時間和情感。他們大多數人都埋在家庭生活裡，另外有兩位過世，一位移居海外，一位在好萊塢撰寫電影分鏡腳本，他參與的電影安森都看過了。

然而，他們大多數人都是固定的通勤族，以郊區俱樂部為生活中心，過著複雜難解的家庭生活。這種生活特質讓他感到特別疏遠。

在他們婚姻生活早期，都曾請求過他的幫助。他會對他們微薄的收入提出建議，掃除他們心中的疑慮，讓他們安心在兩房一衛的公寓裡養小孩，尤其是他代表著外面美好的世界。

但如今他們已經不再受經濟所苦，過往害怕擁有的孩子，現在也成了討人喜歡的家庭成員。他們總是很高興見到老安森，但他們會為了他盛裝打扮，試圖讓他佩服他們此刻的成就，同時把煩惱留給自己。他們不再需要他了。

在他三十歲生日前幾週，早年那些摯友中最後一名單身漢也結婚了。安森理所當然又當了伴郎，按照慣例送出了銀製茶具，登上荷馬號說再見。那是五月一個炎熱的星期五下午，他離開碼頭時便意識到，他即將展開一個清閒的週末，直到星期一早晨都沒事。

「去哪裡呢？」他問問自己。

當然是耶魯俱樂部，打橋牌打到晚餐時間，再到某人房裡喝上四、五杯未稀釋的雞尾酒，渾渾噩噩地度過一個悠閒的夜晚。可惜今天下午的新郎無法加入他，他們總是能把夜晚過得多彩多姿：他們自有一套追求享樂的方式，知道如何吸引或甩掉女人，每個女孩又各自需要多少關注。派對會因地制宜——你會帶某些女孩到某些場所，花剛剛好的錢讓她們開心；你會喝一點酒，不多，但多於你該喝的量，然後在清晨的某個時分起身，說你要回家了。你避開所有男大學生、白吃白喝之人、可能的約定、鬥毆、多愁善感以及失序言行。派對就是這樣，其餘的一切都是浪費。

到了早上，你也不會無比懊悔——你沒有做任何決定。但如果你放縱過頭，感到有點心虛，就開車出去個幾天，什麼都不要說，等到令人坐立難安的無聊感受日積月累，讓你投身到另一場派對。

耶魯俱樂部的大廳不見人影，三名非常年輕的校友從酒吧抬頭看了看他，也就看了這一下子，一點也不好奇。

「你好，奧斯卡，」他對酒保說道：「請問卡西爾先生今天下午有來嗎？」

「卡西爾先生去紐哈芬了。」

「哦……這樣啊？」

「去看球賽，很多人都過去了。」

安森再度看向大廳，思考了半晌後走出俱樂部，來到第五大道上。一名頭髮灰白、淚眼婆娑的男性，從他隸屬的某間俱樂部——他近五年來幾乎不曾光臨的俱樂部——那面廣大的窗戶往下凝視著他。安森隨即撇開視線，那個獨坐在空虛無奈、高傲孤寂之中的身影讓他感到難過。他停下腳步並折返，轉進四十七街，朝著提克．瓦登家走去。提克和他的妻子曾是他最親近的朋友，他和多莉還在一起時經常登門拜訪。但提克後來染上酒癮，他的妻子公開宣稱是安森帶壞他。這番說詞被加油添醋後傳進安森耳裡，當事情終於澄清，脆弱的親密友情卻早已覆水難收。

「瓦登先生在家嗎？」他問道。

「他們去鄉下了。」

這件事出乎意料地傷害了他，他們去了鄉下，他卻什麼都不知道。如果是兩年前，他一定會知道確切日期和時間，還會趕在最後一刻喝酒道別，並計劃下次拜訪的時間，現在他們卻一聲不響地走了。

安森看著手錶，思考著要與家人共度週末，但唯一一班火車是區間車，這就表示他得在駭人熱浪中顛簸三小時，而且明天和週日都得待在鄉下——他沒心情和謙恭有禮的大學生在門廊打橋牌，或晚飯後在鄉間的某家小客棧跳舞，他父親太高估其中的微小樂趣了。

「喔，不！」他跟自己說：「不行。」

他是個高貴、令人敬佩的年輕人，雖然現在有些發福，但除此之外沒有任何放蕩的氣息。他本來可以成為某方面的棟梁，有時你敢肯定他不會成為社會上人人稱頌的模範——在法律或宗教方面——但有時卻又覺得他除此之外也沒有其他面向可以發展。他在四十七街一棟公寓前的人行道上呆杵了好幾分鐘，因為這幾乎是他人生第一次無事可做。

接著，他快步走向第五大道，好似剛想起在那裡有一場重要的局。強加掩飾是人類與狗少數的共通點之一，我覺得那天的安森像是一隻被熟悉的後門拒絕的優良犬種。他要去找尼克，一名曾是所有私人舞會上炙手可熱的酒保，如今在廣場飯店裡迷宮般的酒窖工作，負責冰鎮無酒精的香檳。

「尼克，」他說道：「一切都好嗎？」

「生不如死。」尼克說道。

「我想要威士忌酸酒。」安森將一品脫的酒瓶遞過吧台。「尼克，女孩們都變了，我認識一名布魯克林的小女孩，她上禮拜結婚卻沒讓我知道。」

「真的嗎？哈哈哈。」尼克委婉地回應道：「你被人家擺一道了。」

「沒錯，」安森說道：「我明明前一晚才和她出去。」

「哈哈哈……」尼克說道：「哈哈哈！」

「尼克，你記得那場婚禮嗎？在溫泉市，我當時還請服務生和樂師唱〈天佑吾王〉。」

「你確定嗎？杭特先生。」尼克因困惑而認真地想著。「我記得好像……」

「他們接著又回來要更多錢，害我開始懷疑自己到底給過多少錢了。」安森繼續說道。

「好像是川宏先生的婚禮吧。」

「我不認識他。」安森斷然說道。他很不高興被一個陌生的名字打斷了回憶，尼克察覺到了。

「唉，不……不對……」他承認道：「我應該要記得，是你那幫兄弟裡的——布瑞金斯……貝克——」

「是比克．貝克。」安森應和道：「婚禮後他們把我塞進靈車，在我身上蓋滿鮮花，再把我送走。」

「哈哈哈……」尼克說道：「哈哈哈。」

尼克佯裝的老家僕姿態很快就索然無味，於是安森走上樓到大廳。他環顧四周，視線對上櫃台一名陌生的職員，接著看到一朵上午婚禮留下來的花攤在銅痰盂口。他走出飯店，緩慢朝著哥倫布圓環上方的血紅色殘陽走去。突然間他轉過身，按原路折返回廣場飯店，把自己關進一座電話亭裡。

後來他說那天下午打了三通電話給我，還試著打給每個可能還待在紐約的人，包括多年沒見的各色男女，甚至是一名大學時期認識的藝術模特兒，其電話早已在他的通訊錄中褪色，總機接線生卻告訴他那個號碼連交換機都已不復存在。最後他的探索繼續來到了鄉下，和幾位語氣果斷的管家和女僕簡短又失望地聊了幾句。誰出去了，去騎馬、去游泳、去打高爾夫，上週搭船去歐洲了。請問是哪位來電呢？

他想到要一人獨自度過漫漫長夜就受不了——被迫孤獨一人時，過去那些私下盤算偷閒的樂趣就都消失了。總有能夠找的女人，但他認識的那些都暫時消失了，他過去也沒想過要雇用陌生人來作伴，度過紐約的漫漫長夜，他以為這是一件羞恥、見不得人的事，是銷售業務在陌生城市的娛樂。

安森付了電話費——接線生女孩本想用這大筆的金額與他開玩笑，結果卻失敗了——那天下午他第二次動身離開廣場飯店，卻不知道要往哪裡去。靠近旋轉門的地方有一名女性，側身站在燈光前，顯然懷有身孕——門轉動時，米色薄紗披肩掛在她的肩膀上飄揚，她不斷焦躁地往門裡看，好像已經等到不耐煩的樣子。他一看見她，一陣似曾相識、強烈的緊張震顫快速傳遍全身，但直到他距離她一點五公尺，他才認出那是寶拉。

「天啊，安森．杭特！」

他的心為之顫抖。

「天啊，是寶拉。」

「哎呀，真是太巧了，真不敢相信，**安森！**」

她握住他的雙手，從她從容自在的姿態看得出來，與他相關的記憶已經不再讓她傷痛，但對安森而言卻不是如此——被寶拉勾起的熟悉情感悄悄占據他的腦海，亦即過去他怕破壞她樂觀表象所表現出來的溫柔善意。

「我們這個夏天待在黑麥鎮。彼特來東岸出差——你應該知道，我現在是彼特．哈格帝的太太吧——所以我們帶著孩子一起來，在這裡租了一間房子。你一定要來拜訪我們。」

「可以嗎？」他直接地問道：「什麼時候？」

「都可以。他是彼特。」旋轉門動了起來，接著出現一位三十多歲的高䠷俊秀男子。他有張曬成小麥色的臉龐和修剪整齊的八字鬍，幾近完美的體魄和安森與日漸寬的身形呈現強烈的對比，安森的身材在略嫌緊身的外套下更是無所遁形。

「你不該站著。」哈格帝對妻子說道：「坐這裡吧。」他指著大廳的椅子，但寶拉遲疑了一下。

「我得馬上回家。」她說道：「安森，你何不……何不今晚就過來和我們共進晚餐呢？我們才剛安頓好，但如果你不介意……」

哈格帝也一同誠摯邀請。

「晚上來坐坐吧。」

他們的車子在飯店前等著，寶拉拖著疲憊的身軀，癱在角落的絲質椅墊上。

「我有好多事想跟你說，」她說道：「看來是沒機會了。」

「我想聽聽妳的近況。」

「嗯——」她對著哈格帝笑了笑。「說來話長，我有三個孩子——都是來自上一段婚姻，老大五歲，再來是四歲和三歲。」她又笑了笑。「我生小孩很有效率吧？」

「都是男孩嗎？」

「一個男孩、兩個女孩。然後……唉，發生了很多事，我一年前在巴黎離婚後嫁給彼特。就這樣……但我現在很幸福。」

到了黑麥鎮，他們在海灘俱樂部旁的一間大屋前停車，一下就出現三個又黑又瘦的孩子，他們甩開英國女家教的管教，以難解的喊叫聲接近他們。心不在焉的寶拉好不容易才將他們一個個擁入懷中，孩子們僵硬地接受母親的愛撫，顯然他們曾被提醒不要撞傷媽媽了。即便寶拉貼著他們稚嫩的臉蛋，她的皮膚也幾乎未顯老態——儘管身軀有氣無力，但看上去還是比七年前在棕櫚灘最後一次看見她時還年輕。

晚餐時，她心事重重，餐後聽著收音機時，她閉著眼睛躺在沙發上，直到安森懷疑自己是不是打擾到他們了。但到了九點，哈格帝起身，欣然地說要讓他們獨處一會兒，她才開始娓娓說起自己和過往的事。

「我第一個孩子……」她說：「就是我們稱為達令的那個，是我第一個女兒。我知道自己懷上她，真的很想死，因為洛威爾和我形同陌路，孩子也不能只是我一個人的。我本來寫了封信給你，但又撕掉了。唉！你太糟蹋我了，安森。」

又是同樣的對話，起起落落。安森一瞬間感覺回憶湧上來。

「你不是訂過婚嗎？」她問道：「和一名叫多莉什麼的女孩？」

「我從沒訂過婚。我有想過，但寶拉，除了你，我不曾愛過別人。」

「哦。」她說。過了片刻，她再度開口：「肚子裡的這個孩子是我第一次真正想生的，你看，我現在找到真愛了——終於。」

他沒有回應，只是因為她背棄過去的回憶而震驚不已。她一定發現自己說出的「終於」二字傷到了他，因為她接著說：

「我曾經為你痴狂，安森——我當時願意為你做任何事，但我們不會幸福的。我對你來說不夠聰明，我不像你喜歡把事情弄得那麼複雜。」她停頓了一下。「你是永遠安定不下來的。」

這句話有如從背後捅了一刀——儘管他有多處不是，也不該受到這種責難。

「我可以安頓下來，只要女人不是這個樣子。」他說：「只要我沒那麼瞭解她們，只要女人不會為了別的女人而寵壞你，只要她們還有一點自尊。如果我一覺醒來，就能身處一個真正屬於我的家裡——唉，我就是為此而生，寶拉，女人就是看上我這一點，也是因為這樣才喜歡我的，只是我無法從頭來過了。」

哈格帝在快十一點時進來，喝下一杯威士忌後，寶拉起身說要上床睡覺了。她走過去站在丈夫旁邊。

「你去哪裡了，寶貝？」她問道。

「我去和艾德．桑德斯喝一杯。」

「我很擔心，還以為你就這樣跑掉了。」

她將頭靠在他的外套上。

「他很可愛吧？安森。」她問道。

「沒錯。」安森笑著說道。

她抬起頭看著丈夫。

「嗯，我準備好了。」她說道，接著轉頭看著安森：「你想看看我們家的體操絕活嗎？」

「好呀。」他以感興趣的口氣說道。

「那好，來吧！」

哈格帝輕鬆地將她舉起。

「這叫做家庭體操特技，」寶拉說道：「他會把我扛上樓，是不是很貼心？」

「是。」安森說。

哈格帝稍稍低下頭，直到自己的臉碰到寶拉的臉。

「而且我愛他。」她說道：「我剛已經說過了，對吧？安森。」

「對。」他說。

「他是世界上最討人喜歡的人了，對吧？親愛的……好了，晚安，我們走吧，他是不是很強壯？」

「是。」安森說。

「我幫你準備一套彼特的睡衣，祝你有個美夢……早餐見囉！」

「好。」安森說道。

VIII

公司老一輩的同事都堅持安森應該出國度過夏天，他們說他這七年來幾乎沒有休過假，整個人無精打采，需要一點改變，但安森拒絕了。

「如果我走了，」他宣稱：「就不會再回來了。」

「別扯了，老兄。你三個月後就會回來了，到時候憂鬱一掃而空，狀態和以前一樣好。」

「不會的。」他固執地搖搖頭，「如果我停下來，就不會回來工作。如果我停下來，就代表我放棄了——我完蛋了。」

「我們願意冒這個險，就算你想放假六個月也沒關係，我們不怕你拋棄我們，唉！你沒辦法不工作的。」

他們幫他買好船票。他們很喜歡安森——大家都喜歡安森，而他身上的變化為公司籠罩上一層陰影。他推動業務一貫的熱忱、對同儕下屬的關心、衝勁滿滿營造出振奮人心的士氣——在過去四個月裡，過度的神經質已經將這些積極特質消磨殆盡，只剩四十歲男子般庸人自擾的悲觀情緒。現在他參與的每一筆交易，都只會扯後腿或添麻煩。

「我走了，就不會再回來了。」他說道。

在他搭船出發前三天，寶拉．樂尚德．哈格帝死於難產。我那時經常在他身邊，因為我們要一同飄洋過海。這是我認識他以來，他首次絕口不提自己的感受，我也看不出他任何一點情緒波動。他的心思主要還是放在自己已經三十歲的事實上——他時不時會轉移話題，再提醒你這件事，接著又陷入沉默，彷彿這件事激起一連串的想法。我就和他的同事一樣對他的改變感到詫異，因此，當巴黎號離岸航行到兩個世界之間的水域，他將他的城市拋在腦後，我為此感到高興。

「我們喝一杯吧？」他提議。

我們帶著出發當天特別目空一切的心情走進酒吧，點了四杯馬丁尼。灌下一杯雞尾酒後，他開始有所改變——他突然伸手拍了一下我的膝蓋，這是幾個月以來我第一次看見他出現愉悅的神情。

「你看見那個紅帽女孩嗎？」他問道：「臉頰紅通通，還有兩隻警犬和她道別的那個。」

「她很漂亮。」我附和道。

「我去乘務長辦公室問過了，發現她是獨自一人。我等一下就下去找服務員，我們今晚要和她共進晚餐。」

一會兒之後他就離開了，不到一小時就和她在甲板上散步，用清晰且宏亮的聲音與她交談。她的紅帽在鋼綠色海洋的陪襯下顯得特別突出。她不時甩動亮麗的短髮，興致勃勃、滿心期盼地露出微笑。晚餐時，我們喝了香檳，非常盡興——之後，安森活力充沛地打著撞球，幾個見過我們在一起的人跑來打探他的名字。我準備上床睡覺時，他和女孩還在酒吧的雅座裡有說有笑。

我在這段旅程中見到他的機會比預期的少。他想要安排四人同行，但找不到人，所以我只有用餐時才會見到他。不過他有時會到酒吧喝杯雞尾酒，對我訴說紅帽女孩的事、他們倆的冒險，把一切都說得奇怪又有趣，有如他一貫的作風。我很高興他回歸自我了，或至少是我認識的他，我也因此感到比較自在。我想，除非有人真心愛著他，如同鐵屑受磁鐵吸引般回應他的愛意，還能幫他對自己的解釋自圓其說，給予他承諾，他才會真正感到快樂。我並不清楚他需要哪種承諾，或許是承諾世上永遠都有女性願意投注她們最璀璨、最青春、最珍貴的時光，以滋養及保護他心底最珍視的優越感吧。

游泳的人們

出處：《週六晚郵報》（一九二九年十月十九日）

六月的驕陽緩緩蒸煮著懸浮在貝諾瓦廣場上的濃厚汽油廢氣。如果是在鄉間的路上，純粹的熱氣還會讓人有一種解脫的感覺，但這種帶著汽油味的熱氣卻是都市特有的可怕景象，只會覺得每一條路上都瀰漫著那種氣味，幾乎令人窒息。位於廣場邊的本票信託公司巴黎分部辦公室裡，有個三十五歲的美國男子吸著來自路上的廢氣，而那種臭味跟他必須馬上去做的那件事一樣，都令他感到一陣噁心。一陣可怕的恐慌突然在他心頭浮現，他趕快上樓走進洗手間，站在門邊微微顫抖了一下。

他從洗手間的窗戶往外看，只見那店家的招牌上寫著「一千件襯衫」。那些襯衣滿滿地堆在櫥窗裡，每一件都打好了領結，其餘則是都優雅地垂掛在貨櫃的檯面上，看來像是便宜貨。真的有一千件嗎？要數數看才知道！他把目光往左邊掃過去，看到招牌上用法文寫的各種字樣：「文具」、「糕點」、「大減價」、「廣告」，還有「康斯坦絲．塔爾馬奇主演的《在陽光下用餐》」。接著他的目光不由自主往右邊看過去，看到一些更為嚴肅的法文字樣：「神職人員服飾」、「死亡證明」，還有「殯葬服務」。攸關生死。

亨利．馬斯頓止不住顫抖，抖得更厲害了。他心想，要是能夠這樣一了百了，什麼都不必再做了，那他倒也開心。然後他帶著一絲希望，在凳子上坐下。不過，能夠就這樣結束的人實際上少之又少。不久後他已經筋疲力盡，管不了那麼多，而且身體也不再顫抖，才覺得自己好多了。他走下來，讓自己看起來跟其他銀行員工一樣警惕專注，跟兩位他認識的客戶說說話，擺起嚴肅的臉孔，等待營業時間在中午結束。

「你好啊，亨利．克雷．馬斯頓！」一位風度翩翩的老人跟亨利握手後，坐在他辦公桌旁的椅子上。

「亨利，我是為了那天晚上我們聊的那件事來見你的。一起吃午餐怎樣？去那間種了很多樹，充滿綠意的小餐館怎樣？」

「我不能跟你吃午餐，華德貝瑞法官。中午我有事。」

「那也好，我這就跟你談一談，因為今天下午我就得離開了。銀行的財閥們付你多少錢，讓你在這裡做看起來很威風的工作？」

亨利．馬斯頓知道接下來他要說什麼。

「一萬再加上一些可以報銷的經費。」他回答道。

「那麼，如果你回里奇蒙去工作，我付兩倍薪水給你怎樣？你都已經來這裡八年了，你可不知道國內現在機會多得很，錯過可惜啊。這就是為什麼我的兩個兒子——」

亨利聽著法官講話，很感謝他的提議，但今天早上他沒辦法專注在這件事上面。他不太想把話說死，只是說自己覺得住在巴黎更舒適。他差點坦白說出那些關於家庭生活的意見，但還是忍住沒講。

有個面容白淨的高大男子站在寄郵件的辦公桌旁，華德貝瑞法官跟他打個招呼。

「那位是偉瑟先生，」法官說：「偉瑟先生來自維吉尼亞州南部，是我某些生意的合夥人。」

「您好啊，很高興認識您，」偉瑟先生用聽起來很刻意的南方口音說：「考慮一下吧，法官的提議不錯喔。」

「好的，」亨利的答案很簡短。他看得出來偉瑟就是他痛恨的那種人：就像一件華而不實的毛衣，大概是從北方到南方來的投機客跟南方窮人家庭的女兒結合後的產品吧。偉瑟走開後，法官用幾乎帶著歉意的語氣說：

「亨利，他是南方數一數二的有錢人，」接著他頓了一下後又說：「孩子，回國吧。」

「法官，我會考慮一下。」滿頭灰髮、氣色紅潤的法官流露出和藹的面容，但那面容在片刻後就消失了，又恢復原先那硬邦邦、死板板的模樣，那乏味陰鬱的氣質一看就知道不是歐洲人。亨利．馬斯頓很敬重法官能這樣開誠布公，對他開出慷慨的薪資——在銀行裡他每天都以感激的心情，暗自欣賞別人對他展現的這種姿態，就像博物館館員欣賞著於某時某地出土的珍貴展品一樣。[16]不過這對亨利．馬斯頓可說毫無助益。他的人生出現許多問題，而且只能在法國獲得解答。每天中午返家時，他那來自維吉尼亞州的七世先祖肯定都被他拋諸腦後。

亨利的家位於巴黎的仕紳街，是一棟挑高公寓，改建自某位文藝復興時代樞機主教的宮

16 作者把這句話寫得很巧妙，意思是法官的這種慷慨手筆簡直像古物一樣珍貴，如今很難得一見了。

殿，要是在美國他絕對供養不起。[17]能夠把他們家打理得如此美輪美奐，亨利之妻秀珮特所憑藉的可不只是嚴守法國布爾喬亞階級的傳統品味，除了慧眼獨具，她即便有兩個兒子還是能夠優雅地過生活。纖弱的她是個五官立體且好看的拉丁語系金髮美女，而她之所以能夠於一九一八年在位於格勒諾布爾的某間膳宿公寓初次電到亨利，就是靠她那一對彷彿會說話、充滿法式憂鬱風情的眼睛。大戰之前不久的某年，亨利曾獲得「維吉尼亞大學校草」的封號，而兩個男孩也承襲了他的長相。

走上家門口兩層寬大的階梯，亨利站在外面的大廳裡稍事喘息。大廳裡寂靜涼爽，但卻隱約能讓人感覺到那即將發生的可怕事件。他聽見自家公寓裡某座時鐘響了一次，隨即把鑰匙插進門上的鑰匙孔裡。

曾在秀珮特娘家工作三十年的女傭站在他眼前，女傭嘆氣嘆了一半，所以嘴巴是張開的。

「日安[18]，露易絲。」

「馬斯頓先生！」露易絲看著亨利把帽子丟在某張椅子上，接著說：「不過，我還以為您要去土爾看孩子們！您在電話裡不是這麼說的嗎？」

17 當時美金與法郎的匯差甚大，因此許多美國人僑居法國。

18 此時已經下午一點，因此bonjour不適合翻譯成早安。

「我改變心意了，露易絲。」

說這些話前他已經往前走了一步，見到女傭臉上掩藏不住的恐懼神情，他心裡最後一絲疑慮也消失了。

「太太在家嗎？」

與此同時，他察覺到大廳桌上擺著一頂男士的帽子跟一支手杖，接著他這輩子第一次聽見寂靜的聲音——說是寂靜，但他耳朵裡卻大聲嗡嗡鳴響，像砲響或轟雷，充滿威脅性。隨後，這彷彿無盡的片刻被女傭露易絲小小的驚恐叫聲打斷，他推開兩片門簾，走進下一個房間裡。

一小時後，巴黎大學醫學院的德荷可醫生按了馬斯頓家的門鈴。去應門的是秀珮特．馬斯頓，她垮著臉，看來有點嚴肅。他們用法國人的禮節客套一番，緊接著就開始一連串對話。

「過去幾週以來，我丈夫都覺得身體怪怪的，」她說話時略去了前因。「不過，他並沒有抱怨個不停，所以我也沒有感到不安。他突然間整個人垮掉，說不出一句完整的話，也無法移動四肢。我不得不說，可能就是因為我的言行不慎才導致他病情急轉直下——總之，剛剛我們之間的互動太過激烈了，彼此好好討論了一番，而且每當我丈夫太激動，有時候就不太聽得懂法語。」

「我去看看他，」醫生說，並且在心裡想著：「某些事情不管用哪種語言說，都是一講就懂的。」

接下來四週期間，有幾個人傾聽著一些關於那一千件襯衫的奇怪言論，還聽說巴黎的所有居民正慢慢被廉價汽油的廢氣迷昏。有一位精神病醫師來為亨利做心理諮商，不過傾向於認定他並沒罹患什麼潛在的精神疾病。照顧亨利的除了那位美國醫院[19]派來的護理人員，還有被嚇壞的秀珮特。她不太服氣，不覺得這件事該歸咎於自己，但她還是以自己的方式感到深深懊悔。一個月後，亨利在他熟悉的臥房醒來，發現房裡點著昏暗燈光，還看見妻子就坐在床邊，他伸手握她的手。

「真奇怪，」他說：「我居然還是愛妳。」

「睡吧，親愛的。」

「我會愛妳一萬年，」他接著說，語氣帶著一絲幽微的嘲諷意味，「我可以用歐洲人的方式來面對我們的感情，沒問題的。」

「拜託別這樣！我要心碎了！」

等到他在床上坐起身來，他們的兩顆心看來是又緊緊相依了——至少比先前那幾個月還要親近。

「這下你們又可以去度假囉，」亨利對著兩個剛從法國中西部回來的兒子說：「爹地非

19 American Hospital of Paris，創立於一九〇六年，位於巴黎郊區。

得要去海灘療養不可，整個人才能好起來。」

「那我們會去游泳嗎？」

「你們兩個小朋友，不怕溺水嗎？」秀珮特講話時提高音調。「你們年紀太小，別作夢了。絕對不行！」

就這樣，雖然人到了聖讓德呂[20]，還是只能在岸上看著英美遊客和幾個願意大膽嘗試水上運動的法國人，在橡皮艇、跳水塔、快艇與沙灘之間來來回回。他們只能乾瞪著偶爾經過的船隻，遠眺驕陽下的閃亮小島以及連綿延伸到溫帶地區的山峰，還有那一片片或紅或黃，名叫「森之花」、「安樂窩」或者「無憂鄉」的別墅。位於更遠處的，則是一些快被太陽烤乾的混凝土與灰石法國村舍。

秀珮特在亨利身邊撐著陽傘，以免她那粉嫩肌膚在太陽下曬傷。

「你看！」皮膚曬成古銅色的美國女孩們經過時，她總是會如此讚嘆。「曬成那樣很可愛嗎？到了三十歲，皮膚就會變成皮革了，像是可以遮蓋所有瑕疵的棕色遮羞布，那大家看來不都一樣了嗎？體重一百公斤的女人穿著那種泳裝，能看嘛！衣服的功能不是用來掩飾大自然的缺陷嗎？」

比起當個美國人，亨利．克雷．馬斯頓更看重自己維吉尼亞人的身分——沒錯，他就是

---

20 St. Jean de Luz，靠近法西邊境的大西洋海濱度假勝地。

這種維吉尼亞人。[21]「美國」這兩個字雖然威風凜凜地銘刻在北美大陸上，但更讓亨利引以為傲的是他對祖父的記憶：老馬斯頓在一八五八年就解放了他的黑奴，南北戰爭開打後，從馬納薩斯市到阿波麥塔克斯郡[22]都曾留下他奮戰的英姿。他甚至把赫胥黎（Huxley）、史賓賽（Spencer）的作品當休閒讀物，而且認為只有能展現最佳種族觀點的階級制度才是值得相信的。

這一切對於秀珮特而言都是不甚了了。不過，對於丈夫的女性同胞們，她總是能比較明確地品頭論足。

「該怎麼評價她們呢？」她大聲說：「高雅女士？女性布爾喬亞？女冒險家？可是大家看起來都一樣啊！你看！如果我試著模仿你朋友里奇平太太的一舉一動，那我不就無地自容了？我父親是個來自外省的教授，而有些事情我就是不會去做，因為我做了就會惹惱我的家人，還有跟我同一個階級的人。里奇平太太也是一樣啊，她也會因為自己出身的階級與家世而不會去做某些事。」突然間她指著某位正要下水的美國女孩說：「但是，那位美國女孩有可能只是個速記員，卻被迫做一些與身分地位不符的事情。你看，她的穿著跟舉動，像不像是世界女首富？」

21 維吉尼亞州是南北戰爭時期南方邦聯（Confederate States of America）的大本營，邦聯首都就在該州首府里奇蒙，因此有很強烈的「南方」身分認同。

22 兩個地點都在維吉尼亞州，後者是南方最後戰敗投降的地方。

「也許她會是啊，將來某一天。」

「這是你們的美國夢故事。你們總是說，百分之一的人能成功，但沒有說出百分之九十九的人辦不到。所以你們美國人到了三十歲以後，都是一臉欲求不滿，臉上寫著鬱鬱寡歡。」

亨利對於這番話大致上是同意的，但他不禁覺得秀珮特這天下午挑選的品頭論足對象實在是太有趣了。那位美國女孩大概才十八歲吧，而且顯然行為舉止一點也不做作，只是做她自己而已——如果是亨利的爸爸，大概會稱她為「純種馬」[23]吧。她那一張深沉且若有所思的臉龐之所以漂亮，只是因為完美的五官好像打定主意要讓大家都能記住，否則不肯罷休，但如果她的五官不是長那樣，她的長相還是不失為沉著自信而有特色。

她的風采可說是既細緻又堅毅，是美國女孩的完美類型，好到讓人懷疑是否需要所有美國男人的犧牲奉獻才能造就出這等女子，就像在上個世紀一樣，英格蘭的統治階級也是完美到令人懷疑，是否需要整個下層階級的犧牲奉獻才能造就出他們。

美國女孩入水之際，從水裡走出兩個虎背熊腰但是面無表情的年輕人。她對他們倆露出淺淺微笑——不至於笑得太燦爛，因為他們沒那麼好。除非她是想要挑選其中一位當她小孩的父親，把自己的人生際遇交到命運之神手上，有這微笑就夠了。起碼在這當下，她在亨

23 意思是教養良好的一流人才。

和・馬斯頓眼中還是賞心悅目，只見她的雙臂不斷猛力拍打著海水，就像揮舞著雙鰭，在海上凌波漫步的飛魚，也彷彿為了潛入水裡而伸展肢體的優雅天鵝。如果是從跳水板往下一躍，她的身形會像摺疊刀那樣突然展開，從水裡深處浮出來時把沾濕的秀髮猛力甩一甩，看來如此瀟灑。

那兩個年輕人從亨利與秀珮特的旁邊經過。

「他們只知道玩水，」秀珮特說：「這裡玩膩了，就到別的地方去玩。他們在法國待了好幾個月，但還是搞不清楚法國總統叫什麼名字。他們就像寄生蟲，我們歐洲人過去一百年來都沒見識過的那種。」

不過，此刻亨利突然站了起來，海灘上所有人也一下子都站了起來。只見遠處有一條無人的橡皮艇，看來是橡皮艇與海岸之間大概四、五十公尺的水面上有什麼動靜。大太陽下有人的頭部浮出水面，但那個人並沒有用手腳划水，而是英法語齊發，大喊著「救救我！救救我！」一氣若游絲的聲音聽來非常驚恐。

「亨利！」秀珮特大叫：「別去啊，亨利！」

日正當中的沙灘上只剩一些人，不過除了亨利以外，另有幾個人還是往海裡衝過去。那兩個美國小伙子聽到求救聲，也轉身跟在其他人後面往前衝。在那人仰馬翻的片刻，只見大概六、七個人頭在水面上上下下。秀珮特緊張到雙手互相緊擰，但還是死握著那把陽傘，在海灘上一邊跑來跑去，一邊大聲呼喚著：「亨利！亨利！」

到這時伸出援手的人變更多了，接著只見有兩群人在海灘上越聚越多，分別在沙灘上躺著的一男一女身邊圍觀。有個小伙子只用大概一分鐘就把女孩從水裡救上岸，但比較難救的是只顧著救人、卻忘記自己不會游泳的亨利，幾個人七手八腳才把他從水裡拉出來。

「這傢伙壓根就不知道自己會不會游泳，因為他從來沒有嘗試過。」

II

亨利從他做日光浴的椅子上坐起來，咧嘴笑著。這時已經是隔天早上，而前一天從水裡被救起來的女孩跟她哥哥剛剛出現在沙灘上。她對亨利報以燦爛且隨興的微笑，與其說是感激，不如說她非常欣賞亨利。

「我也沒什麼可以報答你的，但至少讓我教你學會游泳吧。」她說。

「好啊。昨天在水裡往下沉差不多第十次以前，我就決定要學游泳啦。」

「相信我。我再也不會在下水前吃巧克力冰淇淋了。」

她下水之際，秀珮特問道：「你覺得我們會繼續在這裡待多久？天天都這樣過生活，好煩喔。」

「我們就待到我學會游泳那一天。還有兒子們也要跟著一起學。」

「好啊。我發現一件有兩種不同藍色的好看泳衣，只要五十法郎。今天下午就去幫你買。」

亨利意識到自己的肚子有點大，而且膚色也白得不太健康。他牽著兩個兒子的手，帶著他們一起下水。因為碎浪不斷打在身上，他開始感到忐忑，不過孩子們倒是開心極了，在水裡暢快大叫。往岸邊回流的海水在他的腳邊掃過去，感覺有點危險，接著又快速流往海裡。到了離岸邊更遠處，他站在及腰的海水裡，身邊都是跟他一樣不敢待在深水區的人。亨利看著一個個深諳水性的人從海面上的活動跳水塔往下跳，內心寄望著那女孩會過來實現她的諾言。但等到她真的開始教亨利游泳，他又稍覺尷尬。

「我從你的大兒子開始教好了。你可以看著我們，然後自己試試看。」

他在水裡手忙腳亂地嘗試游泳。海水灌進鼻子裡，他感受到鼻腔裡一陣刺痛。海水讓他暫時什麼也看不見，離開水裡後好幾個小時內還在他的耳朵裡停留不去，感覺像內耳有小石子滾來滾去。陽光也沒有放過他：他曬傷的肩膀開始脫皮，長條狀的皮屑不斷脫落，一連好幾個晚上他躺在床上都因為背部刺痛而覺得苦惱。一週後他開始能夠游泳了，不過還是游得很痛苦，常常上氣不接下氣，而且也不能游得很遠。女孩教亨利某種自由式，因為在他看來蛙泳是只有泳技不佳者與老人才會繼續使用的過時游法。秀珮特無意間看到亨利盯著自己曬成古銅色的臉，一副很自戀的樣子。小兒子則是因為先前待在沙灘上而造成皮膚些微感染，如此一來暫時也不適合下水了。不過，到了某天亨利總算是學到勉強能夠浮起來，雖然還是游得很辛苦，但總算能夠閉著氣撐一段時間才冒出水面。

「這樣就行了，」等到他能講話時，他對女孩說：「明天我可以離開聖讓德呂了。」

「可惜你不能繼續待下去。」

「妳的計畫是什麼？」

「哥哥和我要去昂蒂布，那裡可以一直游到十月。緊接著是佛羅里達。」

「繼續游泳嗎？」問這問題時他覺得很有趣。

「那還用說嗎？當然是囉。」

「你們為什麼要游泳？」

「為了讓自己潔淨。」說出這答案時連她自己都感到訝異。

「有什麼讓你們覺得不潔淨嗎？」

她皺眉答道：「我也不知道自己為何說那種話。總之，待在海裡有種潔淨的感覺。」

「對於這種事，美國人實在是太講究了。」他評論道。

「怎麼可能太講究？」

「這道理我不懂。」

「我的意思是，就連要收拾殘局，恢復生活的潔淨時，我們都太挑剔了。」

「不過，我想知道妳為什麼——」說到這裡，亨利因為感到訝異而欲言又止。本來，他還有很多問題要問那女孩，想問她什麼是潔淨與不潔淨，什麼是值得了解的，又有什麼是聽聽就好——他想藉此幫自己打開一扇通往人生的新大門。他最後一遍看著那女孩盈滿著冷酷祕密的雙眼，意識到自己將會非常想念這些練習游泳的清晨，只是他不知道真正讓他感到興趣的到底是那女孩本身，還是她所象徵的國家，也就是他自己那日新又新、不斷改變的祖國。

「好吧，」那天晚上他跟秀珮特說：「我們明天就走。」

「回巴黎？」

「回美國。」

「你是說我也一起去？還有孩子們？」

「對。」

「太荒謬了，」她抗議道：「上一次我們去美國花的錢可以在法國用半年。而且那時候我們還只有一個小孩。如今我們好不容易終於可以存點錢了——」

「就是因為那樣。我已經受夠了讓妳必須東省西省的日子，也沒錢買漂亮洋裝來穿。我非得要多賺點錢不可。美國男人如果沒有錢，人生就不會完整。」

「你是說我們要在美國定居？」

「很有可能。」

他們看著彼此，儘管秀珮特可以說是心不甘情不願，但也能了解。過去八年來，為了讓自己能夠配合妻子，過她的生活，亨利不斷調整自己，把美國的道德標準拋諸腦後，不管自己有多困惑，勉強自己融入法國的傳統、智慧與世故。在巴黎歷經那件事過後，對他來講更重要的似乎是必須諒解與原諒，不用理會愛情生活中那些變幻莫測的插曲，只要死守著「為了這個家著想」的念頭就好。只不過，如今他的身體已經恢復多年來難得一見的健康狀態，精神煥發的他終於能看清楚自己的想法。覺悟後他也獲得解脫了。八年前，他認識了當年還是個聰明外省小女孩的秀珮特，自此失去了自己。如今，儘管內心的失落感如此強烈，他又變回一個真正的男人了。

她的內心持續掙扎了片刻。

「你在這裡有個好工作，所以我們真的不愁沒錢可用。你也知道，在法國我們可以不用花那麼多錢就過上好日子。」

「兒子們慢慢長大了，但我不確定自己希望讓他們在法國接受教育。」

「但我們不是早就決定了？」她哀嘆道：「你也承認美國的教育太過膚淺，愚蠢到只會一天到晚跟風。你希望他們長大後變得跟沙灘上那兩個美國小笨蛋一樣嗎？」

「也許這更是為我自己著想，秀珮特。八年前拿著推薦信去銀行業工作的大學畢業生，如今都已經可以開著一萬美元的轎車到處兜風了。[24]以前我不在意這一切。我曾對自己說，我大可以一直躲在這個更好的地方，我們可以把亞莫利堅龍蝦[25]當成亞美利堅龍蝦就好了。

24 相當於今天的十八萬美元。

25 作者本來寫成lobster armoricaine，與lobster americaine（美國龍蝦）諧音，但實際上是Lobster A L'Armoricaine（一道法國布列塔尼地區的傳統菜餚）。

可能我再也沒有那種感覺了。」

她的身體僵硬了起來。「如果是這樣——」

「就看妳吧。我們可以從頭來過。」

秀珮特想了一下。「當然，我妹妹可以來接收我們的公寓。」

「當然，」他整個人都熱血了起來。「去美國住的話，有些事肯定會讓妳很開心——例如，我們可以買一輛很棒的車，可以買一台電冰箱，還有各種各樣功能可以抵得上好幾個傭人的有趣機器。不會太糟的。妳可以學打高爾夫，還可以整天跟人聊育兒經。除此之外，電影也很好看喔。」

秀珮特發出聽來哀怨的聲音。

「一開始當然會很不習慣，」他也坦承，「不過我們還是可以聘幾個能幹的黑人廚子，也許還可以住在有兩間浴室的房子裡。」

「我一次也只能用一間啊。」

「妳會習慣的。」

一個月後他們搭船經過海峽，看著一片美不勝收的白色大陸往他們漂過去，亨利的喉嚨跟其他美國人一樣因為感動而幾乎哽住，他有一股衝動，很想對著秀珮特跟船上其他異國人士大喊：「現在你們看到了吧！」

III

時間來到幾乎三年後。亨利．馬斯頓在凱路美菸草公司工作，他走出辦公室，要沿著走廊前往華德貝瑞法官的套房。他的臉變得老一點，看來增添了些許嚴峻神情，而那套白色亞麻西裝也掩藏不住稍嫌過重的身體，畢竟歲月不饒人啊。

「法官，在忙嗎？」

「請進來，亨利。」

「我太胖了，明天要離開里奇蒙，去海邊游泳減重。走之前我想跟您談一談。」

「孩子們也去嗎？」

「喔，當然。」

「我想秀珮特應該會出國吧。」

「今年不會。我想她應該會跟我去吧，如果她沒有待在這裡的話。」

法官心想：「毫無疑問，他應該都知道了。」他等著亨利開口。

「法官，我想先跟您說一聲，我想在九月底辭職。」

法官把雙腳擺在地上，他的椅子往後面移動，發出吱嘎聲響。

「亨利，你要辭職？」

「應該不能說是辭職。瓦特．羅斯想要調回美國，讓我去接替他在法國的工作。」

「孩子，你知道公司付給瓦特・羅斯多少年薪嗎？」

「七千。」

「但是你在這裡的薪水是兩萬五。」

「你可能聽說過我在股市裡賺了多少錢。」亨利用有點不贊同的語氣說。

「有很多說法，大概介於十萬與五十萬之間。」

「對，兩者之間。」

「但你何苦要換一個只有七千年薪的工作？秀珮特想家了嗎？」

「沒有，我想秀珮特喜歡美國。她調適得非常好。」

「他的確知道，」法官心想。「所以他想要一走了之。」

亨利走後，法官抬頭看著牆上的祖父肖像。他心想，亨利遇到的這種事如果發生在他祖父的那個年代，解決方法實在簡單多了。人約破曉時，在當年的華頓草原上用手槍決鬥。如今假使還是訴諸於決鬥，亨利應該比較有勝算。

車開到一處新開發的郊區，目的地是一棟喬治王朝時代宅邸，司機讓亨利下車。他把帽子留在大廳，直接走到宅邸側邊的門廊。

秀珮特躺在一具搖搖晃晃的帆布吊床上，抬頭用不失禮貌的微笑看看亨利。在美國定居快三年後，除了臉部神情還有一絲緊繃，渾身散發些許無法定義的做作氣質以外，說她是美國人大概也有不少人會相信。學會各種南方的做派後，再加上講話帶著法語腔，更是讓她具有某種奇特的魅力。聖誕舞會上許多大學生對她仍是趨之若鶩，彷彿她是個社交新鮮人。

查爾斯・偉瑟先生坐在一把柳條椅子上，手肘邊擺著一杯琴費士調酒，亨利對他頷首打招呼。

「我想跟你談一談。」亨利一邊坐下一邊說。

偉瑟與秀珮特很快對望一眼，然後才看著他。

「你恢復自由之身了，偉瑟，」亨利說：「你為什麼還不跟秀珮特結婚呢？」

秀珮特坐了起來，雙眼大放光明。

「我們把話攤開來講吧，」亨利轉身回去面對偉瑟，「這一年來我把我們的事放著不管，是為了把我的財務狀況整理好。不過，你上次耍的賤招讓我心裡有點不愉快，有點噁心，我覺得實在沒有必要走到那種地步。」

「你是指什麼？」偉瑟問亨利。

「上次我去紐約時你派人跟蹤我。我想你是為了蒐集證據，用在離婚官司上對付我吧。恐怕我讓你失望了。」

「我不知道你這想法是打哪裡來的，馬斯頓。你——」

「別騙我！」

「您——」偉瑟想說話，但不耐煩的亨利打斷他：

「您個屁！別試著在我面前裝出一副很激動的樣子。你以為我是誰？滿腹鉤蟲的採棉花工人嗎？以為我會怕你？我不想把事情鬧大，而且我早就平靜下來了。我只想把離婚這件事辦好。」

「那你為什麼一開口就說被跟蹤？」秀珮特對他大喊，法語脫口而出。「如果你覺得我讓你委屈了，難道我們不能自己談就好？」

「等一下，我想我們還是現在就把話說清楚比較好，」偉瑟說：「秀珮特的確想要離婚。她覺得跟你在一起不開心，而她把這樁婚姻維持下去的唯一理由在於，她是個理想主義者。你似乎不能苟同，但這是千真萬確的。她就是不忍心毀掉自己的家庭。」

「真感人啊。」亨利看著秀珮特說，心裡覺得又好氣又好笑。

「不過，我們這就把事實給整理清楚。我希望在回法國以前把這件事辦妥。」

偉瑟與秀珮特又對看了一眼。

「應該不會太複雜，」偉瑟說：「秀珮特不會拿你半毛錢。」

「我知道。她想要的是監護權。答案是，我不能把孩子們給你。」

「真是豈有此理！」秀珮特大聲說：「要我把孩子們給你？你想得美喔！」

「你在打什麼主意，馬斯頓？」偉瑟問亨利：「把他們帶回法國，讓他們跟你一樣，變成在海外流浪的美國人？」

「沒那回事。我會幫他們安排去聖瑞吉斯預備學校就讀，然後進耶魯大學。而且我從來沒想過阻止他們母子見面。只要她想見他們，隨時可以——不過，從過去兩年的經驗看來，她應該也不會常常想探視他們。只是，我想要完整的監護權。」

「為什麼？」偉瑟與秀珮特一起問他。

「因為家。」

「這是什麼鬼話？」

「意思是，我不想讓他們在你跟秀珮特的這種家庭長大。如果要那樣，我寧願收他們當學徒，跟我學做生意就好了。」

三人陷入一陣沉默。秀珮特突然拿起她的杯子，把裡面裝的東西潑向亨利，然後癱倒在小沙發上，開始痛哭流涕。

亨利拿出手帕擦臉，站了起來。

「我就是怕妳會來這套，」他說：「不過，我想我已經把自己的立場說得很清楚了。」

他上樓走進臥室裡，躺在床上。過去一年來他夜不成眠的時間恐怕已經累積了一千個小時，腦海裡總是想著要怎樣才能把兒子們留在身邊，但是又不對秀珮特採取法律行動——說真的，他實在是不忍心。他知道秀珮特之所以想要他們，只是因為不想讓自己變成家族裡的麻煩人物，甚至遭法國的家人斷絕來往。不過，既然那種頗負名望的古老家族向來具有「翻臉跟翻書一樣」的特色，亨利很清楚，一旦秀珮特失去兩個孩子，她家就有充分無比的理由把她掃地出門。此外，秀珮特畢竟是他兩個孩子的媽，亨利自然不希望她成為眾所皆知醜聞的女主角。正因如此，這天下午他才沒有把更狠的話說出口，語氣才變得那麼無力。

這幾年的人生實在是充滿挑戰，每當亨利幾乎遭壓力壓垮，覺得難以為繼時，就會用運動讓自己靜一靜。打從三年前學會游泳以來，這種運動已經變成他尋求一時解脫的方式，就像有些人會聽音樂，有些人則是喝酒。有時候他會把各種雜念徹底斷開，到維吉尼亞州的海灘去游泳一整週，用海水滌清思緒。他會穿越碎浪，游往比較遠的海域，想像自己已經蛻變成一隻鼠海豚，用純粹的快樂探索這片最早成為美國國土的綠色、棕色相間海岸線。他在濤濤海浪中像海豚般翻騰浮沉，甩脫這樁觸礁婚姻帶給他的沉重心理負擔，像個孩子一樣優游於自己夢想的空間裡。有時候，陪游的是幾位記憶中的童年時期舊友；有時候，他則是一邊想兩個兒子一邊游，游著游著，彷彿進入一條直達月球的閃亮通道。他常說，美國人應該生來就長著魚鰭，而且可能的確有——可能金錢就是某種形式的魚鰭。英格蘭人之所以安土重遷，是因為土地房產帶來強烈的歸屬感。相較之下，美國人則是不安於室，漂泊不定，就算落地也不會長出固著於土地的根，因此需要的是魚鰭跟翅膀。每隔一段時間就會有美國人跳出來大聲疾呼，教育應該擺脫歷史與過去，應該是某種幫助大家進行航空探險的器具，而所有傳承或傳統則像是阻礙飛行的壓艙物，能丟就盡量丟掉。

隔天下午亨利在海裡游泳時想到這一切，兩個兒子浮現在他的腦海裡。他轉個身，開始在水裡用爬泳的方式慢慢返回海岸。他累壞了，靠在橡皮艇旁邊休息喘氣，抬頭看見一對熟悉的眼睛。原來是四年前他下水營救，但害自己差點也溺水的那個美國女孩。

他非常開心，直到此刻才意識到自己腦海裡保存著她的鮮活記憶。原來她也是維吉尼亞人啊——也許當年在法國亨利就已經猜到，因為在她那慵懶、看來隨興的外表下，蘊藏著總是不會改變的禮貌與專注。外表似乎不講求繁文縟節，但實際上卻因為友好與體貼而顯得很有涵養。亨利終於知道她姓什麼，而且一聽之下就覺得那跟他自己的一樣，是個東岸特有的「好姓氏」。

他們躺在沙灘的陽光下聊天，彷彿老朋友，聊的話題與種族、人情世故都沒關係，因為兩人對那些事情好像天生就有共識，而亨利也沒提起關於秀珮特的那些惱人俗事。他們聊起喜歡自己的哪些地方，還有自己覺得哪些事情是有趣的。女孩走上高處的跳水板，在亨利面前表演了一招坐下後站起來跳水，後來他也上去依樣畫葫蘆演出一番——水準自然遠遠不及，但很有趣。他們聊起了吃軟殼蟹的事情，她還告訴亨利一個因為海水而造成的奇特傳聲現象：躺在海灘上可以清楚聽見後方遠處飯店門廊上的人語聲。他們嘗試看看，結果真的聽見兩位聊天喝茶的女士說：

「我說啊，在海水浴場——」

「嗯，在艾思伯瑞公園——」

「喔，我的天啊，他一整晚不斷抓來抓去，抓了又抓——」

「唉呀，在德維爾——」

「——整晚不斷抓來抓去。」

過了一會兒，從海水的湛藍顏色看來，肯定是在下午四點，女孩開始跟亨利傾訴她十九歲時的往事：她那西班牙老公每逢晚上出門就會將她反鎖在飯店套房裡，結果婚姻以仳離收場。

「還有其他誇張的事情呢，」她輕描淡寫地說：「不談這個了，說點開心的事。你那漂亮的老婆呢？兒子們呢？他們學會游泳了嗎？能不能跟我一起吃個晚餐呢？」

「我恐怕不行。」猶豫片刻後，亨利說。吃個晚餐其實是小事，但為了累積能量來對付秀珮特，無論再小的事情他現在都不能做。更何況他還想到這天下午可能有人正監視著他，令他感到一陣厭惡。無論如何，那天晚上他還是為自己的警惕感到開心，因為秀珮特像是突襲似的來飯店找他與兒子們吃晚餐。

兒子們上床睡覺後，他們到飯店的門廊去喝咖啡，面對面討論監護權的問題。

「能否請你行行好，解釋一下為什麼我沒有資格跟你共享監護權？」秀珮特劈頭就問：「亨利，如果這是為了報復我，那就太不像你的作風了。」

這實在很難用三言兩語解釋清楚。因此亨利只能重申，只要想要見孩子們，她隨時可以提出要求，但他之所以非得要單獨擁有監護權不可，是因為他抱持著某些老派的信念——看著她的臉越來越臭，亨利發現自己再怎麼說也沒有用，就不多費唇舌了。她對亨利的說法嗤之以鼻。

「我是想要給你一個講理的機會，等等如果查爾斯來了，你就沒那麼好過了。」

亨利坐了起來。「他今晚會來嗎？」

「我很高興他會來。而且剛好挫一挫你這自私鬼的銳氣，亨利。等等你要對付的就不是我這種弱女子了。」

一個小時候，偉瑟走進門廊，亨利看見他的雙唇簡直像白堊般沒有血色。看得出來他因為得意洋洋而紅光滿面，眼睛散發著充滿自信的光芒。秀珮特來軟的之後，就換他來硬的，而且他真是單刀直入，毫不浪費時間。「我們有些話跟您說，您也是。既然我有一艘快艇在這裡，也許那就是可以用來說話最安靜的地方了。」

亨利冷冷地點頭，五分鐘後他們三人就搭船進入維吉尼亞州外海的漢普頓錨地，行駛於月光灑落的航道上。那一晚靜謐無聲，把快艇開到距離海岸七、八百公尺的海面上以後，偉瑟把航速放緩，任由馬達靜靜地空轉，如此一來他們就只會在白亮的水面上四處飄浮，看來隨興而沒有方向。偉瑟突然開口，打破周遭的寂靜：

「馬斯頓，我就開門見山跟你說了。我愛秀珮特，而且我不會因為愛她而向你道歉。這種事情在世界上比比皆是，誰都可能遇到。我想你應該也懂。唯一的難處是，秀珮特也想要兩個兒子的監護權。但看來你是吃了秤陀鐵了心，想要讓生他們、養他們的母親完全失去他們……」偉瑟的話變得一字一句都更為清楚，彷彿來自於一張更為寬大的嘴巴，「不過有個因素你並未考慮在內，那就是我。你沒有想過目前我是維吉尼亞州最有錢的人之一嗎？」

「早有耳聞。」

「很好，馬斯頓，有錢就有權。容我向您覆述一遍，有錢就有權。」

「這我也早就聽過了。事實上，你是個討人厭的傢伙，偉瑟。」即便只有月光照亮四周，亨利也能看到他被激得面紅耳赤。

「那麼您會再聽到一次的。昨天你突襲我們，我沒有做好準備，所以沒辦法阻止你用那種殘酷的方式對待秀珮特。但今天早上我收到一封來自巴黎的信，情況就整個改觀了。發信的人是某位精神科的專科醫師，他宣告你的精神狀況有問題，因此不適合擁有孩子們的監護權。他就是四年前你精神崩潰時照顧你的那位醫師。」

亨利簡直不敢相信自己的耳朵，反而笑了起來，往秀珮特看過去，心裡幾乎期待著看到她的笑臉。但她把臉別過去，雙唇微張，呼吸速度加快。突然間他意識到偉瑟並不是在虛張聲勢——偉瑟一定是砸下重金賄賂了那位醫生，才能拿到那封信，而且絕對會拿來對付他。

片刻間，亨利感覺好像遭人重擊一樣天旋地轉。他聽見自己的聲音說：「這是我聽過最荒謬的事情。」接著他還聽見偉瑟回答：「是嗎？並不是每個醫生都會直接對病人說你的腦袋有毛病。」

亨利突然想要大笑，而在偉瑟對他提出指控的那可怕瞬間，他的腦海甚至掠過一個念頭：難道我真的瘋了，哪怕只有一丁點？亨利轉頭去看秀珮特，但她再次躲避了他的目光。

「妳怎能這樣？」

「我只是想要我的兒子們——」秀珮特才開口偉瑟就很快打斷她：

「馬斯頓，要是你沒有這麼徹底蠻不講理，我們也不會使出這種手段。」

「別裝了。難道你要我相信你是昨天下午後才使出這種下流手段？」

「我這個人就是喜歡做好準備。誰叫你先前要這樣不可理喻？事實上，接下來如果你能開始跟我們講道裡，我也不會把診斷書拿出來對付你。」偉瑟的聲音突然變成彷彿父親對兒子講話，幾近和藹可親了起來：「放聰明點，馬斯頓。別人對你只有那牢不可破的偏見。對我，則是只知道我有四千萬美元資產。別自欺欺人了。容我覆述一遍，有錢就有權，馬斯頓。或許你在國外待久了，才會選擇忘掉這個事實。美國是靠錢打造出來的，一個個充滿榮耀的偉大城市也都是用錢堆砌起來。沒有錢哪來各種產業？哪來那些密密麻麻的鐵路網絡？我們靠錢征服了大自然的力量，發明出各種機器，只有錢才能命令那些機器，要它們動就動，要它們停就停。」

快艇的馬達彷彿聽得懂人話似的，突然間發出嘈雜的吱嘎聲響，然後就完全停了下來。

「怎麼回事？」秀珮特問道。

「沒事，」偉瑟對她說，用腳踩了一下馬達啟動器。「我再說一遍，馬斯頓，有錢就……啊，是電池沒電了。等一下，讓我轉動方向盤看看。」

偉瑟轉了快十五分鐘，但快艇只是在海面上轉圈圈，幾乎是水波不興。

「秀珮特，把妳後面那個抽屜打開，看看裡面有沒有信號彈。」

她用隱約帶點驚慌的聲音說，裡面沒有信號彈。偉瑟眺望了一下海岸。

偉瑟說：「就算我們大聲喊叫求救也沒有用，因為距離岸邊肯定有七、八百公尺。我們必須要在這裡等到有人發現我們。」

「我們不能只是等待。」亨利說。

「為什麼？」

「我們正在朝海灣的方向前進，你看不出來嗎？海潮把我們往外海帶了。」

「不可能吧！」秀珮特用尖銳的聲音說。

「看看岸上的那兩處燈火——我們先經過了第一個，接著是第二個。你們看出來了嗎？」

「要想想辦法吧！」她哭叫著說，然後一長串法語脫口而出：「啊，這太可怕了！難道我們不能做點什麼嗎？」

這時漢普頓錨地裡的海潮速度變快了，把快艇朝著外海帶過去。他們隱約看到海面有兩艘船的形影掠過，但是實在太遠了，對方都聽不見他們的求救聲。在西邊，夜空下有一座燈塔的燈光不斷閃爍著，不過實在不可能猜出他們經過的位置距離燈塔到底有多遠。

「看來，這下子我們所有的難題都可以自動化解了。」亨利說。

「什麼難題？」秀珮特問他：「你是說我們只能坐以待斃？你可以坐在那裡，什麼也不做，任由我們漂流到外海？」

「說到底，這樣對孩子們或許反而是種解脫。」他苦笑著說，但秀珮特卻開始痛哭了起來。不過，亨利沒多說些什麼，腦海中只盤算著一個快要成形的模糊念頭。

「我說馬斯頓啊，你會游泳嗎？」偉瑟皺眉問道。

「我會，但秀珮特不會。」

「你搞錯我的意思了——我也不會。如果你能游到岸上，就可以打電話給海岸防衛隊，叫人派船過來救我們。」

亨利遠眺著黑暗夜空下不斷遠去的海岸。

「太遠了。」他說。

「你可以試試看！」秀珮特說。

亨利搖搖頭。

「太冒險了。而且，雖然機會渺茫，但我們還是有可能獲救。」

他們經過了燈塔，此時燈塔已經變成在他們左邊遠處，在聽力無法企及的地方。接著又往下漂了七、八百公尺遠，只見遠方隱約矗立著另一座也是最後一座燈塔。

「我們可以效法航海家傑伯[26]，漂流到法國去，」亨利說：「不過，當然啦，到時候我們會變成在海外流浪的美國人——但是偏偏偉瑟不喜歡那樣，對吧？」

偉瑟也已驚慌失措，本來忙著弄馬達，想要試著發動。他抬起頭看著亨利。

「不然換你來試試看。」他說。

26 Alain Gerbault（1893-1941），法國網球運動員，後來當起了航海家。

「我對機械一竅不通啊，」亨利答道：「再說我越來越覺得這真的可以化解我們所有的難題。想想看吧，你竟然為了奪走我的兒子們而使出那種陰險小人的招數——要是你真的得逞了，我也沒什麼理由繼續活下去。我們都是一些失敗的廢人——我自己是持家不力，秀珮特也不是什麼好老婆、好母親，而偉瑟你呢，別說是好人了，你連人都不是。大不了我們就同歸於盡吧。」

「這不是發表長篇大論的時候，馬斯頓。」

「喔，怎麼不是？時機很恰當啊。你也可以繼續鼓吹你那有錢就有權的論調啊！」

秀珮特挺著身子坐在船頭，偉瑟則是站在馬達旁邊，因為緊張而咬著嘴唇。

「我們漂過的地方不會距離那燈塔很近。」有個主意突然間浮現他心頭。「馬斯頓，你能不能游到那座燈塔？」

「他當然游得到！」秀珮特大聲說。

亨利看一看那燈塔。

「我也許能辦到，但我不想。」

「你非得辦到不可！」

一如往常，他實在是拗不過哭泣的秀珮特，但在此同時他也看到時機已經到來。

「你們如果想要脫困，簡單得很，」他很快地說：「偉瑟，你身上有鋼筆嗎？」

「有。要幹嘛？」

「我說你寫，只要短短兩百個字就好。如果你能辦到，那我就游到燈塔那邊去求救。如果辦不到，那就求求天主幫助我們吧，我們就會漂流到海上！你最好在一分鐘以內做出決定。」

「喔，你要他寫什麼都可以！」秀珮特慌亂大叫。「查爾斯，你就照做吧。他是認真的。他這個人總是說到做到。喔，請你別拖了！」

「你說什麼我就照著寫……」偉瑟用發抖的聲音說道：「看在老天爺的份上，你就說吧。你想怎樣？要我寫一份關於孩子們的約定？我可以用人格給你口頭保證——」

「你還有時間耍幽默啊？」亨利惡狠狠地說：「寫在這張紙上！」

亨利一邊說，偉瑟一邊寫，在那兩頁紙上寫下他與秀珮特往後會在法律上永遠放棄請求那兩個孩子的監護權。他們在紙上寫下歪歪扭扭的名字時，偉瑟大聲說：

「拜託你，趕快出發吧！要不然就來不及了！」

「我只剩下一個條件：把那位醫生的聲明交給我。」

「不在我身上。」

「你說謊。」

偉瑟從口袋裡掏出那封信。

「在那封信下方寫下你到底付了多少錢賄賂醫生，然後在旁邊簽名。」

片刻過後，亨利脫去身上衣服，全身只剩下內衣褲，然後把所有紙張都放進一個防水的絲質菸草袋裡面，掛在脖子上，從快艇的船舷往海裡跳，朝著燈光游過去。

下水時亨利感到被波動的海水包圍，心裡一驚，但片刻過後海水變得溫暖而柔和，海面甚至發出小小的汩汩水流聲，令他備感安心。這是迄今他挑戰過的最長泳距，而且雖說他是從城裡來這海邊散心的，沒想到最後的結果居然能讓他這樣喜出望外，渾身輕鬆到彷彿能浮在水面。如今他已脫困，重獲自由。拍打海水的雙臂越來越有力，因為他知道這時仍在飯店睡覺的兩個兒子再也不用面對他最害怕的處境。秀珮特離鄉背井，漂洋過海來到美國後，卻只跟選擇性地融入美國人的生活，只會放縱自己。如果在法院判決的助威之下，她竟然獲准把那種亂七八糟的荒謬道德觀灌輸給兩個兒子，這對亨利來講是絕對無法忍受的。果真如此，那麼他將永遠失去他們。

亨利轉身一看，發現快艇已經在遠處海面上，而那刺眼的燈塔燈光變得更近了。這時他可說是疲累不堪。在這緊要關頭，任誰只要一放鬆，很快就能獲得無痛解脫，所有帶來憎恨與痛苦的問題也一起隨著海波消散——由於亨利突然解脫而感到鬆懈，他也驚覺自己有那種想要放鬆，把一切拋諸腦後的衝動。不過，他清楚意識到兒子們的命運全都取決於脖子上的防水菸草袋，於是他硬撐著身子，轉過頭繼續往前游，把所有的力量都專注在目的地。

二十分鐘後他已經來到燈塔的控制室裡，渾身顫抖，身上的水滴個不停，聽著燈塔管理員對著海岸防衛隊的船艦廣播，要他們去解救在海灣裡漂流的快艇。

「如果沒有暴風雨，其實不怎麼危險，」管理員說：「這時候他們可能已經遇上來自河流的橫流，從海上漂進裴頓港了。」

「是啊，」過去三年來每年夏天都來這片海岸游泳的亨利說：「我也知道。」

IV

到了十月，亨利把孩子們安頓在學校以後，搭上了航向歐洲的「莊嚴號」郵輪。三年前歸返祖國時他好像投向慈母的懷抱，三年後他的收穫已經超過他原本請求的一切：不但有了錢，也從那令人無法忍受的困境解脫了，還獲得了足以為自己奮鬥的全新力量。他站在「莊嚴號」的甲板上，只見城市與海岸漸漸遠去，他內心充滿感激與喜悅，不只因美國雖然因為工業發展而滿目瘡痍，但富庶的北美大地仍然挺立著，誰也無法動搖它那豐饒而肥沃的根基，也是因為在那些沒有任何領袖的人內心，古老的慷慨與奉獻特性仍然持續奮鬥著，儘管有時候會突然變得太過狂熱與超過，但始終是那麼不屈不撓，永無止息。這時候掌權的還是那些已經迷失自我的美國人，不過在亨利看來，接下來要上台的那些人，也就是那些歷經戰火洗禮的人，會是更好的人才。原本他覺得美國是因為奇怪的偶發事件而誕生，彷彿一種已經過時的古老運動，但那種看法已經永遠煙消雲散了。美國最好的一切，就是這世上最好的一切。

他走到下層甲板去找郵輪的事務長，禮讓另一位乘客，讓她先在窗口辦完事。等到她轉身時，兩個人都嚇一跳——原來是那個美國女孩。

「喔，哈囉！」她大聲說：「好開心喔，原來你也要去法國！我剛剛才來問郵輪上的游泳池什麼時候才會開放。這艘船最棒的地方，莫過於任何時候都可以游泳。」

「妳為什麼喜歡游泳？」他問道。

「你老是喜歡問我這問題。」她笑著回答。

「要是我們今晚能一起吃飯，也許妳可以告訴我為什麼。」

不過，跟那位女孩分開後，亨利馬上就意識到她永遠不可能告訴他答案——無論是她或任何一個美國人。法國的迷人之處在土地，英格蘭最棒的則是民族，但美國的重點卻仍是「美國」這個理念的特質，很難用三言兩語講清楚——正因如此，才會有那麼多美國人在夏羅[27]拋頭顱，灑熱血，才會有那麼多偉人殫精竭慮，老是一臉憂國憂民，也才會有那麼多美國大兵為了一句口號而在阿爾貢森林[28]捐軀，但在他們的軀體凋零以前，口號早已變成空話。「美國」就是美國人那一顆甘願的心。

---

27 Shiloh，南北戰爭期間傷亡慘重的一場戰役發生於此。

28 Argonne Forest，第一次世界大戰期間重要戰役的發生地點。

重訪巴比倫

出處：《週六晚間郵報》周刊（一九三一年二月二十一日）

「那麼，坎貝爾先生在哪呢？」查理．威爾斯問道。

「威爾斯先生，他去瑞士調養了。坎貝爾先生病得不輕啊。」

「真難過。那喬治．哈特呢？」查理問道。

「回美國工作了。」

「那雪鳥在哪？」

「上週他還在這裡。總之，他的朋友雪佛先生還在巴黎。」

在這麼多人名裡面，突然有兩個熟悉的名字又引起他的注意。都已經是一年半以前的往事了呢。查理拿出筆記本，在上面草草寫下一個地址，把那一頁撕下來。

「如果你見到雪佛先生，幫我把這張地址轉交給他。」他說：「我還沒找到落腳的飯店，這是我連襟的地址。」

看到巴黎如此冷清，他並未感到非常失望。不過，麗池飯店的酒吧會這樣靜悄悄的，的確是讓他有種陌生又不安的感覺。這裡再也不是擠滿美國客人的酒吧——他覺得在酒吧裡自己像是個客人，沒有當年那種彷彿回家的感覺。這酒吧又回到法國人的手裡。從計程車下來那一刻起，他就覺得四周靜悄悄，因為門僮在這時段本來應該是忙進忙出，這時卻閒到發慌，在侍者專用的門口跟一名男侍者在閒嗑牙。

穿越走廊時，他只聽到有個女人在女廁裡講話，那聲音顯得孤單無聊，女廁完全不像以前那樣聒聒噪噪。等到他轉進酒吧，走在那六公尺長的綠地毯上之際，一如往常，他的雙眼始終直視著前方。接著，他把一隻腳穩穩地踩在吧檯下方供客人擱腳的橫桿上，轉身回去端詳整個酒吧，與他四目相交的，只有角落某個原本在看報紙的客人，目光恰巧往他的方向飄過來。查理接著詢問剛剛跟他對話的酒保阿力克斯：你們老大保羅呢？在經濟景氣處於牛市的最後那段日子裡，保羅可都是開著他那一輛客製化的炫車來上班哩。然而他那個人就是很有分寸，會把車停在最接近的街角，走一小段路到飯店酒吧上班。不過，阿力克斯說，今天保羅沒有當班，到他在鄉間購置的別墅去了。

「不，不要了。」查理說：「我最近沒喝那麼多。」

阿力克斯恭喜他：「兩年前你喝得很兇欸。」

「我會好好堅持下去。」查理對阿力克斯打包票，「我已經堅持一年半了。」

「你覺得美國的狀況怎樣？」

「我已經幾個月沒回美國了。目前我在布拉格做生意，幫那邊的兩三個客戶當代理商。那裡的人不知道我在巴黎的往事，做起生意來比較方便。」

阿力克斯對他微笑。

「記得喬治．哈特在這裡辦單身派對那一晚嗎？」查理說：「對了，克勞德．費森登後來怎麼了？」

阿力克斯放低音量，神神祕祕地說：「他還住在巴黎，但再也沒來光顧了。保羅不准他來。他在我們這裡債台高築，積欠了三萬法郎，因為吃的喝的都賒帳，午餐從來沒給過錢，晚餐也大多沒有，就這樣過了一年多。等到保羅終於受不了，要他把帳結清，他居然開了一張芭樂票。」

阿力克斯搖搖頭，看來挺難過的。

「我真心不懂，像他那樣風流瀟灑的傢伙怎會這樣？現在他整個人身材都走樣了……」阿力克斯用雙手做了一個大蘋果的形狀。

查理看到酒吧的角落有幾個「皇后」[29]選好位子，正要坐下來，講話的聲音吱吱喳喳。

他心想：「股票有牛市熊市，各種工作都有旺季淡季，但她們都不受影響。只要人類還存在，這行業會永久持續下去。」酒吧的冷清氛圍讓他難受，於是要阿力克斯拿骰子出來跟他賭酒[30]，準備要走了。

「威爾斯先生會在巴黎待很久嗎？」

「我來看我的女兒，會待四、五天。她還很小。」

「喔！你還有個女兒？」

飯店外，巴黎街頭下著毛毛細雨，招牌看來火紅淡藍，有些則是如同鬼火般慘綠，散發出迷濛光芒。這時已經接近傍晚，街頭開始有了些動靜，一家家餐酒館的招牌閃爍了起來。

29 指性工作者。
30 在酒吧裡擲骰子，是酒客用來決定誰該出錢的遊戲。在這裡，應該是查理與阿力克斯賭這杯酒是否需要付費。

到了嘉布遣大道，他搭上計程車。粉紅暮色中，協和廣場在他的視野裡往後移動，看來如此壯闊。車子開過必定無法避開的塞納河，進入左岸地區，查理突然間浮現一個念頭：跟右岸相較，這裡簡直跟鄉間一樣靜謐。

上車時查理請司機先開往劇院街。其實這樣算是繞路了，但他想看看灰濛濛暮色中巴黎歌劇院正面的富麗堂皇外牆，想像著計程車喇叭聲好像不斷演奏著德布西樂曲《漸慢》的前面幾小節，彷彿第二帝國的號角聲。車子已經快要開到布倫塔諾書店前面的鐵柵門，而在狄瓦勒飯店那一道修剪整齊、充滿布爾喬亞韻味的矮樹叢後面，只見許多人已經開始吃起了晚餐。說真的，他從來沒有在巴黎任何一家便宜的餐廳吃過飯。就是那種有五道菜，加上葡萄酒後總計四法郎五十生丁，換算成美元後竟然只要十八美分的晚餐。說也奇怪，他心想：要是我曾經去那種餐廳吃過飯，那該有多好啊。

計程車進入左岸地區後繼續往下開，感受到那股鄉間的靜謐氣息後，他心想：「多麼美好的一個城市，只是我不懂得珍惜。當時我不懂事，日子就這樣一天天過去，兩年就這樣平白浪費掉，除了人事已非，就連我也不是原來的自己了。」

這時他三十五歲，長得很體面。身體裡流著愛爾蘭人血液的他生就一張生動活潑的臉，但因為兩眼之間有一道很深的皺紋，變得有點嚴肅。來到帕拉蒂內街他連襟的家門口，按門鈴時他雙眼間那道皺紋變得更深，深到把眉頭往下拉，就連肚子也感覺到彷彿要抽搐起來。女傭來開門，她身後有個可愛的小女孩往外衝出來，對著他尖聲大喊：「爹地！」接著跳起來撲向他，在他懷裡像一條大魚般扭動起來。小女孩拉著爸爸的一邊耳朵，把他的頭靠過來，兩人的臉頰貼在一起。

「我的小心肝。」他說。

「喔，爹地，爹地，爹地，把拔，把拔，把拔！」

她牽著爸爸走進客廳，家人都在那邊等待著：一個男孩和一個與她女兒年齡相仿的女孩，還有一對夫妻，就是他的大姨子瑪莉安跟她老公。跟瑪莉安打招呼時，他刻意控制自己的聲調，以免顯得自己假裝熱情或者厭惡她，但她的回應就坦白多了。儘管瑪莉安刻意看著他女兒，以免臉上流露出對他根深柢固的不信任，但顯然可以看得出就是一副不冷不熱的模樣。她丈夫林肯．彼得斯可就不同了。除了像個朋友般與查理好好握手，還把手搭在查理的肩頭一下子。

整個客廳溫暖舒適，是個很美式的客廳。三個孩子非常親密，四處遊玩嬉戲，在通往其他房間的那些門框下穿梭來去。壁爐爐火發出劈啪聲響，法國女傭在廚房裡忙來忙去，發出各種聲響，整個客廳裡洋溢著傍晚六點的歡愉氣息。不過這一切沒辦法讓查理輕鬆下來，他的一顆心彷彿在體內正襟危坐，能夠為他帶來些許慰藉的只有他的幼女。她手裡抱著爸爸先前送給她的洋娃娃，還時不時往他身邊靠過去。

林肯問他過得好不好，他說：「非常非常好。那裡有很多行業的景氣一片低迷，但我們的業績卻做得比先前還要好。說實話，真是好的不得了。下個月我會把我妹妹從美國接過來，幫我看家。去年，我的收入甚至高過先前我還很有錢的時候。因為啊，那些捷克人——」

會這樣自吹自擂當然有他的目的，但是片刻過後他看出林肯的眼神閃過一絲煩躁，就開始見風轉舵，換了一個話題：

「你的兩個小孩很乖啊，你們教得好，很有禮貌。」

「我們也覺得荷諾莉雅是個很乖的小女孩。」

瑪莉安．彼得斯離開廚房，回到客廳。她身材高䠷，從眼神看來總是一副憂心忡忡的模樣，不過想當年她也曾經散發著美國女孩特有的清新可愛氣息。查理從來沒有意識到大姨子當年是個美女，而且每當有人提起這件事，他總是感到很驚訝。也許是因為他們倆從一開始就不對盤吧，看彼此不順眼。

「那你覺得荷諾莉雅怎樣？」瑪莉安問他。

「棒透了。我很驚訝，才十個月她就長大那麼多。孩子們看起來都很棒。」

「他們已經有一整年沒去看醫生了。這次回巴黎來，你覺得怎樣？」

「巴黎的美國人變得那麼少，讓我有種很奇怪的感覺。」

「我倒是很高興。」瑪莉安用強烈的語氣說：「至少現在我們美國人到商店裡去消費可不會都被當成百萬富翁了。跟大家一樣，我們的經濟狀況也受影響，但整體來講我覺得現在比以前快活多了。」

「不過，當初景氣持續繁榮的時候，」查理說：「我們美國人在這裡可以過皇室般的生活，渾身散發著一股魔力，幾乎沒人敢得罪我們。今天下午在麗池飯店的酒吧——」他意識到自己說錯話，一時語塞，「裡面沒有半個我認識的人。」

她用嚴厲的目光看著查理說：「我還以為酒吧那種地方你已經去到不想再去了。」

「我只待了一下下。現在我每天只會在下午喝一小杯，其他時間完全不喝。」

「晚餐前你不想來杯雞尾酒嗎？」林肯問道。

「我只會在下午喝一小杯，而今天我已經喝過了。」

「希望你能保持下去。」瑪莉安說。

任誰從這種冷若冰霜的語氣都感覺得到她不喜歡查理，但他卻只是保持微笑，以免壞了自己的計劃。她這樣得理不饒人的姿態反而讓查理獲得了優勢，而且他深知自己必須忍耐。瑪莉安與林肯也知道他這次來巴黎的目的是什麼，他想要他們主動開口跟他談那件事。

吃晚餐時他心想：荷諾莉雅到底是比較像我，還是像她媽？希望老天爺行行好，那些爛個性把我們夫妻倆害得那麼慘，可別遺傳到她身上啊。此刻他心裡浮現的念頭是，無論如何都要好好保護自己的女兒。他認為自己知道該為她做些什麼。此刻的他跟他爸媽那個世代的美國人一樣，對品格深具信心。他想要再度相信那個老派的信念：萬事萬物都有消逝的一天，只有品格是永恆不滅的。

晚餐後他很快就離開彼得斯家，但沒有直接回到住處。如今他已經不像往年那樣老是醉醺醺，因此令他感到非常好奇的是，在保持清醒與明智的狀況下，夜裡的巴黎會是怎樣的光景？他到「巴黎賭場」音樂廳買了加座票，欣賞了一身巧克力膚色的約瑟芬・貝克[31]表演阿拉伯式芭蕾舞姿。

一小時候他離開「巴黎賭場」，想要慢慢散步到蒙馬特，於是沿著皮加勒街往下走，來到布朗舍廣場。先前雨就已經停了，只見幾家卡巴萊[32]前面有些身穿晚禮服的巴黎人從計程車下來，而流鶯則是四處徘徊，有些獨自一人，也有不少是兩人一組，此外也有許多黑人。某扇燈光照射的門讓他停下腳步，音樂從裡面流瀉而出，往日情懷油然而生。那是一間叫做「紅磚塊」的夜店，過去常常讓他流連忘返，在那裡虛擲的酒錢可說不計其數。他繼續往下走，相隔幾扇門的地方是當年另一個常與朋友聚會的場所，他沒有想太多就把頭往裡面探。片刻間一陣急切的管絃樂音響起，兩位專業舞者隨著樂音跳起舞來，接著是一位領班往他撲過來，大聲招呼他：「大批貴客陸續抵達了，先生！」不過他急忙脫身，退出門外。

他對自己說：「你是怎麼了，沒喝酒就醉了嗎？」

另一家夜店「澤利」[33]已經關門大吉，周遭那些荒涼悽慘的廉價旅館則是一片漆黑。往北走就是比較明亮的布朗舍街，那裡有一群當地法國人七嘴八舌聊著天。那間名為「詩人洞

---

31 Josephine Baker（1906-1975），原籍美國後來歸化為法國人的黑人舞蹈藝術家。
32 cabaret，巴黎的歌舞俱樂部。
33 美國人喬伊・澤利（Joe Zelli）開的俱樂部，於一九三二年結束營業。

穴」的夜店已經不見蹤跡，但「天堂酒館」跟「地獄酒館」都還在營業，他彷彿看見這兩家店張開血盆大口吞噬了一輛觀光巴士寥寥可數的乘客——只有德國人、日本人各一個，還有一對美國夫妻用驚恐的眼神朝他瞥過來。

蒙馬特的繁華彷彿過往雲煙，如今再怎樣努力或費盡心機都是徒然。這裡曾經是任由旅客自甘墮落、揮霍無度的地方，大家再怎樣孩子氣也無所謂，但他突然間有所領悟，終於了解「消散」這兩個字的深意：一切不復存在，消散於空氣中，而本來擁有的東西，也都成為虛無。在這凌晨時分，酒客們想要從一家夜店往另一家夜店移動都需要大費周章，為了享受那種越喝越醉，越走越慢的特權，花的錢也越來越多。

想當年，為了請管絃樂隊幫忙演奏一首歌曲，他曾虛擲好幾張千元法郎鈔票；為了請門僮幫忙叫計程車，幾張百元法郎鈔票就這樣隨手丟出。

但這一切也不盡然都是白白花掉。

就算是那些花得最荒謬的冤枉錢，也可以說是買個教訓。造化弄人，那些最不該忘記的事情原本有可能被他忘記，但是如今他永遠忘不掉了：他忘不掉自己遭剝奪了女兒的監護權，也忘不掉妻子逃離了他身邊，如今在佛蒙特州的墓地裡永遠安息。

在一家小酒館的強光下，有個女人跟他搭訕。他請女人吃了一些蛋和咖啡，接著設法避開她那誘惑的目光，只給她一張二十法郎的鈔票，然後就搭計程車回飯店去了。

II

他睡醒後發現那天是個爽朗的秋日，最適合舉行美式足球賽的那種天氣。昨天的陰鬱已經消散，街上行人在他眼裡看來都很可愛。午餐時間他與荷諾莉雅約在瓦泰勒餐廳吃飯，因為只有那裡不會讓他聯想到香檳酒杯觥籌交錯的晚宴，不會想起那些兩點才開始，吃到暮色朦朧之際才結束的漫長午宴。

「那蔬菜呢？妳不是應該吃點蔬菜嗎？」查理問女兒。

「嗯，好吧。」

「有菠菜、花椰菜、紅蘿蔔，還有扁豆可以點。」

「我想吃花椰菜。」

「要不要點兩種蔬菜來吃？」

「午餐時我通常只吃一種。」

服務生裝出一副很喜歡小孩的模樣，他用法文說：「妳這小東西真是可愛！妳說起話來跟法國小女孩一模一樣欸！」

「那甜點呢？還是吃完飯再點？」查理接著問女兒。

點完餐服務生就離開了。荷諾莉雅用充滿期待的眼神看著父親。

「等一下我們要幹嘛呢？」

「我們先去聖奧諾雷街的那家玩具店，妳想要買什麼都可以。接著我們就去帝國劇院看歌舞雜耍秀。」

她猶豫了一下才說：「我喜歡看歌舞雜耍秀，但是不想去玩具店。」

「為什麼呢？」

「嗯，你已經買這個洋娃娃給我啦！」洋娃娃就在她身邊。「而且我還有很多玩具。還有，我們家不像以前那樣有錢了，不是嗎？」

「我們本來就不是有錢人。不過，今天妳想要買什麼都可以喔。」

「好吧。」她無可奈何地同意了。

過去她母親跟那位法國保姆都還在時，他比較會嚴加管教女兒。如今他放寬了標準，搖身一變，成為寬大為懷的父親。他必須父兼母職，既是嚴父也是慈母，凡事都得要跟女兒好好溝通討論。

「我想要好好認識妳。」他一本正經地說：「首先讓我介紹一下自己。我的名字是查爾斯・威爾斯，家住布拉格。」

「拜託喔，爹地！」她邊笑邊說。

查理還是正正經經的，他說：「那妳是哪位？」他女兒立刻配合演出：「荷諾莉雅・威爾斯，家住巴黎的帕拉蒂內街。」

「已婚或單身？」

「沒有，還沒結婚。單身。」

「但我看到妳有孩子欸，這位太太。」他指著洋娃娃說。

她不願否認娃娃是她的，這問題讓她認真了起來，很快想了一下才回答：「沒錯，我結過婚，不過現在是單身。我丈夫死了。」

「那這孩子的名字是？」他立刻接著問女兒。

「西蒙娜。我讀書時最好的朋友就是叫西蒙娜。」

「妳在學校的表現很好啊，我很高興。」

「這個月我可是第三名欸。愛兒喜表妹才大概第十八名，理查表弟呢，差不多是最後一名。」她驕傲地說。

「妳喜歡理查跟愛兒喜，對吧？」

「喔，喜歡啊。我好喜歡理查，也滿喜歡愛兒喜的。」

查理小心問道：「那麼，瑪莉安阿姨跟林肯姨丈，兩個人裡面妳比較喜歡誰？」他刻意用若無其事的語氣說。

「喔，我想大概是林肯姨丈吧。」

他越來越能意識到女兒的存在感。他們一走進餐廳，一陣陣「喔……好可愛」的竊竊私語如影隨形，這時隔桌的客人則都因為盯著她而安安靜靜，好像不是把她當成活生生的小女孩，而是在賞花。

「為什麼我不能跟你一起住呢？」她突然問道：「因為媽咪去世了嗎？」

「妳必須待在這裡，多學點法文。阿姨和姨丈把妳照顧得非常好，如果是我，恐怕有點難啊。」

「可是我再也不太需要太多照顧了啊。什麼事我都是自己來。」

父女倆正要走出餐廳時，有一男一女過來打招呼，這倒是出乎他的意料。

「嘿，威爾斯老兄！」

「嗨，洛琳……鄧克。」

突然間，往事像鬼魅般纏住他：鄧克就是鄧肯．雪佛，大學時代的老友。洛琳．奎里斯則是個髮色淡金的三十歲甜姐兒——在三年前那段一擲千金的歲月裡，他在許多人的陪伴下過著度月如日的時光，而其中就有洛琳。

「今年我老公沒辦法過來，」她回答了查理的問題。「我們窮得跟鬼一樣，所以他每個月給我兩百美元零用錢，還說我要怎麼花他都不管……這是你女兒嗎？」

「要不要過來跟我們坐一下？」鄧肯問道。

「有女兒在，我沒辦法。」他心想，剛好有個藉口，實在太好了。一如往常，他能感受到洛琳充滿魅力，如此熱情，又令人著迷。只不過，如今他的生活節奏已經跟以往不同了。

「好吧。那吃晚餐怎樣？」她問道。

「今天我沒空。跟我說妳住在哪裡，我再打電話給妳。」

「查理，我相信你沒醉。」她用很肯定的語氣說：「鄧克，老實說我真的相信他沒醉。捏捏他，看他是不是沒醉。」

查理把頭向荷諾莉雅的方向微微擺動，示意他們別鬧了。他們都大笑了起來。

「你住哪裡？」鄧克用懷疑的語氣問他。

他猶豫了一下，實在不願跟他們說他下榻在哪個飯店。

「還沒有固定的住處。我再打電話給你們。現在我們要去帝國劇院看歌舞雜耍秀了。」

「好喔！我正有此意！」洛琳說：「我正想看小丑表演，還有雜耍跟變戲法。鄧克，我們這就去看歌舞雜耍秀吧！」

「我們要先去辦點事。也許可以在那裡碰面。」查理說。

「好啦，誰稀罕跟你一起去……再見囉，漂亮的小娃娃。」

「再見。」

荷諾莉雅很有禮貌，以屈膝禮跟他們道別。

這實在是讓人不太開心的一次偶遇。他們想逗逗查理，是因為他現在的生活回到常軌了，因為他很嚴肅。他們想跟他見面，因為現在他比他們倆堅強，他們想要從他身上汲取一些力量。

到了帝國劇院，查理幫女兒把外套摺好擺在座位上，但荷諾莉雅像個小大人似的拒絕了。現在她已經是個有自己想法的個體，而越是意識到這一點，查理就越是想要在女兒的個性完全定型以前教她一些什麼，讓女兒能與他有幾分相似。但是兩人相處的時間實在太短，就算他想試著了解女兒，恐怕也很難辦到。

中場休息時他們到大廳去聽樂隊演奏，遇到鄧肯與洛琳。

「要喝一杯嗎？」

「可以，但不要坐在吧檯前。找一張桌子坐。」

「有人變成好爹地喔。」

查理其實沒有專心聽洛琳講話，卻緊盯著荷諾莉雅的視線離開他們那一桌，他小心翼翼地跟隨女兒的視線，想知道她到底在看什麼。父女倆四目相交之際，女兒露出微笑。

「我想喝那檸檬水。」她說。

她那句話到底有何深意？他原本以為女兒會說什麼？看完表演後他送女兒回家，在計程車上他摟著女兒，讓她的頭貼在他胸口。

「寶貝，妳會不會想念媽媽？」

「嗯，有時候。」她含糊地回答。

「希望妳別忘記她。妳有她的照片嗎？」

「嗯，我想我有。要不然，瑪莉安阿姨應該也有。你為什麼希望我別忘記她？」

「因為她很愛你。」

「我也愛她。」

他們沉默了片刻。

「爹地，我想去跟你一起住。」她突然說。

他的一顆心好像要從胸口跳出來。她終於開口了，查理原本就是希望那件事能這樣展開。

「妳住在阿姨家不是很開心嗎？」

「開心啊，但我最愛的還是你。而且，既然媽咪已經去世了，這世界上你最愛的不就是我嗎？」

「我當然最愛妳。寶貝，但是妳不會一直最喜歡我。妳會長大，然後認識跟妳年紀差不多的男生，然後就跟他結婚，接著就把我這老爸忘得一乾二淨啦。」

「嗯，這倒是沒錯。」她用淡淡的口氣說。

他沒有進彼得斯家。等一下他會在九點回來這裡。為了要跟他們談那件事，他希望自己能保持清醒，腦袋清楚明白。

「等到妳安全回家後，在房間窗口露個臉，讓我知道吧。」

「好的。掰掰，把拔，把拔，把拔，把拔。」

他在昏暗的街上等到她在窗口出現，整個人看來如此溫暖光亮，然後在窗邊用手指做出飛吻的動作，把愛送給黑夜裡的父親。

III

他們夫妻倆一起等待著。瑪莉安坐在一整套咖啡器具後面，身穿一套得體的黑色晚禮服，只隱約透露出一點悼亡的意味。林肯則是在客廳裡走來走去，從他充滿精神的模樣看來，剛剛肯定一直在講話。查理急著切入正題，林肯與瑪莉安也是。

他幾乎是開門見山就與他們討論了起來：「我想你們應該知道我為什麼會過來——知道我這趟來巴黎幹嘛。」

瑪莉安用手撥弄項鍊上的一顆顆黑色星星，眉頭皺了起來。

查理接著說：「我非常非常想要有個家。我非常非常希望荷諾莉雅能跟我一起住。這段時間你們能代替她母親照顧她，我很感激，但現在情況好轉了……」他猶豫了一下，然後用更有力的語氣接著說：「我是說，現在我的情況非常好，所以希望你們能夠考慮一下那件事。我不是笨蛋，所以我不會否認三年前自己的確幹了很多蠢事——」

瑪莉安抬起頭，用嚴厲的眼神盯著他。

「——不過，那個我已經死了。我跟你們說過，過去一年多來我每天最多就只是喝一杯而已，而且我故意沒有完全戒掉，只喝一杯，就是為了證明酒精在我的想像中不會太過膨脹。你們懂我的意思嗎？」

「不懂。」瑪莉安很明白地說。

「這是我刻意對自己施展的招數。讓我能夠好好控制喝酒這件事。」

「這我懂。」林肯說：「你是希望能夠完完全全拒絕酒精的吸引力。」

「差不多是那樣。有時候我自己忘記了，就沒喝酒。但我會試著保持一天一杯。總之，我可不能再因為喝酒而把事情給搞砸了。讓我幫忙談生意的那些人對我的表現非常滿意，接下來我會把我妹從伯靈頓[34]接來布拉格幫我看家，所以我非常希望能夠把荷諾莉雅安頓在我家。你們都很清楚，就算當年我跟她媽曾經鬧得不愉快，但我們從來沒有讓荷諾莉雅受到一丁點影響。我知道她喜歡我，我也很清楚自己有辦法好好照顧她，還有……嗯，大概就是這樣。你們覺得呢？」

他算準了此刻自己難免遭到一頓痛斥。他可能會被罵個一小時或兩小時，他會覺得很難過。被罵當然難免憤恨，但要是他能夠展現出受到應有懲罰的態度，證明自己已經是個痛改前非的罪人，終究還是有可能達到目的。

他告訴自己，可別發脾氣啊。吵架吵贏也沒用。你的目的是把荷諾莉雅帶回家。

先開口的是林肯：「上個月收到你的來信後，我們夫妻倆就一直討論這件事。我們非常樂意讓荷諾莉雅繼續待在家裡。她真的是個小甜心，我們很開心能夠幫助她，但我也很清楚，這並非重點——」

34 Burlington，佛蒙特州最大的城市。先前曾提及查理的妻子埋骨於佛蒙特州，所以那裡應該就是查理的故鄉。

瑪莉安突然打斷林肯。「查理，你能夠像這樣保持清醒多久？」她問道。

「永遠保持下去，我當然希望這樣。」

「但有任何人能為這件事打包票嗎？」

「你們也知道，我本來並不是個爛酒鬼，是因為我把美國的工作辭掉，來到這裡之後無所事事才會那樣。後來我跟海倫才會開始到處——」

「拜託！別把海倫牽扯進來！那種話我聽不進去。」

他冷冷盯著瑪莉安。說真的，她們姊妹倆的感情到底有多好？在海倫生前他根本也搞不清楚。

「我是在遷居巴黎後才開始酗酒，大概只有一年半，直到……我的人生垮掉。」

「一年半還不夠嗎？」

「夠了。」他無法否認。

「我完全是因為海倫才會管這件事。」她說：「我試著去思考，要是海倫地下有知，她會希望我怎麼做？坦白講，打從你在那一晚幹了那件可怕的事情後，對我來講你已經跟死人沒兩樣。沒辦法，她可是我妹妹啊。」

「我了解。」

「她臨死前在病榻上哀求我幫她照顧荷諾莉雅。要不是當時你在療養院接受治療，你有必要來這裡拜託我們嗎？」

查理無言以對。

「我這輩子再怎樣也不會忘記那個早上海倫來敲門找我的模樣。她身體溼透了，渾身不停顫抖，跟我說你把她鎖在門外。」

查理用兩手緊緊握住椅子的扶手。他知道會很難熬，但不知道會這麼難熬。他很想跟瑪莉安好好理論一番，提出抗議，為自己辯解，但終究他只是說了一句：「我把她鎖在門外的那一晚——」不過，瑪莉安打斷他，對他厲聲說道：「我可受不了你又要提那件事。」

客廳裡沉默片刻後，林肯說：「我們就先別提那件事了。現在，監護權在瑪莉安手裡，所以你希望她能放棄，讓你可以把荷諾莉雅帶走。我想，對瑪莉安來講最重要的無非是她能否信任你。」

「這不能怪瑪莉安，」查理用緩和的語氣說：「不過我想她可以完全信任我。我這輩子都是個好人，名譽直到三年前才毀於一旦。既然我是人，當然就隨時有可能出差錯。不過如果我繼續再這樣跟你們耗下去，就快要錯過荷諾莉雅的童年了，也錯過重組家庭的機會，」他搖搖頭，接著說：「到時候，我就永遠失去她了，難道你們不懂嗎？」

「懂，我懂。」林肯說。

「那你以前為什麼不會這麼想？」瑪莉安質問他。

「我想我偶爾還是會有這種念頭。不過，因為那時候海倫跟我處不好，我也顧不了那麼多。那時候我會同意放棄監護權，一來是因為還躺在療養院，二來股市崩盤害我變成窮光蛋。我知道這一切都是我不好，而且當時我的想法是，如果能夠讓海倫好好安息，無論要我同意什麼都可以。但現在情況不同了。我的生活又回歸正常，我他媽變得規規矩矩，至少就——」

「別在我面前罵髒話。」瑪莉安說。

他被這句話嚇到，只能看著她。他心想：是怎樣？我講一句她就頂一句，討厭我的感覺越來越明顯。她簡直是把畢生的恐懼感匯集成一堵高牆，嚴嚴實實擋在我前面。連罵髒話這種瑣事也拿出來挑剔，有可能是她幾個小時前被家裡的廚子給惹到。查理越想越驚，只覺得他再也沒辦法讓荷諾莉雅待在這個對他充滿敵意的環境裡。但凡他們說了一句對查理不信任的話，甚或只是搖搖頭，遲早都會讓荷諾莉雅在心底留下對於父親的壞印象，而且無可抹滅。儘管怒火中燒，但他竭力保持臉色平和。查理知道這次理虧的是瑪莉安，因為林肯也覺得那句話有點荒謬，才會輕聲問她：妳什麼時候開始管別人說「他媽」這兩個字？

「還有，」查理說：「現在我已經有辦法提供她一些更好的生活條件。這次我會聘個法國女家教，帶著她回布拉格，把荷諾莉雅教好。我還新租了一間公寓——」

他意識到自己說錯了，馬上停了下來。要是他們知道他的收入又回復往日的水準，是他們的兩倍之多，難道會很高興嗎？

「比起我們，我想你的確能夠讓她過上更好的生活。」瑪莉安說：「想當年你一擲千金的時候，我們可是連十法郎也得要錙銖必較……我想你遲早又會開始做那件事。」

「喔，不會了。」他說：「我已經學到了教訓。你們也知道，我曾經有十年都是辛苦幹活的——直到我跟許多股民一樣，在股市靠運氣發達了。運氣真的非常好。想當年，我以為繼續工作下去也沒意義了，所以才會辭職。但我以後不會重蹈覆轍。」

三人之間陷入一陣長久沉默。他們都感覺到自己把神經繃緊，而查理則是心想：如果這時候能夠來一杯，該有多好？因為現在他已經可以確定，林肯．彼得斯希望查理能把自己的孩子帶回家。

瑪莉安則是心頭一震，她內心深處隱約可以看出查理如今又做回那個腳踏實地的自己，她也因為天然的母性而可以感覺到，查理有多想要把女兒帶回家，這是再自然不過的。只是她已經抱持著偏見太久了——一種莫名其妙油然而生的偏見，因為妹妹的幸福人生好到讓她無法置信，而歷經那恐怖夜晚的震驚之後，那偏見突然轉化成憎惡，讓她徹底討厭查理。這對她來講也是無可奈何，因為她也沒想過自己這輩子會親眼看到妹妹生病驟逝，她被迫處理一堆問題，所以當然就認定眼前的查理確實幹了一件壞事，是個活生生的壞人。

「我就是對你有疑慮，我自己也無法控制。」她突然大聲說道：「說真的，我也不知道你該為海倫的死負多少責任。如果你還有良心，那就請你自己好好去想一想。」

他的情緒彷彿電流穿透全身，差點爆發出來。曾有那麼一刻他差點站起來，一句話幾乎脫口而出，但終究還是哽在喉嚨裡。他要自己好好克制一下，再一下就好。

「等等，」林肯很不自在地說：「我可從來不覺得海倫是你害死的。」

「海倫是死於心臟病。」查理悶悶地說。

「對，就是心臟病。」瑪莉安說，不過，她的語氣聽來好像另外意有所指。

一陣情緒爆發過後，氣力放盡的她終於能心平氣和看待查理，儘管不知道箇中原由，卻發現查理已經掌控了整個局面。她看了丈夫一眼，很清楚他並非站在自己這邊，無法提供幫助。突然間，彷彿這件事根本不重要似的，她舉起白旗認輸。

「愛怎樣隨便你！」她從椅子上跳起來大叫：「她是你女兒。我有什麼立場可以阻礙你？如果她是我女兒，我寧願她——」話已經說到嘴邊，她卻設法吞下去。「交給你們倆決定吧。我受不了了。我身體不舒服，先去睡了。」

她匆匆離開客廳，而片刻過後林肯說：

「今天讓她很難熬。你也知道她在這件事上面比較激動……」他講話時語氣幾乎透露著歉意，「女人啊，只要心裡有成見就會這樣。」

「我了解。」

「會沒事的。我想現在她應該也很清楚你……能為孩子提供比較好的生活環境了，所以我們也不便礙事，否則不但阻礙了你，也阻礙了荷諾莉雅。」

「感謝你，林肯。」

「我最好進去看看她現在怎樣。」

「那我也先走了。」

他出門後走到街上時，仍是渾身顫抖，但是在從波拿巴街走向塞納河畔碼頭的路上，他平靜了下來。在碼頭的路燈下，河面看來如此清新，而他的心情在渡河時則是變得歡欣鼓舞。不過，回到飯店房間後他無法成眠，因為海倫的模樣浮現腦海中，始終縈繞心頭。他曾經深深愛海倫，但後來他們倆卻毫無意義地展開一段虐心之愛，把對方的心撕成碎片。在瑪莉安永難忘懷的那個可怕二月夜晚，查理與海倫夫妻倆吵個不停，持續兩小時之久。他們先是在佛羅里達飯店鬧得不可開交，然後查理試圖把老婆帶回家，沒想到她卻跑到另一桌去親某個叫做韋伯的年輕人，接著她開始歇斯底里地胡說八道。查理獨自回到家裡，在一陣盛怒之下把大門從室內反鎖起來。問題是，他哪裡料得到一小時後會下起一陣暴風雪？哪料得到腳上只穿著拖鞋的海倫竟然因為心煩意亂而沒辦法攔到計程車，只能在風雪中四處遊蕩。此次慘劇過後，海倫雖然罹患肺炎卻奇蹟似的康復，雖然餘悸猶存，但終究平靜下來。夫妻倆表面上看來是「和解」了，豈料這竟然只是終局的序章。瑪莉安看著悲劇在她眼前發生，而在她心裡，妹妹因為所嫁非人而成為婚姻的受害者，上述事件只是她許多不幸遭遇之一，這一切將成為她永難磨滅的記憶。

這些歷歷在目的往事讓查理覺得海倫彷彿就在眼前，到了破曉時分的白色柔和天光下，他在半夢半醒之間意識到自己又跟妻子說起了話。她說，關於荷諾莉雅這件事，查理完全是正確的，她也覺得女兒就該跟父親住在一起。她還說，查理現在能夠過上好日子，而且漸入佳境，實在令她感到欣慰。她還說了其他很多事，而且都是些開開心心的事，不過她身上穿著一襲白色洋裝坐在鞦韆上，而且鞦韆越盪越快，快到查理在最後竟然無法聽清楚她到底說了些什麼。

IV

醒來時他覺得很開心。世界的大門再次為他敞開。他為荷諾莉雅與自己想了很多計畫，為他們倆勾勒出種種願景，想像未來的許多可能性，但突然間卻又因為想起他與海倫做過的那些計畫而陷入陰鬱。意外死亡可不在她的計畫裡。查理只能放眼現在，把工作做好，好好愛女兒。不過，他也很清楚自己不宜溺愛女兒，因為父親對女兒或者母親對兒子如果太親暱，對小孩都是愛之適足以害之。離開爸媽後，他們自己到外面的世界去闖蕩，自然而然會想要在另一半的身上看到同樣的盲目柔情，但卻很可能無法如願，到頭來開始變成不相信愛情而且厭世的人。

今天又是個明亮清爽的日子。查理想要確認自己到底能否帶著荷諾莉雅一起回布拉格，於是打電話到林肯・彼得斯任職的銀行去問他。林肯說，那是當然的，這件事沒有必要繼續耽擱下去了。不過，唯一的問題是監護權。瑪莉安希望不要立刻放手，想要多保留一陣子。瑪莉安對這整件事感到不太開心，所以如果未來一年能讓她覺得自己還是有辦法全盤掌握情勢，那麼事情就會比較好辦。查理並未反對，畢竟他所想望的就只是女兒能待在他身邊，隨時能看到。

接下來就是女家教人選的問題了。在一家陰暗的家教介紹所裡，查理面試了兩位候選人：一個來自貝亞恩地區，脾氣很差；另一個是來自布列塔尼的村姑，身材豐腴。但兩者他都覺得不合格，明天還有幾位人選會來讓他面試。

他在葛里豐咖啡館與林肯．彼得斯一起吃午餐，用餐時刻意壓抑自己的歡樂心緒。

「沒什麼比得上自己的孩子，」林肯說：「不過我想你應該也了解瑪莉安的感受。」

「她完全忘記我也曾在美國努力工作過七年，」查理說：「只記得那一晚發生什麼事。」

「還有，」林肯猶豫了一下，還是開口說：「當年你跟海倫能夠在歐洲周遊列國，花錢如流水，但我們的生活卻只是衣食無缺而已。我沒有辦法靠股市發大財，因為我這個人本來就生性保守，最多也就是買買保險而已。我認為瑪莉安只是心裡不是滋味，因為你後來甚至根本不用工作，卻還是越來越有錢。」

「那種錢來得快也去得快啊。」查理說。

「說到那些錢，很多都留在飯店侍者、薩克斯風樂手跟餐廳領班手裡了，因為你們給了很多小費啊——現在真是到了曲終人散的時刻。我會說這些，只是為了讓你知道瑪莉安對於當年那些像是搭乘雲霄飛車的日子有何感想。別等到瑪莉安累了再來。如果你能在大概六點來我家，我想我們應該可以當場把這件事敲定。」

回到飯店後，查理拿到一封透過氣送管從麗池酒店轉來的信件，因為查理想要找人，所以把自己的住處地址留在那裡的酒吧。

親愛的查理：

那天我們偶然遇見你的時候，你到底是怎麼了？難道我做了什麼冒犯你的事？如果真有冒犯之處，請你告訴我。事實上，過去一年來我真是想死你了，而我心裡始終有個念頭，想說如果我來這裡是否就可能遇見你。那年春天我們倆玩得好瘋，但的確也很快樂啊！像是某一晚你跟我去偷了那輛肉舖的三輪車，還有那次你竟然戴著只剩帽簷的老舊圓帽，手拿鐵絲做成的手杖，嚷嚷著要跟我一起去拜見總統。最近怎麼大家都變得跟老傢伙一樣不好玩？可是偏偏我覺得自己完全沒變老。看在老交情的份上，難道我們今天不能找個時間敘敘舊嗎？現在我的宿醉還很嚴重，但我想下午應該就會好多了。我大約會在五點到麗池飯店那家簡直像黑店的酒吧找你。

你永遠的老朋友

洛琳

看到信件的當下他先是感到膽戰心驚，心裡想著：我又不是小孩子，怎能真的偷走三輪車，在凌晨到破曉之間載著洛琳到星形廣場[35]晃來晃去？如今回想起來，簡直是惡夢一場。把門反鎖害海倫無法回家，在他這輩子可說是絕無僅有的行徑；相較之下，偷三輪車這種蠢事卻不是那樣——他幹過的類似蠢事還真不少。想當年他到底是放浪形骸了幾週或者幾個月，才讓人生達到那種完全不負責任的境界？

他試著回想：在那當下，他眼中的洛琳到底是什麼模樣？應該是風情萬種。這讓海倫非常不開心，但是她忍氣吞聲。昨天在餐廳偶遇時，洛琳看來似乎是如此平凡又憔悴，而且精神狀態不佳。他心想，絕對不能跟她見面，而且還好阿力克斯並沒有透露他下榻飯店的地址。算了吧，還是想一想荷諾莉雅，想一想往後每週日都能跟她在一起，除了每天早上能跟她說早安，到夜裡她也會在他們倆的家中，熄燈後在房間裡安然入睡。這些想法讓查理的心恢復平靜。

他在五點鐘搭車離開飯店，為彼得斯家的每個人都買了一件禮物：一個淘氣可愛的洋娃娃、一盒羅馬士兵公仔，花束是買給瑪莉安的，林肯則是一條亞麻布料大手帕。

到了彼得斯家的公寓時，他看得出瑪莉安已經接受這無可避免的事。透過她打招呼時的語氣，查理知道她已經把自己當成家人，雖然還是難搞，但至少不是個帶有威脅性的外人。他們已經事先告知荷諾莉雅，說她可以跟爸爸離開，而查理樂見女兒內心竊喜卻沒有表現出

35 Place de l'Étoile，後來在法國總統戴高樂去世後更名為戴高樂廣場，以資紀念。

來，這表示她很懂事。荷諾莉雅一直等到坐在他的大腿上才悄聲說出自己很高興，還問了一句：「什麼時候走呢？」接著才跟著表妹和表弟跑開。

查理跟瑪莉安在客廳裡獨處了片刻，因為一時衝動，他大膽說道：

「家人之間不和實在令人痛苦。這種事沒有任何規則可循。如果拿身體來比喻，與其說像是哪裡疼痛或出現傷口，倒不如說彷彿皮膚龜裂，但是因為身體的養分不夠而始終無法癒合。希望我們倆以後能夠好好相處。」

「有些事情實在是很難忘記。」她答道：「這是信任度的問題。」查理無言以對，於是她很快問道：「你打算什麼時候帶她走？」

「等我找到女家教就走。希望後天就能找到。」

「那可不行。我得要幫她做點準備。最快也要等到星期六。」

他讓步了。回到客廳後，林肯拿了一杯酒給他。

「這就是我一天能喝一杯的威士忌了。」他說。

客廳裡很溫暖，就像一般的住家那樣，家人聚在火爐邊取暖。孩子們感覺生活很安穩，備受珍惜，至於爸媽，則是非常穩重顧家。彼得斯夫婦得要幫孩子們做很多事，而他的來訪可就沒那麼重要了。畢竟，相較於餵小孩吃藥，瑪莉安和他之間的關係緊張可說是微不足道的小事。他們並不是無趣的爸媽，只不過必須為了五斗米折腰，而生活的實際需求也令他們處處受限。查理心想：難道我不能做點什麼來幫助林肯擺脫那銀行上班族的生活嗎？

宏亮的門鈴聲響了好一陣子，負責打點一切家事的那個女僕經過客廳，沿著走廊走向門口。門鈴又響了一長聲後門才打開，然後是一陣人語聲從門口傳過來，客廳裡的三個大人都抬起頭來看，想知道是誰來了。林肯移動身子，走到可以看見走廊的地方，而瑪莉安則是站了起來。女僕沿著走廊走回來，身後有人聲緊緊跟隨，到了有燈的地方才出現人形——原來是鄧肯．雪佛與洛琳．奎里斯。他們看起來快快樂樂、嘻嘻哈哈，時而大聲笑起來。查理心裡一陣驚恐，想不透他們到底是從哪裡弄到彼得斯家的地址。

「啊——啊——啊！」鄧肯一邊用一根手指著查理，一邊對著他說：「啊——啊——啊！」顯然是要鬧他。

他們倆又爆出另一陣笑聲。查理內心慌亂，不知所措，只能快快跟他們握握手，把兩人帶到林肯與瑪莉安面前。瑪莉安只是點點頭，幾乎沒開口。她已經往後朝火爐退一步，一隻手摟在身邊的女兒愛兒喜肩頭。

對於這兩位不速之客，查理感到越來越不耐煩，等著他們解釋自己的來意。鄧肯打起精神後才說道：

「我們是來邀請你去吃晚餐的。你幹嘛這樣遮遮掩掩、小心翼翼，不肯告訴我們地址？洛琳跟我都覺得你夠了喔。」

查理朝他們靠過去，看來像是要把他們往走廊的方向逼退。

「不好意思，但我不能跟你們吃晚餐。跟我說你們要去哪裡，我半小時後打電話過去。」

他們沒理會他。洛琳突然在一張椅子的側邊坐下來，兩眼盯著理查，對他大聲說：「喔！好漂亮的小男生！過來啊，小朋友。」理查瞥了母親一眼，但沒有移動。只見洛琳聳聳肩，轉身對查理說：「一起來吃晚餐嘛！你的大姨子跟她老公肯定是不會來的。你看你，幹嘛那麼嚴度——喔，不對，是嚴肅。」

「我不能去。」查理嚴厲地說：「你們趕快去吃晚餐，我會打電話過去。」

突然間她用不悅的聲音說：「好啦，去就去。不過啊，想當年你還不是曾經在凌晨四點到我家門口用力捶門。虧我夠朋友，還倒酒給你喝欸！鄧克，我們走！」

他們的動作還是慢吞吞，一臉慍色，看來不太清醒，踩著紊亂的腳步往走廊走下去。

「晚安。」查理說。

「晚安！」洛琳故意用特別重的語氣說。

等到查理走回客廳，只見瑪莉安還是站在原來的位置，只不過這時候另一隻手摟著她兒子。林肯還是抱著荷諾莉雅來回擺動，像鐘擺左右搖晃似的。

「太扯了！」查理脫口開罵：「真的是太扯了！」

瑪莉安與林肯都沒有答腔。查理往後躺進一把扶手椅，拿起他的威士忌後又放下，接著說：

「我都兩年沒見他們了，真是膽大包天——」

瑪莉安突然發出一陣短促的「喔」！聲音聽得出帶著怒意。查理隨即住嘴，只見她用力把身體轉過去，離開客廳。

林肯輕輕放開荷諾莉雅。

「孩子們，去裡面喝湯吧。」他說。他們都乖乖進去後，他接著說：

「瑪莉安身體不好，她可受不了這樣的驚嚇。那種人真的會讓她渾身不舒服。」

「我沒有叫他們過來啊。他們不知道從哪裡打探到你家的地址。他們故意——」

「總之，這實在是太糟了。對你一點幫助也沒有。先失陪一下。」

查理獨自一人坐在客廳的椅子上，渾身緊繃。他可以聽見孩子們在飯廳吃飯的聲音，交談時的用語都很簡短，完全忘記剛剛大人們在客廳裡鬧得不愉快的那一幕。更遠處傳來一陣低聲交談的聲音，接著查理聽見有人拿起電話話筒的喀吖聲，於是他急急忙忙移動到客廳另一側聽不見聲音的地方。

片刻過後林肯回來了。他說：「嗯……查理。我想今天晚餐就算了。瑪莉安的狀況不太好。」

「她在生我的氣嗎？」

「有一點。」林肯幾乎語帶含糊地說：「她身子比較弱，而且——」

「你是說她改變心意，不讓荷諾莉雅跟我走了嗎？」

「她現在很難過。我也不知道。你明天打電話去銀行給我吧。」

「希望你能幫我解釋一下，我做夢也沒想到那兩個傢伙會過來這裡。我跟你們一樣生氣啊！」

「現在無論我說什麼她都聽不進去啊。」

查理站起身來，拿起外套與帽子，開始往走廊移動。接著他打開飯廳的門，用很不自然的聲音說：「晚安了，孩子們。」

荷諾莉雅站起來，繞過餐桌後抱住他。

「晚安，寶貝。」他用含糊的聲音說，接著他用更溫柔的聲音對女兒說：「晚安，我親愛的孩子。」那聲音聽來好像是要壓抑住自己的情緒。

V

滿腔怒火的查理直接前往麗池飯店的酒吧，想要去找洛琳與鄧肯理論，不過撲了個空。他這才意識到，就算找到人又怎樣？對他一點幫助也沒有。在彼得斯家他沒有喝那杯酒，於是他點了一杯威士忌蘇打。頭號酒保保羅過來跟他打招呼。

「真是今非昔比啊！」保羅難過地說：「現在的生意大概只有以往的一半。聽說很多我認識的人都變成窮光蛋。就算他們經得起第一次股市崩盤，到了第二次也都被榨乾了。我也聽說你朋友喬治・哈特落得身無分文的下場。你回美國定居了嗎？」

「沒有。我在布拉格做生意。」

「我聽說股市崩盤害你虧了很多錢。」

「的確，」接著他用陰鬱的語氣多說了一句，「但是，早在股市飆漲時我就已經失去一切了。」

「大概是因為做空吧。」

「差不多是那樣。」

那些日子的記憶再次如夢魘般縈繞他的心頭——像是他與海倫四處為家時認識的那些人，然後是那些醉到連最簡單的加法都忘掉，連一句完整的話都說不出口的人。還有某次他們上船參加派對遇到那個矮個子男人，雖然海倫答應跟他共舞，但那傢伙轉過身就在餐桌幾步以外的地方辱罵起她。以及一些年紀或大或小的女性，可能是喝醉或嗑藥嗑嗨了，被人從公共場所拖走時還大叫大罵個不停——

——當然還有那個鎖起門害妻子被困在大雪中的男人，因為一九二九年的雪不是真的雪。如果希望那不是雪，任誰只要付錢都能辦到。

他走到話機邊打電話給彼得斯家的公寓，接電話的是林肯。

「因為惦記著這件事，我才打電話過來。瑪莉安有把話說死了嗎？」

「瑪莉安病了。」林肯只是簡要地答道：「我知道這件根本就不是你的錯，但我也不能追問她，害她崩潰。恐怕這件事只能緩一緩了，就等六個月後再說吧。我不能讓她再次因為受到刺激而變成這樣，這個險我冒不起。」

「我了解。」

「我很遺憾，查理。」

查理回到座位上。他的威士忌杯已經空了，雖然阿力克斯使個眼色，問他要不要再來一杯，但他只是搖搖頭。如今他也沒什麼可以做的，只能再送一些東西給荷諾莉雅，明天他會拿很多東西過去給他。想到這裡他就滿腔怒火：不過就是錢嘛！我以前不知道白白給了別人多少錢……

「不，不用了。」他對另一位服務生說：「我該付多少錢？」

總有一天他會回來。他願意補償自己的過失，但總不能要他無止境地償債吧？不過，他就是想要女兒回到自己身邊，而目前來講沒有什麼比這件事更重要。他不再是個年輕人了，很多美好的想法與夢想只能藏在心底。假使海倫地下有知，不會願意看到他這樣孤零零一人，這是他非常確定的。

酗酒個案

出處：《君子雜誌》（一九三七年二月）

I

「給……我……放下……欸欸欸！拜託，現在，好嗎？不要再喝了！快點……酒瓶給我。我說過，我會保持清醒斥責你，快點，如果你在外面就這……樣……那你回家會是怎樣，快點……給我……我會幫你留半瓶，拜……託，你知道卡特醫生是怎麼說的……我得保持清醒斥責你，或者倒掉瓶裡的酒，我說過了，我沒力氣和你耗整晚……好吧，你這個笨蛋喝到死算了。」

「妳想喝點啤酒嗎？」他問道。

「不，我不要啤酒，天啊，一想到我要再看你喝醉，老天啊！」

「那我喝可口可樂好了。」

女孩坐在床上喘氣。

「你沒有任何信仰嗎？」她問道。

「妳相信的我都不信……拜託……不要灑出來。」

她什麼也做不了，她心想，想要幫他也是白費力氣，他們又爭執了一次，但這次他將頭埋在雙手裡坐了片刻，接著再度轉過身來。

「你再搶，我就砸破它。」她快速地說道：「我會……砸在浴室的磁磚上。」

「那我會踩到碎玻璃……不然就是妳會踩到。」

一那你就放手……喂！你答應過……」

突然間，酒瓶如魚雷般滑落她的手，在地上邊滾邊反射出紅色、黑色的光芒，以及「加拉哈德爵士，路易維爾蒸餾琴酒」的字樣，他一把抓起瓶頸，將酒瓶扔進開著門的浴室。酒瓶碎片散落一地，周圍陷入一片沉默，她在閱讀《飄》，讀著久遠以前發生的美好事物。她開始擔心他若走進浴室，可能會被割傷腳，她時不時抬頭確認他是否會走進去。她昏昏欲睡——上一次抬頭看時他還在哭泣，他看起來就像她曾在加州照顧過的猶太老人，那個老人很常跑廁所。這個案子讓她一直很不開心，但她心想：

「我要是不喜歡他，就不會待在這裡了。」

她突然良心發現，起身拿了一張椅子放在浴室門前。她一直很睏，因為他那天一大早就叫醒她，叫她找來一份刊載耶魯對達特茅斯比賽的報紙，而且她一整天都沒踏進家門。那天下午，他的一名親戚前來探望，她在外面的大廳等候，一陣風吹來，但她沒有毛衣可以加在制服外。

她想盡辦法讓他入睡，當他垂頭喪氣地坐在書桌前，她拿了一件袍子披在他的肩上，再拿一件蓋在他的膝蓋上。她在搖椅上坐下，但她不再感受到睡意。她得將許多事都記錄在表格上，她小心地找到一枝鉛筆並寫下：

脈搏：一百二

呼吸：二十五

體溫：攝氏三十六點七——三十六點九——三十六點八度

備註——

——她本來可以寫更多：

試圖搶奪一瓶琴酒，後來丟掉並摔破酒瓶。

但她修正為：

酒瓶在雙方搶奪中掉落摔破，病人基本上不太配合。

她開始在報告中補充：**我再也不想接酗酒的案子了**。但事實並非如此。她知道她可以七點起床，在他姪女醒來前將一切清理乾淨，這都是她職責所在。但當她坐在椅子上，看著他的臉，蒼白而無力，一邊再次計算著他呼吸的頻率，一邊猜想著這一切為什麼會發生。他今天的態度一直都很好，還一時興起畫了連環漫畫送給她，她本來打算拿去裱框掛在房間裡。她再次感受到他消瘦的手腕與她的手腕對抗，記得他說過那些不堪入耳的話，也想起醫生昨天對他說的話：

「你人這麼好，不要這樣折磨自己。」

她筋疲力盡，不想清理浴室地板的碎玻璃，因為一旦等他的呼吸歸於平順，她想要把他移到床上。但她最後決定先清理碎玻璃，雙腳跪地搜尋最後一塊碎片，她心想：

……這不是我該做的事，這也不是**他**該做的事。

她懷著怒氣起身、看著他，從他瘦削的鼻子輪廓呼出了微弱的鼾聲，像是遙遠又無以慰藉的嘆息。醫生已經藉故放棄，她知道此個案已經超出她的能力範圍，除此之外，她在仲介機構上的資料卡上，早已按照前輩的建議寫上：「不接酗酒個案。」

她已經盡力完成工作，但腦中還是不停想著，他們在房間裡搶奪琴酒瓶時，曾暫停片刻，他問她撞倒門板的手肘是否受傷，她回答道：「你都不知道別人怎麼看你，無論你怎麼看待自己……」雖然她心知肚明他已經不在乎這種事很久了。

她將碎玻璃全部收拾乾淨——後來拿出掃把確認時，她發現碎成片的玻璃比他們當初彼此對視好一陣子的那扇玻璃窗還少。他不知道他妹妹的事，以及她差點要嫁給比爾・馬可，她也不曉得他變成這樣的原因：他的書桌上放著他與年輕妻子和兩個兒子的合照，照片裡的他清爽有型、英俊瀟灑，他五年前應該就是這個樣子。這一切都非常沒道理——她將撿起碎玻璃時割傷的手指用繃帶纏起來，下定決心不會再接任何酗酒個案。

II

隔天傍晚稍早，幾個萬聖節的搗蛋鬼砸破巴士的側窗，她移到黑人區坐下，以防玻璃脫落，她手上拿著病人給的支票，但這個時間根本不可能兌現，她錢包裡只有一枚二十五分硬幣和一分錢硬幣。

兩位她認識的看護正在希克森夫人仲介所的大廳等待。

「妳現在照顧的是什麼樣的個案？」

「酗酒。」她說道。

「對……葛蕾塔．霍克斯向我提過……妳在照顧那個住在森林公園旅館的漫畫家。」

「是的，沒錯。」

「我聽說他挺無禮的。」

「他從沒做什麼太過分的事。」她說謊道：「妳不能將他們當成犯人對待……」

「好的，別生氣……我只是聽說……唉，妳知道的……他們會想要妳陪他們……」

「好了，閉嘴。」她說道，對自己逐漸累積的怒火感到訝異。

過了片刻，希克森夫人走了出來，請其他兩位再等等，示意她進辦公室。

「我不想讓年輕女孩接這種案子。」她開口說道：「我接到妳從飯店打來的電話。」

「哦，情況沒有那麼糟，希克森夫人，他不知道他在做什麼，他也沒有傷害我，我比較擔心妳對我的評價，他昨天一整天真的都很好，還為我畫了……」

「我本來不想讓妳接那個案子。」希克森夫人用拇指翻著登記卡。「妳接肺結核病人，對吧？沒錯，卡片上是這麼寫的，現在有一個……」

電話持續響個不停，看護聽著希克森夫人明確地說著：

「我會盡力……這只能看醫生如何診斷……那已經超出我的職責了……哦，哈囉，海蒂，不，我現在不行，聽著，妳那邊有任何擅長應付酒鬼的看護嗎？森林公園旅館有人需要看護，回電給我好嗎？」

她放下話筒。「妳在外面等一下。所以，他到底是個怎樣的人？他會對妳做出什麼無禮舉動嗎？」

「他會抓住我的手，」她說道：「所以我無法幫他打針。」

「哦，他還想逞強。」希克森夫人咕噥道：「他們都該進療養院，兩分鐘後會有個案子進來，妳可以藉此稍微喘口氣，是一位老太太……」

電話又響了，「喂，哈囉，海蒂……好的，那史文森家那個高大的女孩呢？她應該有辦法照顧酒鬼……那約瑟芬·馬克漢呢？她不是和妳住同一棟嗎？……請她聽電話。」過了一會兒，「喬，妳願意接那位有名的漫畫家……藝術家……我不知道他們自稱什麼，森林公園旅館的那個案子嗎？……不，我不知道，是卡特醫生的病人，醫生大概十點會到。」

希克森夫人沉默了好長一段時間，接著不時開口說道：

「我懂……當然，我明白妳的想法，是的，應該不危險……就是有點麻煩而已，我本來就不喜歡派女性看護到飯店，因為我知道妳們可能會遇到一些奇怪的人……不，我會找到人的，即便是在這種時間，沒關係，謝謝，幫我跟海蒂說，我希望那頂帽子配得上那件晨袍……」

希克森太太掛上電話，在眼前的便條紙上寫下筆記，做事精明幹練。她曾經也是看護，也見識過這行最糟糕的一面，還曾是個自豪、充滿抱負、工作超時的實習生，受過狡詐的戰俘欺凌，也曾遭頭一批病患侮辱，他們認為她太早投入這個服侍老人的職業，應該馬上被關起來。

她突然從書桌轉過身。

「妳想要哪種案子？我告訴妳，我手上有一名友善的老太太……」

看護的棕色眼珠因為心裡的千頭萬緒而發亮——她剛看過關於微生物學家巴斯德的電影，她們還是護校學生時，也都讀過南丁格爾的書，她們當時的自信在冷冽的天氣中穿過費城醫院外的街道，對身上新披肩的自豪，宛如披著毛草走進飯店舞會的初登場社交名媛。

「我……我想我願意再試試看，」她的聲音淹沒在刺耳的電話鈴聲中。「如果妳找不到任何人接手，我可以馬上回去。」

「但妳上一分鐘才說妳不會再接任何酗酒個案，現在又說妳要回去。」

「我可能之前把事情想得太困難了，真的，我覺得我可以幫他。」

「妳自己決定好，但要是他又試圖抓妳的手腕。」

「他抓不住的，」看護說道：「看看我的手腕，我在韋恩斯波洛高中打了兩年的籃球，還有點能耐可以對付他。」

希克森夫人看著她許久，「嗯，好吧。」她說：「但要記得，他們酒醉時說的話，清醒後絕對不會當真，這種人我見多了，安排一個必要時可以幫妳的旅館服務生，因為誰也不知道會發生什麼事。有些酒鬼個性很好，有些則不然，但他們所有人都可能糟糕透頂。」

「我會記住的。」看護說道。

她走出仲介所，夜晚的天空異常清朗，稀疏的凍雨斜斜落下，為藍黑色的夜空增添幾縷白絲。她搭上載她進城的那輛巴士，但破裂的車窗似乎增加了，巴士司機怒氣難平，說著如果抓到那些惹事的小鬼，他會如何讓他們好看。她知道他只是在抒發怒氣而已，如同她之前對酒鬼一直抱持的厭惡態度。當她走上樓、進入套房，看見他無助又心神不寧的樣子，她會鄙視他，也會可憐他。

下了巴士後，她走下通往飯店的長樓梯，空氣中的寒意讓她微微振作起來。她會好好照顧他，因為沒人願意照顧他，因為這個行業裡最頂尖的一群人，都願意接下沒人想要的案子。

她敲了敲他的書房門，深知自己等一下要說什麼。

他親自應門。他穿著晚宴服，甚至還戴上圓頂高帽——只差領扣和領帶。

「哦，妳好。」他毫不在意地說道：「很高興看到妳回來。我剛剛才醒來，決定出門走走。妳找到夜班護士了嗎？」

「我也會值夜班。」她說道：「我決定二十四小時值班。」

他擠出一個親切卻不太在乎的微笑。

「我看到妳離開，但總覺得妳會再回來。麻煩幫我找找領扣，應該在一個小玳瑁盒裡，不然就是在——」

他搖晃了一下身體讓衣服更合身，拉出外套袖子下的襯衫袖口。

「我以為妳放棄我了。」他若無其事地說道。

「我本來也這麼認為。」

「妳看看那張桌上，」他說道：「妳會看到我為妳畫的連環漫畫。」

「你等一下要見誰？」她問道。

「總統的祕書。」他說道：「我打扮了半天還是看起來很糟，正打算放棄時，妳就走進來了。可以幫我點一些雪莉酒嗎？」

「就一杯。」她不情願地答應。

不一會兒他又從浴室裡呼喊：

「看護小姐，看護小姐，我的生命之光，另一顆領扣呢？」

「我會拿進去。」

在浴室裡，她看見他蒼白的臉上露出興奮之情，口氣裡混著薄荷和琴酒的味道。

「你很快就會上來了吧？」她問道：「卡特醫生十點會到。」

「胡說！妳要和我一起下去。」

「我？」她驚呼道：「穿著毛衣和裙子？怎麼可能！」

「那我就不去了。」

「好啊！那就回床上，那裡才是你該待的地方。你不能明天再見這些人嗎？」

「不行，當然不行！」

她走到他身後，伸手越過肩膀要幫他打領帶——襯衫上別領扣的地方已經壓出印子了，她建議道：

「不換件襯衫嗎？如果待會能見到喜歡的人呢？」

「好的，但我想自己來。」

「為什麼你不讓我幫你？」她惱怒地問道：「你為什麼不讓我幫你換衣服？不然你需要看護做什麼……我在這裡還有什麼用？」

他突然坐在馬桶座上。

「好吧……隨便妳。」

「別抓我的手腕。」她接著說：「來囉。」

「別擔心，不會痛，你很快就會知道了。」

她幫他脫下外套、背心和硬挺的襯衫，但她要從頭上脫下他的汗衫前，他抽了一口菸，拖慢了她的動作。

「看好了，」他說道：「一……二……三。」

她拉起了汗衫，與此同時，他將灰紅色菸頭像匕首似的刺進心臟。菸頭在他左邊肋骨上一塊銀幣大小的銅片上捻熄，幾顆火星噴到他的肚子上，他發出一聲「哎呀」！

是時候讓態度強硬起來了，她心想。她知道他首飾盒裡有三枚戰爭得到的勳章，但她本身也經歷過不少風險：除了肺結核，還有一次更慘，只是她事先並不知情，事後也無法原諒那個隱瞞病情的醫生。

「當時應該很痛苦，我想。」她幫他擦澡時淡淡地說道：「那不會癒合嗎？」

「不會的，那是一塊銅片。」

「嗯，但你也不能因此就這樣糟蹋自己。」

他棕色的大眼凝視著她，眼神銳利，帶著冷漠和困惑。下一瞬間，他向她傳遞出想死的念頭，以她受過的訓練和經驗，她深知自己無法為他提供任何幫助。他起身，扶著洗臉盆站穩身體，眼睛直盯著前方某處。

「聽著，只要我待在這裡，你就不能再碰酒。」她說道。

突然間，她知道他不是在找酒。他看著前一天晚上酒瓶砸碎的角落，她緊盯著他帥氣、虛弱又目空一切的臉龐——她害怕到不敢轉身，因為她知道死亡就藏在他注視的角落。她懂死亡——她聽過死亡，聞過死亡鮮明的味道，但她從未見過其進入某人身體，她知道眼前這個男人在浴室的角落看見了死亡。當他虛弱地咳出一口痰，並將痰抹在褲管邊，死亡就站在那裡看著他，閃爍著爆裂的光芒，見證他臨終前的姿態。

隔天，她試圖向希克森夫人解釋道：

「這不是我們可以處理的……不管再怎麼努力，他大可以直接扭斷我的手腕，我也不會太在乎，只是我們真的幫不了他們，真的太令人沮喪了……一切都是徒勞無功。」

失落的十年

出處：《君子雜誌》（一九三九年十二月）

這間新聞週刊的辦公室有各式各樣的人往來，奧里森．布朗和他們有著各式各樣的連結。下班時間他是「編輯之一」，上班時間他只是一名頭頂捲髮的男士，一年前曾經編過達特茅斯學院幽默雜誌，現在則樂於在辦公室到處承攬任何不受歡迎的工作，從整理難以識讀的稿子，到擔任默默幫忙打雜的無名小弟，他都很願意。

他看見這位訪客走進編輯辦公室——一名臉色蒼白、身形高大的四十歲男子，頭上有著雕像般柔順的金髮，態度既不害羞也不畏懼，也不像僧侶般出世，大概是三者兼具。名片上的姓名路易斯．川柏，似乎喚起了他一些模糊的印象，卻又想不太起來。奧里森並沒有多想，直到他桌上的呼叫鈴響起，根據過去的經驗，川柏會是他午餐時間要處理的第一件事。

「這位是川柏先生，這位是布朗先生。」午餐經費發放者說道：「奧里森——川柏先生離開很長一段時間了，或者他感覺離開了很長一段時間——將近十二年了。對某些人來說，會認為自己錯過這十年很幸運。」

「的確是。」奧里森說道。

「我今天無法出去吃午餐，」他的主管繼續說道：「帶他去瓦贊或二一俱樂部，或者任何他想去的地方，川柏先生感覺自己還有很多事情沒見識過。」

川柏禮貌性地拒絕。

「唉！我自己可以的。」

「我知道，老弟，沒有人比過去的你更瞭解這個地方——如果布朗想要和你解釋不用馬拉的車是怎麼回事，直接把他送回來給我就好。你四點再自己回來，好嗎？」

奧里森拿來他的帽子。

「你離開十年了？」他們搭電梯下樓時，他問道。

「帝國大廈開始動工那時候吧。」川柏說道：「那是多少年前的事了？」

「一九二八年左右，但如同老闆說的，你真幸運，剛好閃過那些災難。」他試探性地補了一句：「當時的你也許還有更有趣的事要做吧。」

「也不算是有。」

他們走上街道，川柏一聽見車流的轟鳴聲，神情隨即緊張起來，奧里森再次大膽猜測。

「你離開了文明世界？」

「算是吧。」這個回答是如此字斟句酌，讓奧里森對眼前這個人下了定論，若非自願，他絕對不會輕易開口——奧里森同時也猜想著，他有沒有可能整個三〇年代都待在監獄或瘋人院。

「這裡是有名的二一俱樂部，」他說道：「還是你想去別的地方吃呢？」

川柏停下腳步，仔細端詳眼前的褐色石屋。

「我還記得二一俱樂部是何時開始打響名號的，」他說道：「差不多和莫里亞提小館是同一年。」他接著幾乎是帶著歉意繼續說：「我想我們可以沿著第五大道往北走個五分鐘，看到什麼餐廳就進去吃。找一些可以看到年輕人的餐廳。」

奧里森迅速看了他一眼，又再次聯想到柵欄、灰色牆壁、柵欄。他不確定自己是否還得負責幫川柏先生介紹一些聽話的女孩，但川柏先生看起來似乎沒有這種想法——他的臉上只是帶著全然好奇的神情，奧里森試圖將他的名字和博德將軍[36]在南極的藏身處，或於巴西叢林失蹤的飛行員連在一起。他一定是、或者至少曾是有頭有臉的大人物，這點顯而易見。然而，關於他的來歷只有一條明確的線索——但對奧里森而言毫無用處——就是他如鄉下人一般遵守交通號誌，走路時習慣靠店面那一邊，而不是街道，他還一度駐足凝視著男裝店的櫥窗。

「縐綢領帶。」他說：「我離開大學後就再也沒見過了。」

「你讀哪一所大學？」

「麻省理工。」

「好學校。」

「我下星期會回去那裡看看。我們就這附近隨便吃……」他們走到接近六十街口。

「……你挑一間吧。」

街角剛好有一間展著小遮棚、還不錯的餐廳。

---

36 Richard Byrd Jr.（1888–1957），美國海軍出身的飛行員和極地探險家，據稱是史上第一個以飛行方式到達北極和南極的人。

「你最想看什麼？」他們坐下時，奧里森問道。

川柏思考了一下。

「嗯，人們的後腦杓，」他表示：「他們的脖子……他們的頭如何連接身體，我也想聽聽那兩個小女孩和爸爸在說什麼，不是說話的內容，而是語調的抑揚頓挫，他們的嘴巴在說完話時如何闔上，其實就是一種節奏吧——作曲家柯爾．波特（Cole Porter）一九二八年回到美國，因為他感覺到某種新的節奏出現。」

奧里森此刻確定自己掌握了線索，於是就謹慎地不再往下追問——甚至壓抑突如其來的欲望，沒有脫口說出今晚卡內基廳有一場盛大的音樂會。

「湯匙的重量……」川柏先生說道：「真輕。一只連著手柄的小碗。那位服務生投過來的眼神。我以前認識他，但他應該不記得我。」

但當他們離開餐廳，同一位服務生又疑惑地看著川柏，幾乎快要認出他來。走出餐廳後，奧里森笑著說道：

「都過了十年了，人多少會忘記。」

「噢！我去年五月才在那裡吃過晚飯……」他突然又沉默不語。

這真是瘋得很徹底，奧里森心想——接著又立即轉換成導遊的角色。

「從這裡可以將洛克菲勒中心盡收眼底，」他興致勃勃地指著：「……還有克萊斯勒大廈及阿米斯德大廈，那兩棟是所有新大樓的標竿。」

「阿米斯德大廈，」川柏伸長脖子看向奧里森指的方向。「沒錯……那是我設計的。」

奧里森興奮地搖了搖頭——他早已習慣和各式各樣的人打交道，但聲稱自己去年五月去過那間餐廳這事……

他停在大樓柱頂上的黃銅楣構前，上面寫著「一九二八年興建」。

川柏點了點頭。

「但我那年喝得太醉了——完全爛醉如泥，所以我之前從未真正見過。」

「哦，」奧里森遲疑了一下說道：「想進去看看嗎？」

「我進去過——很多次，但我從未好好看過這棟建築，現在也沒特別想看，以後大概也沒什麼心情看了。我只想看看人們怎麼走路，衣服、鞋子和帽子是什麼材質，還有他們的眼睛和雙手。你願意和我握個手嗎？」

「當然願意，先生。」

「謝謝，謝謝。你人真好，這看起來應該很奇怪——別人應該認為我們在道別。我想沿著大道再走走，所以我們是**真的**要道別。和你公司說我四點會回去。」

奧里森望著他離去，似乎也在等著他轉進一間酒吧，雖然他身上看不出他想喝酒或喝過酒的痕跡。

「天啊！」他自言自語道：「醉了十年。」

突然間，他感覺到自己外套的質地，接著伸出手，將拇指壓在身旁大樓的花崗岩上。

「我沒有上戰場」

出處：《君子雜誌》（一九三六年十月）

一九一六年，我還在上大學，今年是我們二十週年同學會。我們總是稱自己為「戰爭寶寶」——我們無論如何都經歷過那段該死的時光，這次聚會比以往談論更多戰爭的事，可能是因為戰爭又即將一觸即發。

學弟妹的畢業典禮結束後，我們三個人在彼特的屋裡聊得十分熱絡，一名同學走進來坐在我們旁邊。我們知道他是同屆的，因為我們記得他的臉，但想不太起來他的名字，他和我們一起參加過校友遊行，但他大三就離開學校，這二十年間也沒有再回來過。

「你好……啊……希賓。」我猶豫了一下，其他人也一起附和，我們又點了一輪啤酒，繼續談論我們剛剛的話題。

「我告訴你，今天下午獻花圈時，我還有點感動。」他指的是紀念一九一六年戰死沙場的校友銅牌，「……上面有亞貝．丹澤、波普．麥葛文和其他人的名字，他們已經去世二十年，我們也變老了。」

「如果能再年輕一次，我願意再冒險上戰場。」我對著第一次參加的同學說道：「希賓，你當時有上戰場嗎？」

「我當時也在軍隊裡，但我沒有上戰場。」

時間就在談論戰爭和啤酒之間流逝，我們每個人都誇張地說著一些有趣、獨特或糟糕的故事——除了希賓以外。他只有在一個小空檔，幾乎是帶著歉意說道：

「我本來可以上戰場的，但是謠言指控我打了一名小男孩。」

我們都好奇地看著他。

「我當然沒有。」他補充道：「但這件事當時吵得沸沸揚揚。」他的聲音越來越小，但我們鼓勵他繼續往下說——我們已經說很多了，他的故事似乎也值得一聽。

「沒什麼好說的，那個小男孩和他父親在市區，說著某位佩帶藍色憲兵臂章的人在人群中打了他一巴掌，他認定是我！一個月後，他們發現，他總是指控軍人打他，所以他們就放了我。今天下午看到紀念牌上亞貝・丹澤的名字讓我想起這件事。他們調查我時，將我羈押在萊文沃思看守所幾個禮拜，他就在我隔壁的牢房。」

「亞貝・**丹澤**！」

他過去宛如班上的英雄，我們都大聲驚呼。「他還曾獲得傑出服役十字勳章的提名呢！」

「我知道。」

「亞貝・丹澤到底為什麼會在萊文沃思看守所？」

希賓又再次帶著歉意說道：

「說也奇怪，我就是逮捕他的人。但他不怪我，因為那是我的職責，幾個月後，當我出現在他隔壁牢房，他甚至笑了出來。」

我們現在都非常好奇。

「你為什麼逮捕他？」

「我當時被分發到堪薩斯市的憲兵隊，那幾乎是我接到的第一個任務，就是帶著一隊配有刺刀的士兵去某間大飯店的某個房間——我忘記名字了。我敲了幾下房門，結果看到一大堆星星肩章和臂章，我這輩子沒看過這麼多，那裡至少有一對將軍和上校，中間站著亞貝・丹澤和一個女孩——一個妓女，兩人都爛醉如泥。我眨了一下眼，這才意識到另一件大事：女孩穿著亞貝的軍裝大衣，戴著他的帽子；亞貝則穿著她的洋裝，戴著她的帽子。他們就這樣走到大廳，直接碰上師長。」

我們三個看著他，從難以置信轉為震驚，最後還是相信了。我們想笑又不敢笑，只能看著希賓，臉上掛著傻傻的微笑，想像自己是亞貝的話會怎樣。

「他認得你嗎？」我終於問道。

「依稀記得。」

「接著發生什麼事？」

「整個過程短暫且平和。我們幫他們換回衣服，把他們的頭塞進冷水裡，接著讓他們站在兩排配有刺刀的士兵之間，命令他們：『往前走！』」

「然後就把亞貝送進監獄了！」我們驚呼道：「那感覺肯定很瘋狂。」

「沒錯，從那位將軍臉上的表情，我以為他們會把他槍斃。幾個月後，當他們把我送進萊文沃思看守所，看見他還活著，我鬆了一口氣。」

「我不明白，」喬・布恩說道：「他大學時完全不喝酒。」

「一切都和他的傑出服役十字勳章有關。」希賓說道。

「你也知道這件事？」

「是的，我們屬於同一個師——我們來自同一州。」

「我以為你沒有跨海上戰場。」

「我是沒有，亞貝也沒有。但他似乎就剛好遇上那些事。當然，肯定無法和你們親眼見到的事相比……」

「他怎麼會獲得傑出服役十字勳章的提名？」我打斷他，「……這和他喝酒有什麼關係？」

「那個溺水事件害他精神緊張，他常夢到——」

「什麼溺水事件？天啊，老兄，你快把我們逼瘋了，就像『是什麼殺了那隻狗』的故事一樣。」

「許多人認為溺水事件和他無關，是迫擊砲的問題。」

我們低聲埋怨——但沒辦法，只能讓他繼續說下去。

「什麼迫擊砲？」我耐心地問道。

「準確來說，是斯式迫擊砲，還記得那些射角四十五度的老式砲管嗎？從砲口投進砲彈的那種。」

我們記得。

「溺水事件發生當天，亞貝指揮著所謂的『第四營』，帶著他們走了二十四公里到射擊場，其實第四營並不是一個真的營，而是由機槍連、補給連和醫務分遣隊和總部連組成的。總部連有迫擊砲和一磅砲，還有通信兵、軍樂隊和勤務騎兵，本身就是一支拼裝起來的連。亞貝指揮著那個連，但那天多數的醫官和補給官必須先行，所以作為軍階最高的中尉，他也要指揮其他連。我告訴你，他那天一定很自豪——二十一歲就指揮一個營，他騎著馬在隊伍最前方，心中可能假裝自己是石牆傑克森[37]。你們一定覺得這一切很無聊——那件事發生在海邊較安全的一側。」

「繼續說。」

「我們當時在喬治亞州，那邊有很多混濁的小河流，上面還有老舊的船，他們會拉動纜繩將船跨河移動，硬要擠的話可以載運約一百人。亞貝指揮的『營』約在中午抵達河邊，他看見前方第三營的士兵還沒過河的一半，按照這艘船來回的速度，他估計至少還得再等一小時，所以他把營裡的士兵帶到岸邊的陰涼處，準備讓他們吃午餐。這時，有個滿身塵土的軍官騎馬過來，自稱是布朗上尉，並問誰是總部連指揮官。

『是我，長官。』亞貝說道。

37 石牆傑克森，本名為湯瑪斯．強納森．傑克森（Thomas Jonathan Jackson, 1824-1863），美國內戰期間著名南軍將領，於第一次牛奔河戰役中衝鋒陷陣、奮勇殺敵，因此獲得了「石牆」的稱號。

『好吧，我剛到營地，現在開始由我指揮。』上尉說道。接著，他說得好像是亞貝的錯一樣，『我必須拚命趕路才追得上你們，連隊士兵在哪裡？』

『在這裡，長官……旁邊是補給連和醫務分遣隊……我才剛要讓他們吃——』

上尉的眼神讓亞貝閉嘴。他還沒打算讓他們吃飯，也許只是想展現他的權威。他也不打算讓他們休息——他想看看連上的士兵長什麼樣子（之前他只看過總部連的名單）。思考許久後，他決定讓迫擊砲排對著河流對岸練習投擲砲彈。當亞貝告訴他只有實彈可用，他又瞪了亞貝一眼。他後來接受建議，派了幾名通信兵到對岸揮旗示意是否誤傷任何農民。通信兵乘著小船渡河，揮旗表示一切正常後馬上跑去找掩護，因為斯式迫擊砲不算是世界上最精準的武器。接著好戲就登場了。

迫擊砲使用定時引信，再加上河道太寬，所以第一顆砲彈只在水下炸出一個小噴泉。但第二顆砲彈剛好炸到了河岸，發出了巨大的爆炸聲，河道中間距離他們只有四十五公尺的渡船上，幾匹馬開始亂竄。亞貝以為這個情況會讓上尉收斂一點，但他只說牠們得習慣砲火，然後下令再發射一顆砲彈。他就像被寵壞的小孩，正玩著煩人的玩具。

接著就出事了，無關你做了什麼，那些迫擊砲就是偶爾會出狀況——砲彈卡在砲管裡了。大約十幾個人同時大喊『散開！』我和大家一樣拚命往遠處跑並趴下。沒想到，那個該死的笨蛋亞貝居然衝上前去，將砲管傾斜倒出了砲彈。他倒出了那顆砲彈後，和死劫中間只隔了五秒，我至今還是不知道，他是怎麼在爆炸前逃開的。」

我又打斷了希賓。

「你不是說有人傷亡。」

「是的，但那是之後的事。第三營這時已經渡河了，所以布朗上校整隊，帶著連隊往渡船走去，準備登船，負責登船事宜的少尉對上尉說：

『這艘老船有點疲乏——今天已經載太多人了，不要把人塞得太滿。』

但上尉聽不進去，將士兵像沙丁魚一樣塞滿船上，亞貝一直站在欄杆上大喊：『解開腰帶，把背包掛在肩上——』（他說話時並沒有看著上尉，因為他意識到上尉不喜歡別人代替他發號施令。）

但是負責登船事宜的軍官再次大聲說道：『小船已經吃水很深，看起來不太妙，你們剛剛發射砲彈時，馬匹受到驚嚇，士兵到處逃竄，造成船上不平衡。』

『你去告訴上尉，』亞貝說：『反正他最厲害。』

上尉剛好聽到這句話。『這是最後一趟了，』他說：『我不想再聽到任何相關討論。』這趟的載重量很大，就算以布朗上尉的標準也是。亞貝爬到船邊，準備發號施令。

『他們現在應該知道了，』布朗上尉突然憤怒說道：『他們已經聽夠了。』

『這群人還沒聽過。』亞貝不顧一切，快速大聲又再說了一遍，士兵們解開腰帶，除了遠處幾位沒有注意聽到的人。或許他們是因為太擠了而聽不到。

渡船開到一半便開始下沉，起初下沉速度緩慢，只有鞋邊有一點水，但我們軍官並沒說什麼以防引起恐慌。這條河從岸邊看起來很窄，但此刻我們在河中間，再加上船航行的速度，看起來就像在橫渡世界上最寬的河一樣。

兩分鐘後，船裡的水已經九十公分高了，再隱瞞情況也於事無補。上尉第一次無話可說。亞貝又站到船邊說道，請大家保持冷靜，不要搖晃船隻，我們會抵達對岸的，並再次呼籲大家解下背包，請會游泳的人等船上的水及腰時跳船。士兵們表現得很好，但從他們的表情就幾乎看得出誰會游泳，誰不會游泳。

船在離岸僅十八公尺的地方轟然急速下沉，船頭栽在水下一點五公尺的爛泥裡。

我不記得接下來十五分鐘發生什麼事。我潛下水在河裡游了幾公尺，想看清楚狀況，但一切看起來就是一片卡其色，印象中還伴隨著某種持續不斷的單調聲音，應該是由咒罵聲、幾聲驚呼及一點玩笑和笑聲組成。我游回河中間，幫忙將一些人拉上岸，但穿著我們這種鞋子速度很慢……

等到河裡已經看不見什麼東西（除了反常浮起的一個船角），布朗上尉和亞貝對上眼。上尉虛弱地顫抖，傲氣全失。

『天啊，』他說：『我該怎麼辦？』

亞貝接管指揮，他集合所有士兵，要各小隊報告，看看是否有人失蹤。

光第一班就有三人失蹤，我們不用等其他報告了。我們徵求二十名游泳健將脫衣下水，每拉起一個人就馬上開始急救。我們拉起了二十八人，救活了七人，其中一名下水救人的士兵再也沒有上岸——隔天在河流下游才被發現，他的遺孀獲得一枚勳章和撫卹金。」

希賓停頓了一下，補充道：「但我知道，對你們這種大人物而言，這只是微不足道的事。」

「我聽起來已經很刺激了，」喬．布恩說道：「我在法國過得很好，但我大部分時間都在布雷斯特看守戰俘。」

「你能把故事說完嗎？」我問道：「亞貝為什麼會變得如此放蕩？」

「都是因為那位上尉，」希賓緩緩道出：「某幾位軍官想讓亞貝因為迫擊砲事件中的表現而獲得表揚。上尉不想這麼做，因此他開始四處遊說，到處說亞貝在船邊發號施令時，抓住了渡船的纜繩，導致船偏離航道。上尉找到一些人願意為他的說法背書，但也有人認為是因為渡船超重和馬匹在砲聲中引起的騷動。自從那件事以後，亞貝就再也開心不起來了。」

彼特毫不客氣、斬釘截鐵地插話道：「湯林森和布恩先生，你們的太太打電話來發出最後通牒。她們說已經打太多次電話了，如果你們不在十分鐘內回到旅館，她們就要開車去費城了。」

湯米和喬．布恩不情願地起身。

「我恐怕不小心獨占了你們今晚的時間，」希賓說道：「你們都經歷過這麼多了。」

他們離開後，我繼續留下。

「所以亞貝不是在法國戰死的。」

「沒錯……你會看到那個紀念牌上只寫著『在服役中過世』。」

「那他是怎麼死的？」

希賓猶豫了一下。

「他試圖從萊文沃思看守所逃獄時被守衛射殺。他們判他十年刑期。」

「天啊！他大學時是多好的一個人啊！」

「我認為他只對朋友好，也有點勢利，不是嗎？」

「也許對某些人是如此。」

「他在軍隊裡遇到老同學時，很多人他似乎都不認識。」

「什麼意思？」

「就是字面上的意思。我今晚有一個部分沒說實話。上尉的名字不是布朗。」

我再次問他是什麼意思。

「那名上尉叫希賓，」他說：「我就是那名上尉，當我騎馬回歸我的連隊，他表現得好像從未見過我一樣。這讓我有點意外——因為我以前很愛這裡，好了……晚安。」

轉機的三小時

出處：《君子雜誌》（一九四一年七月）

這是個很難得的空檔，唐納剛完成了累人的差事，此刻感覺到悠閒又無事可做。他現在要獎勵自己，或許吧。

飛機降落後，他一腳踏入中西部的夏日夜晚，前往孤立的村落航站，那裡一如往常宛如老舊的紅色「鐵路機廠」。他不知道她是否還活著，是否還住在這個小鎮，甚至不知道她現在的名字。他懷著逐漸累積的興奮感，翻起電話簿查找她父親的名字，他可能也已在近二十年間過世了。

他還健在，法官哈蒙・荷姆斯——希爾賽街三一九四號。

一名女子以愉快嗓音回答他對南西・荷姆斯的問題。

「南西現在是華特・吉福德夫人了，請問你是？」

但唐納沒回應就掛電話了，他已經得到他想要的答案，而且他只有三小時空檔。他不記得華特・吉福德這個人，他再次翻找電話簿時遲疑了片刻，她可能嫁到外地了。

並沒有，華特・吉福德——希爾賽街一一九一號，血液重新流回他的指尖。

「喂？」

「喂，請問吉福德夫人在嗎？我是她的老朋友。」

「我就是吉福德夫人。」

他記得，或者他認為他記得，聲音中那股神奇的魔力。

「我是唐納・普蘭特，我從十二歲後就沒見過妳了。」

「哦──哦──哦！」對方語調充滿驚訝，非常有禮貌，但他感受到這並不是喜悅，也不一定是認出他來了。

「──唐納！」她又說道，口氣中似乎又多了些肯定，而不只是朦朧的記憶。

「……你什麼時候回到鎮上的？」接著她熱情地問道：「你在哪裡？」

「我剛下飛機，人在機場──只待幾個小時。」

「那麼，來拜訪我吧。」

「妳還沒要上床睡覺嗎？」

「天啊，還沒！」她驚呼道：「我正坐這裡，獨自喝著高球雞尾酒，告訴你的計程車司機……」

唐納在路上分析這段對話。他口中的「在機場」表示自己還保持著上層中產階級的地位。南西獨自一人就表示她已成為失去魅力、沒有朋友的熟齡女子，她丈夫可能出差去了或已經上床睡覺。除此之外，高球雞尾酒有點嚇到他，因為在他的想像中她一直都是十歲。但他笑了一笑調整想法──她已經快三十歲了。

計程車來到彎曲車道的盡頭，他看見一名頂著黑髮的嬌小美人站在亮燈的門前，手裡拿著一杯酒，唐納被她的現身嚇了一跳，走下計程車說道：

「吉福德夫人嗎？」

她打開了門廊的燈，睜大眼睛試探性地盯著他，臉上困惑的神情變成一抹微笑。

「唐納……真的是你……我們都變了好多，哇！真的太不可思議了！」

他們走進屋內，對話一直不離「這麼多年了」，唐納感覺胃裡一陣翻攪。一部分是因為他們最後一次見面的場景——她騎著腳踏車從他身邊經過，完全無視他的存在——另一方面是因為他擔心他們無話可說。這就像大學同學會——但倉促喧鬧的場面很快就可以化解找不到昔日話題的失落。他心裡一驚，意識到這將會是漫長又空洞的一個小時。他只能孤注一擲地開啟話題。

「妳一直是個親切可愛的人，但我有點驚訝，妳還是如此美麗。」

這句話奏效了，馬上點出他們這些年來的改變，加上大膽的稱讚，讓他們馬上變成對彼此有興趣的陌生人，而不是硬找話講的童年好友。

「來杯高球雞尾酒嗎？」她問道：「不喝一杯嗎？請不要認為我私下是個酒鬼，但這真是個鬱悶的夜晚。我本來以為我先生今晚回來，他卻傳電報來說得晚兩天。他人很好，唐納，而且非常有魅力，外型膚色都和你有些相像。」她遲疑了一下，「——我認為他在紐約喜歡上某人了……我不知道。」

「看到妳的樣子，我認為那種事是不可能的。」他向她保證。「我結婚六年了，有段時間也曾這樣折磨自己，後來有一天，我決定從此不再嫉妒別人。我太太過世後，我很慶幸這麼做了，因為這讓我留下許多美好的回憶——沒有任何麻煩、走味或不堪回首的往事。」

「我很遺憾，」她說道。過了一會兒，她又說道：「你變了好多。轉過頭來。我記得我爸曾說過：『這男孩挺聰明的。』」

「妳當時也許不太同意。」

「我印象很深刻。之前我還以為每個人都很聰明。這也是為什麼我一直記得這句話。」

「妳還記得什麼？」他笑著問道。

南西突然起身，迅速地走開幾步。

「啊！現在是怎樣，」她責備他道：「這不公平！我覺得我當時是個調皮的女孩。」

「妳不是，」他果決地說道：「我現在想要來一杯酒。」

她倒酒時，依然將臉撇開不看他，他繼續說道：

「妳以為妳是唯一接過吻的小女孩嗎？」

「你喜歡這個話題嗎？」她問道。短暫的惱怒平息下來，她說道：「什麼鬼！我們當時的確玩得很開心，就像歌裡描寫的一樣。」

「在雪橇上。」

「沒錯，還有某人的野餐會——楚迪．詹姆斯辦的，在夫隆特納克——那些夏日。」

他印象最深刻的是那趟雪橇行，還有趁她微笑仰望寒冷的星空時，在稻草堆角落親吻她冰涼的臉頰。他們身旁的情侶轉過身去，他親吻了她纖細的頸脖和耳朵，卻沒碰到她的嘴唇。

「還有麥克斯家的派對，他們在玩郵局的角色扮演。我得了腮腺炎不能去。」他說道。

「我不記得這件事。」

「哦，妳也在場，而且妳還被親了，我嫉妒得要發瘋了，這是我從來沒有過的感覺。」

「真奇怪，我想不起來，也許我就是刻意想忘記。」

「但為什麼？」他笑著問道：「我們是兩個天真的孩子，南西，每當我和太太談到過去，我都會告訴她，我愛妳的程度幾乎和我愛她一樣，但我認為我對妳的愛其實是一樣多的。我家搬離鎮上後，妳還是像炮彈一樣常駐我心頭。」

「你的感受真的**那麼**……強烈嗎？」

「天啊！當然！我——」他突然意識到他們只相距六十公分左右，他說得好像現在還愛著她。她抬起頭、嘴唇微張，雙眼朦朧地看著他。

「繼續說啊，」她說道：「說起來有點害羞，但我想繼續聽。我不知道你**當時**那麼苦惱。我以為只有**我**獨自苦惱。」

「妳啊！」他驚呼道：「妳不記得在雜貨店甩了我嗎？」他笑道：「妳對我吐舌頭。」

「我完全不記得，我印象中是你拋棄我的吧。」她的手輕輕落在他的手臂上，簡直像是在安慰他，「我樓上有一本相簿，好幾年都沒看過了。我去找出來。」

唐納坐了五分鐘，心中浮起兩個念頭：第一，根本不可能整合兩個人對於同一事件的不同記憶；第二，南西現在正以驚人的方式撩撥他的心弦，就像小時候一樣令人心動。這半小時裡，他的心裡產生一種自從太太過世後就從未有過的情愫——而他從未期望能再次體驗。

他們並肩坐在沙發上，相簿攤開擺在兩人之間。南西微笑看著他，非常快樂。

「噢！真讓人開心，」她說道：「真開心，你人真好，你記憶裡的我是那麼……美好。我要告訴你，我好希望我當時就懂你的心意！你離開後，我好恨你。」

「太可惜了。」他輕輕地說道。

「但不是現在，」她向他保證，接著卻又衝動地說：「吻我一下以彌補——」

「……結婚了就不應該這樣，」她過了一會兒說道：「我不記得我婚後還親過別的男人。」

他情緒跌宕起伏，但更多的是困惑，他吻過南西嗎？還是那只是一段回憶？還是這位迅速別過頭、翻過相簿、身體微微顫抖的美麗陌生人？

「等等！」他說：「翻這麼快，我會來不及看清楚照片。」

「我們不能再這樣了，我心裡也平靜不下來。」

唐納意有所指地隨口說了一句：

「如果我們能重新愛上對方，不是很棒嗎？」

「別說了！」她笑著，但氣喘吁吁地說：「一切都過去了，那只是一時激情，我必須忘掉這件事。」

「別告訴妳先生。」

「為什麼？我通常什麼事都會告訴他。」

「這樣會傷害到他，千萬別告訴男人這種事。」

「好吧，我不說。」

「再親我一次，」他出爾反爾地說道，但南西又翻過相簿，熱切地指著一張照片。

「那是你，」她大聲說道：「我馬上就找到了。」

他看了看，相片裡的小男孩穿著短褲，站在碼頭上，背後有一艘帆船。

「我記得——」她得意地笑著說道：「——拍這張照片的那天，凱蒂拍了這張照片，但被我偷走。」

唐納一時沒有認出自己，接著他彎下腰靠近看——他完全認不出自己。

「那不是我。」他說道。

「就是，那是在夫隆特納克——那年夏天我們……我們去了那個洞穴。」

「什麼洞穴？我只在夫隆特納克待了三天。」他努力瞇起眼睛，仔細盯著微微泛黃的照片。

「那不是我，那是唐納．鮑爾斯，我們確實長得有點像。」

此刻，她盯著他看，身體往後傾，似乎想要離他遠一點。

「但你就是唐納．鮑爾斯啊！」她驚呼道，語調略微上揚：「不，你不是，你是唐納．普蘭特。」

「我在電話裡就說過了。」

她起身，臉上微微露出驚恐的神情。

「普蘭特！鮑爾斯！我一定是瘋了，還是因為那杯酒？我一開始看到你時有點迷茫，我跟你說了什麼？」

他試圖保持僧侶般的冷靜，翻了一頁相簿。

「什麼都沒說，」他說道，那些他不在其中的照片不斷在他眼前翻轉——夫隆特納克——唐納．鮑爾斯——「是**妳**甩了**我**！」

南西在房間的另一邊說話。

「你絕對不能說出去，」她說道：「流言總會傳來傳去。」

「沒什麼好說的。」他遲疑了一下，心想：她真是個糟糕的小女孩。

此刻，突然間，他心中強烈嫉妒著年輕時的唐納．鮑爾斯——但他明明早已決定從此不再嫉妒別人。在他穿越房間的五步之間，他一邊跨著大步，一邊將過去二十年和華特．吉福德踩在腳下。

「南西，再親我一次吧！」他說道，單膝跪在她的椅子旁，將手放在她肩膀上，但南西卻甩掉他的手。

「你說過你得趕飛機。」

「沒關係，我可以不搭這班飛機，那不重要。」

「請你離開吧，」她冷冷地說道：「想想我的感受。」

「但妳表現得好像不記得我，」他大喊道：「——好像不記得唐納．**普蘭特**！」

「我記得，我確實記得你……但那已經是很久以前的事了。」她的聲音又轉回強硬：

「計程車號碼是克雷斯特伍德八四八四。」

前往機場的路上，唐納搖著頭，此刻的他已經徹底恢復自己的身分，但他無法放下這段經歷。只有當飛機呼嘯直上漆黑夜空，乘客們與腳下的芸芸眾生分離，他才能與飛機一起暫離現實。在那頭暈目眩的五分鐘裡，他像瘋子一般同時活在兩個世界，既是一名十二歲男孩，也是一名三十二歲男人，難以分割也無法自拔地混在一起。

轉機的那幾個小時內，唐納也失去了一個好機會——但人的後半生就是不斷擺脫過去的漫長過程，這段經歷可能也不太重要了。

費茲傑羅短篇傑作選

作　　者　史考特·費茲傑羅
譯　　者　陳榮彬、鄭婉伶
封面設計　高偉哲
內頁排版　高巧怡
行銷企劃　蕭浩仰、江紫涓
行銷統籌　駱漢琦
業務發行　邱紹溢
營運顧問　郭其彬
責任編輯　吳佳珍
總 編 輯　李亞南
出　　版　漫遊者文化事業股份有限公司
地　　址　台北市103大同區重慶北路二段88號2樓之6
電　　話　(02) 2715-2022
傳　　真　(02) 2715-2021
服務信箱　service@azothbooks.com
網路書店　www.azothbooks.com
臉　　書　www.facebook.com/azothbooks.read

發　　行　大雁出版基地
地　　址　新北市231新店區北新路三段207-3號5樓
電　　話　(02) 8913-1005
訂單傳真　(02) 8913-1056
初版一刷　2025年1月
定　　價　台幣390元

ISBN　978-626-409-054-4

國家圖書館出版品預行編目 (CIP) 資料

費茲傑羅短篇傑作選/ 史考特. 費茲傑羅(F. Scott Fitzgerald) 作 ; 陳榮彬, 鄭婉伶譯. -- 初版. -- 臺北市 : 漫遊者文化事業股份有限公司出版 ; 新北市 : 大雁出版基地發行, 2025.1
296 面 ; 14.8X21 公分
ISBN 978-626-409-054-4(平裝)

874.57　　113019673